## 作者简介

1966年11月生，云南省腾冲市人。云南大学教授，南京大学中国现代文学研究中心兼职教授，博士生导师，云南大学中国当代文艺研究所所长，教育部艺术学理论本科教指委委员，『中华文艺复兴论坛』主席，云南省中青年学术技术带头人，『他们』诗派成员，『语言漂移说』艺术哲学理论创始人。在国内外出版学术专著和作品集20部，发表论文和文学作品400余篇，代表作有长诗《明光河》等。

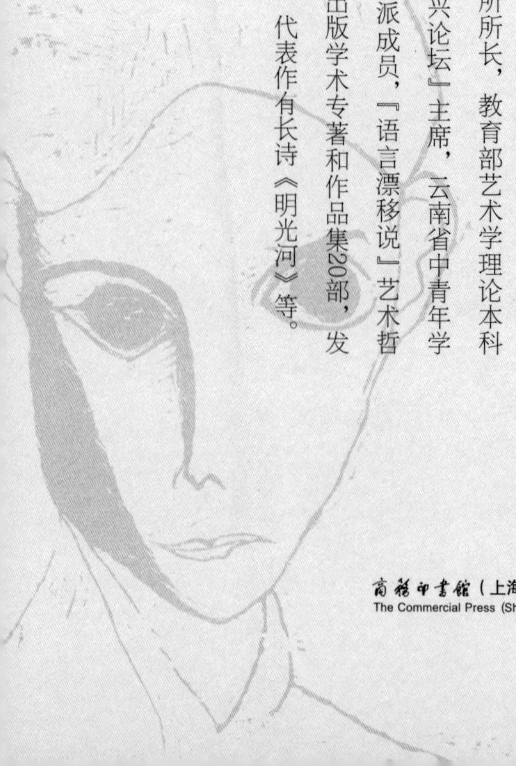

商务印书馆（上海）有限公司 出品
The Commercial Press (Shanghai) Co. Ltd.

# 荒诞的游戏

李森 著

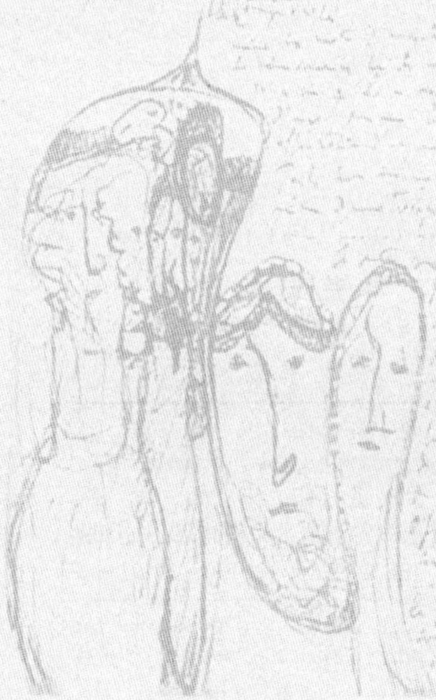

创于1897
商务印书馆
The Commercial Press

**图书在版编目（CIP）数据**

荒诞的游戏：西方现代文学十八讲／李森著. — 北京：商务印书馆, 2022
ISBN 978－7－100－21193－2

Ⅰ.①荒…　Ⅱ.①李…　Ⅲ.①外国文学—现代文学—文学研究—文集　Ⅳ.①I106-53

中国版本图书馆 CIP 数据核字（2022）第085616号



**荒 诞 的 游 戏**
**西方现代文学十八讲**
李 森 著

商 务 印 书 馆 出 版
（北京王府井大街36号　邮政编码 100710）
商 务 印 书 馆 发 行
上海雅昌艺术印刷有限公司印刷
ISBN 978－7－100－21193－2

2022年8月第1版　开本 889×1194　1/32
2022年8月第1次印刷　印张 12⅝

定价：78.00元

# 自　序

艺术问题的讨论蕴成语言幻象，各种语言幻象犹如赫拉克利特之火的风吹复燃与水的流光溢彩。语言幻象的生成、舒卷和消损仅仅是语言幻象，它们没有归属和目的，它们穿过幻象的灵魂而暂住、开显，它们复燃、流溢而消损。

本书是我在大学讲授“文学批评与写作”课程的文稿，内容关乎欧洲和美洲二十世纪部分文学大师及其经典作品。需要说明的是，我每次讲课，即便讲同样的作品，都有各不相同甚至迥异的说道，我将这种每开生面的方式称为“移动观看”，或者看成一种赫拉克利特式的诗–思流动。是故，此文稿只能挂一漏万，记录新近一次讲授的纲要。在移动观看的时刻，我尝试提出“诗–蕴生成”“诗到观看为止”“语言繁殖”“修辞幻影”“蒙面词写作”“爱智之诗与能量之诗”“隐喻程序安装”“剩余隐喻”“爱与恨的魔咒隐喻”等诗学命题，并贴着具体的作者和作品加以阐明。我期待着一个小小的愿望能够实现，这就是避开学院派阐释艺术的各种成规和套路，避开“现代性”概念“不断重演的巨大闹剧”（Jean

Baudrillard），以及意识形态批评、历史文化批评、主-客二元结构批评等理论魔咒，以绵薄之力推开一扇扇洞见生命呼吸的方便之门，观看西方现代文学瑰丽、多元的艺术景象，与藏身茫茫人海的孤绝之人分享诗-蕴语言从我的灵魂时空中漂移而过的欢欣、惆怅或恐惧，以此确证我来过这个世界，享受过一种精神生活，领略过荒诞的语言游戏在绵延的生命呼唤中碎成梦幻泡影的无数个瞬间。

文学创作必须远离概念，而文学批评则不得不蕴成概念。我创造一些概念，从中拯救自我，犹似让繁花凋落，以观流水。

2022年4月17日　燕庐

# 目录

# 伟大的兄长卡夫卡

天空是沉默的，只有在这沉默中响着回音。

——卡夫卡《第三本八开本笔记》[1]

真正的批评，不是判官式的解释，而是心灵与心灵的对话或倾听。

——李森《喜鹊庐手记》

## 一、我与卡夫卡

上大学期间，我读弗兰茨·卡夫卡（Franz Kafka，1883—1924），读《变形记》或其他作品，只觉得他是个孤独的人，孤独到连骨髓都要结冰的程度。他在墓穴中游荡，与鬼魂或魔鬼对话；他亲近棺材，看见鬼魂递给他丧服；他在冰冷的高天之外行走，回首人间，把春秋看透。我还知道，他是现代派文学的开拓

1 叶廷芳主编:《卡夫卡全集》第五卷，黎奇、赵登荣译，河北教育出版社，1996年，第48页。

者之一，用现代派的手法写作（这是学者们说的）。他在现代西方文学史上很重要，即使读不懂他的作品的人，也不敢说他不重要，而一个中文系的大学生，更是不能不了解这个生在布拉格的波希米亚之子。（杰出诗人里尔克［Rainer Maria Rilke，1875—1926］也出生在那里。里尔克生于1875年，长卡夫卡8岁。）多年以后，卡夫卡的全集翻译出版了，我系统地阅读卡夫卡的作品。这个时候，我认为我才真正地理解了卡夫卡。理解卡夫卡的确是需要时间的，一个卡夫卡的读者需要成长，需要在成长过程中获得单纯，在成长中回归。卡夫卡的存在十分遥远，一个到达卡夫卡的读者，要像高山上的一棵乔木一样，经过无数次掉光了叶子的洗礼。我到达卡夫卡的时候，好像正好从冰凌推动着的岁月之河中爬上岸来，而多少年前，卡夫卡也是从这条河流中爬上岸的。我不知道谁曾经牵着卡夫卡的手上岸，而我，则很荣幸地被卡夫卡拉了一把，让我到达了高高在上的明亮之处——这亮处，浑浊的水正在退去，清澈的水浪浪涌来。因此，我得以在永不疲倦的风中从高大的、光秃秃的枝头冒出嫩芽。我是梦想中的花和果实，但现在是嫩芽。

卡夫卡有一则箴言：

许多亡者的影子成天舔着冥河的浪潮，因为它是从我们这儿流去的，仍然含有我们的海洋的咸味。这条河流对此恶心不堪，于是翻腾倒流，把死者们冲回到生命中去。但他们

弗兰茨·卡夫卡（1883—1924）

却欣喜万分，唱起感恩歌，摸着这愤怒的河。[1]

我有一诗《梦见河水》：

河水在流淌，光在照耀
又有谁在打捞

1 叶廷芳编:《卡夫卡随笔集》，黎奇、张荣昌、郭铭华译，海天出版社，1993年，第2页。

又有谁
在模仿海鸟
从天边飞来

有人在熊熊的火焰里
打制新的铁锚
有人窗前
照镜子

但还没有人知道
水起源于
泰勒斯的那颗心
那颗心
超越了生和死[1]

无数个宁静的深夜，我在远离混乱的文学江湖竞技场之外，与卡夫卡谈话。（文学江湖的竞技场中，人们正在为利益厮打，只听见污言秽语，只看见刀光剑影。）毫无疑问，我崇拜我心中的大师，他，弗兰茨，伟大得让我喘不过气来。他是淘沙者眼前的一块巨石，是沙的宇宙。最后一滴水已经蒸发，所有的金属都被淘



1 李森：《李森诗选1988—2006》，花城出版社，2009年，第167—168页。

走，而巨石仍旧立于白沙之中。沙中之沙，巨石，曾经穿透云层，穿透空无，落下来；沙中之沙，巨石，曾经破开岩层，穿过沃土，出自黑暗。现在，它是寂静的，他是弗兰茨·卡夫卡，我的兄长。

我有一诗《白沙》：

深渊中的白沙
究竟是什么样的激情
发现了它。在暗的深处
在一个哑巴平静的心灵里
发现了它

从此，它就开始翻滚
成为波浪的比喻
滚滚而来的、时间的比喻，
创造了白色
然后，又创造了混沌的海
描绘了海岸的弓背

鱼群是后来者
人是后来者
我肯定不是最后一个

理解沙的人[1]

我在东方，在另一条洗沙的河中上岸。这条河是卡夫卡隐喻中的河流，从他的世界流出，越流越远，创造了一个宇宙。现在，我到达了他的宇宙的中心，他就是我的宇宙的四壁，他把我的存在放在可靠的艺术时空之中，让我保持着一个人与头顶灿烂星空之间的距离。伊曼努尔·康德（Immanuel Kant，1724—1804）说过，他有两样东西，一是头顶的星空，一是内心的道德律令。卡夫卡是文学的伊曼努尔·康德，康德是哲学的弗兰茨·卡夫卡，而我是说出他们俩亲密联系的人。

不仅是康德，还有柏拉图，我有《卡夫卡》一阕，寻找柏拉图丢进大海的石头：

在西方的词汇中
卡夫卡曾是一块冰冷的鹅卵石
它沉在海底
一直无人问津
直到当代
这块石头才自己浮出水面
只有我明白



1 李森：《李森诗选1988—2006》，第169页。

柏拉图曾站在海边
把堆成山的石头丢进海里
它就是其中的一块
它终究要浮出来
凡是柏拉图丢进海里的
都会被找到[1]

## 二、空和无，语义的房间

当我有了自我的可靠性，我就开始寻找我的艺术，寻找在黑暗中折磨我的缪斯。我要把烦躁不安的缪斯引领到光明中来。在这个意义上，在我的艺术呈现之时，我就是心灵和心智本身；在我的艺术没有呈现之时，我只是“空”或“无”，是“空”或“无”的表象之躯。越是孤独的心灵，越需要有比方说一个屋子、一个时空的规定性，然后取代其他禁锢自我的铁屋子般的规定性。一种存在摧毁另一种存在，实现存在的互换。就是说，在很多夜晚，我的自我是卡夫卡和我共同完成的，因为当他把缪斯引领到光明中来的时候，我也随之到达光明之境。卡夫卡想在《变形记》中摧毁墙壁，当然，墙壁也是他自己创造的，这个墙壁隐喻生活世界的另一个墙壁。卡夫卡使我感觉到我在墙壁的规定性

1 李森:《李森诗选1988—2006》，第189页。

之中，也在他为我创造的神性和诗意的规定性当中。他的隐喻是多义的。他在小说《在墓穴里作客》中写道：“我在死人那儿作客。这是个宽敞整洁的墓穴，有几个棺材已经停放在这里，可是还有许多空地，有两个棺材开着盖，里面看上去像是睡觉的人刚离开的乱七八糟的床。一张写字台放在靠边上的地方，所以我没有马上就看到，一个身体壮实的男人坐在写字台后面。他右手拿着一支笔，好像刚才还在写什么而现在正好停下来似的，左手在背心前玩弄着一根闪闪发光的表链，脑袋低垂在表链上。一个女佣人在扫地，其实根本没什么可扫的。”[1] 卡夫卡既是墓穴的观察者，也是墓穴中的在者。

我阅读卡夫卡感到快乐，是因为他揭示了我，同时也解放了我。通过艺术获得解放，是实现物我之间会通和超越的重要方式。伟大的作品，语言和灵魂是同步漂移的。危地马拉作家奥古斯托·蒙特罗索（Augusto Monterroso，1921—2003）有一篇寓言《梦中的甲壳虫》写道：

> 有一回，一只名叫格里高尔·萨姆沙的甲壳虫梦见自己是一只名叫弗兰茨·卡夫卡的甲壳虫，弗兰茨·卡夫卡梦见自己是作家，作家梦见自己在写一篇关于一位名叫格里高

1　叶廷芳主编：《卡夫卡全集》第一卷，洪天富、叶廷芳译，河北教育出版社，1996年，第552页。《在墓穴里作客》一篇为叶廷芳、黎奇译。

尔·萨姆沙的小职员的文章，格里高尔·萨姆沙梦见自己是一只甲壳虫。[1]

像写作《黑山羊及其他寓言》这部名著的蒙特罗索一样，最近，我也一直在卡夫卡的屋檐底下行走。或者更确切地说，我走着走着，发现自己正行走在卡夫卡的屋檐底下。这个无形的房屋是我倾听到的，先倾听，然后又建造。卡夫卡的时空通过我的创造得以广大。我时刻感觉到，在我的头顶，我的四周，乌云裹着雨水向无限低洼的地方倾泻下去，穿透了一切尘埃和坚硬的黑暗，也穿透了辽阔的光明。“今天一早，长时间以来的第一次，又感到想象这把刀子在我心里转动的欢乐。”（1911年11月2日日记）[2]

有一回，深夜读着卡夫卡，我抬头仰望天宇，看见月亮又一次从幕后出来。我看见，就在这个世人沉睡的夜晚，众神把我的屋子放回到大地上，让我拥有了自己的栖居之所。此时，我看见我混沌的心灵，也从月亮中分离出来了。它像一粒陨星的碎片闪着银光，被迷蒙的大雾裹着，披头散发，飘忽不定，进入这间屋子，像游子的心一样归来。它是一粒冰冷的火种，来自卡夫卡。冰冷之火不能温暖世界，它只能把孤独的寒冷变换成另一种表达

1 《插图本拉美西葡文学大家精品丛书》第一卷，林之木等译，云南人民出版社，1998年，第358页。

2 叶廷芳主编:《卡夫卡全集》第六卷，孙龙生译，河北教育出版社，1996年，第109页。

方式。这就像一粒苞谷的宇宙，要么在土地的冰冷之火中化为灰烬，要么在永不停息的时间之磨里碎为齑粉，要么服从上帝的旨意，在苞谷秆上生成无数粒苞谷的无数个浑圆的宇宙。

卡夫卡在《第一本八开本笔记》里写下这样的文字：

> 每个人的体内都带有一个房间。这一事实甚至可以通过谛听来验证。当一个人快速地在街上走着，并倾听着，比如在夜间，周围万物沉寂，这时他就能听见一个固定得不够结实的壁镜在叮叮当作响。[1]

卡夫卡的幻觉来自人对存在飘忽不定的恐惧。在夜间行走的人带着自己透明的坚固的玻璃房间行走，他肯定是一个智者。如果是一个俗气的常人，则不可能享受这个牢笼。然而，智者的痛苦是，要为摆脱这个牢笼而不停地奔波。只有少数的智者能够打碎它，让自己回到庸常的夜晚中来。这少数人是猫头鹰般的清醒者。而多数智者只有靠忘却获得解脱。忘却是使夜平静下来的音乐。这种音乐像圣水般在天外流淌，专门滋养睡眠中的耳朵。在公元前数百年人类思想的“轴心时代”，老子、庄子、孔子、孟子、屈原等智者就听见过在昆仑山之外流淌的这种音乐；巴门尼德、毕达哥拉斯、苏格拉底、柏拉图、亚里士多德听见的这种无

1　叶廷芳主编:《卡夫卡全集》第五卷，黎奇、赵登荣译，第17页。

声音乐，则是从阿尔卑斯山那边传来。“大音希声”说的就是这种声音。毕达哥拉斯的几何线条上凝固着这种声音，《诗经》《楚辞》的节奏中有这种声音，这种声音渐渐浸透了卡夫卡的心灵，直到向世界溢出，像月光一样盈满世界所有的高峰和深壑。

在云南高原，卡夫卡已经新生，他像一只巨大的黑色蜘蛛，不分白天黑夜地织着蛛网，划着月光下明亮的圆，它和它创造的宇宙又被重新说出。月光照耀下的高山和深壑，已经盈满了橘红的阳光。

我有《甲壳虫之叹》：

> 昨天晚上夜深人静的时候，有一只大甲壳虫在它的书房里感叹道：“自从弗朗茨·卡夫卡过世之后，再没有一个作家变成过一只像样的甲壳虫！”说完，它缓慢地向窗子爬去，好像要遁入无穷无尽的黑夜。
>
> 这时，有一个声音叫住大甲壳虫说：“啊，卡夫卡先生，慢些走，等等我吧。”大甲壳虫回头一看，果然有一只小甲壳虫跟在它的后面。
>
> “你是谁？你从哪里来？你到哪里去？”大甲壳虫问。
>
> “我是李森。好不容易才来到你的另一个梦境当中。”小甲壳虫回答。
>
> 大甲壳虫很兴奋，它活动了一下自己的颈椎，然后问道：“你也是一个作家么？”

小甲壳虫说："不，我是你的另一篇作品中的另一个格里高尔·萨姆沙。我一直在寻找你的踪影。"

大甲壳虫望着小甲壳虫迷惘的目光嗟叹不已。过了一会儿，它们突然飞起，破窗而出，消失在茫茫夜色之中。夜已经黑透，但还没有下雨。[1]

## 三、善与恶

卡夫卡在《第三本八开本笔记》写这样的文字：

魔怪有时获得善的外表，甚或完全化身其中。如果它不在我面前暴露，我当然只有败北，因为这种善比真正的善更吸引人。可是如果它们不用伪装而出现在我的面前呢？如果我在一场狩猎追逐中被魔鬼撵入善之中去呢？如果我作为厌恶的对象被周围的无数针尖刺入、逼入善之中去呢？如果肉眼可见的善的利爪纷纷向我抓来呢？我会退一步，软弱而悲哀地进入恶之中去。它自始至终一直在我身后等待着我的决定。[2]

在卡夫卡的诗学中，善与恶之间的关系，就好比有和无之

1　李森：《动物世说》，花城出版社，2002年，第84—85页。

2　叶廷芳主编：《卡夫卡全集》第五卷，黎奇、赵登荣译，第34页。

间的关系。相生相克，甚至融会贯通。他的善恶观超越了道德和社会学范畴的判断，超越了知识和时代风尚。卡夫卡不把善恶作为出发点，在他的心目中，善恶没有出发点。也就是说，没有一成不变的善和恶。他在观察中获得善恶，他不拥有善恶，而是看善恶如何使用它们的逻辑，以什么样的方式影响人的所谓本质或存在。善恶的逻辑似乎就是存在的逻辑，有时像空气一样被人忘记，而有时突然现出某个原形，创造某个事件。事件是善和恶联袂催开的花朵。卡夫卡说："猎狗们仍在院子里嬉耍，可是那个猎物却无法逃脱它们，尽管它现在正飞速穿越了重重树林。"[1]

善和恶都是风。你可以说和风是善，暴风是恶。和风和暴风彼此的转换，只在瞬息之间。

"恶是善的星空。"[2]恶往往体现在善之中，以善的名义行事，借用了善的逻辑、善的语言或善的出发点，这样的恶最能迷惑人心，俘虏人的自我，把人合情合理地改造成虎狼；善则往往以善的名义创造了恶，善改变了人的存在，更能让人接受其合法性的地位。相比之下，善或有温水煮青蛙般的可怕。"善在一定的意义上是绝望。"[3]卡夫卡说，"一个笼子在寻找鸟。"[4] 而善更像一个鸟

1 叶廷芳主编:《卡夫卡全集》第五卷，黎奇、赵登荣译，第46页。

2 同上，第48页。

3 同上，第42页。

4 同上，第39页。

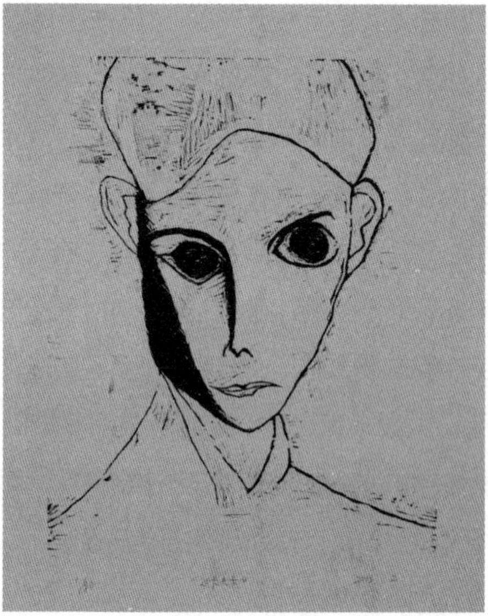

卡夫卡画作手稿

笼。卡夫卡又说："恶认识善，可是善不认识恶。"[1]"只有恶才有自我认识。"[2]"一些豹子闯入教堂，把祭供的瓦罐里的水喝得干干净净；这事不断发生；最后人们终于能够算准时间了，于是这便成了仪式的组成部分。"[3]



1 叶廷芳主编:《卡夫卡全集》第五卷，黎奇、赵登荣译，第42页。

2 同上，第42页。

3 同上，第40页。

善和恶自己显现自己。善恶像无限丰富多样的花朵，开在天地时空之中。它们被观察和体验，所以它们存在。善和恶乍一看都是美丽的，特别是在“看”的人置身事外，与善恶形成两极之远的时候。

一般来说，善和恶都不喜欢平静的世界。因为在平静的世界中，善恶都不好表现自己。豺狼需要奔跑，兔子需要躲藏，狮子需要证明自己。

贴着标签的善和在美丽中隐藏着的恶是一回事，只是表达方式不同而已。一个人说他自己是恶人，也许他已经发现了善；另一个人说他自己是善人，也许他正坠入恶的深渊，因此他需要善。

我设想，下列52种植物同时种在一个花园里，会像善一样十分美丽。这个花园受到园丁精心的呵护，参观者络绎不绝，赞美者诗兴勃发。几乎在一夜之间，世界就复制了无限多个同样的花园。或许还编订了“花园学”统编教材进行推广。这52种植物，像“花园学”里的52个核心词。它们是：

> 石栗、变叶木、细叶变叶木、蜂腰榕、石山巴豆、毛果巴豆、巴豆、麒麟冠、猫眼草、泽漆、甘遂、续随子、高山积雪、铁海棠、千根草、红背桂花、鸡尾木、多裂麻疯树、红雀珊瑚、山乌桕、乌桕、圆叶乌桕、油桐、木油桐、火殃勒、芫花、结香、狼毒、黄芫花、了哥王、土沉香、细轴芫

花、苏木、广金钱草、红芽大戟、猪殃殃、黄毛豆付柴、假连翘、射干、鸢尾、银粉背蕨、黄花铁线莲、金果榄、曼陀罗、三梭、红凤仙花、剪刀股、坚荚树、阔叶猕猴桃、海南蒌、苦杏仁、怀牛膝。

可是科学实验已经证明，这52种植物或花卉，都有诱发鼻咽癌和食道癌的毒素。其中，有的花卉或植物常见于公共场所或私人住宅，人们不知对这些美丽的植物投入了多少感情。最终，却诱发了癌症，但没有人知道病因。

这52种花卉，52个核心词，编织出了善的“花园”，埋藏了恶的“病因”。如果在心灵之田里种下一株株含有“恶隐喻”的词汇呢？词是有善恶的。词之善恶，在词的漂移之中生成。

善有时候就是美丽的、高雅的隐形杀手，是恶的外表和恶存在的方式。恶寄生在善的土壤中，展现善的美。毒以花的名义，恶以善的名义，邪恶以正义的名义大行其道。这就是人类社会的险恶江湖。在这个江湖上，人们还没有学会提防那些美丽得似乎无与伦比的东西。语言的花朵是最可怕的。江湖混乱，人们为一个虚构的善，迷恋语言之花。上帝把这种致命的秘密告诉了少数人，也告诉了卡夫卡和我。卡夫卡和我都接受了忠告。

在一个荒诞的梦境中，卡夫卡与我就善恶交换了意见，大意如下：

芸芸众生参与虚构了善。

善与恶争相吸吮世间的鲜血。

芸芸众生互相吸吮善的鲜血，没有发现恶。

善是微笑而又慈祥的。

善犹如一座巨大的石磨，不停地空转着。

善与恶握手言欢的时候，家禽和家畜丝毫没有反应。

恶敲门的时候，善在门后笑容可掬。

老鹰在高空看着土鸡和鸭子比赛下蛋。鹌鹑和麻雀也在比赛下蛋，但在老鹰看来，雀太小，比赛无效。

有时，善和恶也同时存在于观察者身上，成为心灵中痛苦的根源。痛苦和欢乐是一辆双轮马车上的两个轮子，被马拉着在早已通达远处的道路上走着；有时，讲述者谈到车轮、车辙而忘记了整驾马车；有时，他们只讲拉车的马，而忽略了整驾车子；有时，因为有了赶车的人和搭车的人，才有了马车在路上行走；有时，仅仅因为路已经存在，马车才一次又一次重复行驶在路上。

卡夫卡打造了这么一驾马车：“一驾载着三个男人的农家马车在黑暗中正在一个坡道上缓缓上驶。一个陌生人迎面走来，向他们喊叫。交换了几句话后，他们明白了，他是想要搭车。人们给他腾出一个地方，把他拽了上来。车行了一段后，人们才问他：‘你是从对面那个方面来的，现在又坐车回去？’‘是的，’陌生人说，‘我先是朝你们这个方向走的，但后来又掉了头，因为天黑得比我估计的早。’”[1]

能够沿着道路返回的人毕竟是少数，有的人在被黑夜卷走时还以为自己是在完成崇高的使命。他们又怎么能悟到，所谓使命不过是一种说法。卡夫卡说：“道路是无尽的，丝毫不可缩短，丝毫不可增加，可是每个人还都想把他那幼稚可笑的一公尺加上去。‘没错，这一公尺路你也必须走，人们不会忘记的。’”[2]

善恶的概念既是语言使用的结果，也是一种生活的选择。对善恶的理解，意味着对生活的理解和反思。善恶的观念是“思”的结果。

语言中的善恶与个人生活中发现的善恶并不完全是一回事。善恶在不同文化和生活中，在不同的时间和空间关系中，表现形式的不同，说明善和恶没有一个固定的本质。

文学离不开善恶这样永恒的主题，但文学澄清不了这样的主题。在卡夫卡之前，几乎所有伟大的作家都想澄清这种主题。文学史也一度把对这类主题分析的程度当作一部杰作成立的前提，可是，各种“深刻”的说法仍然像普罗米修斯创造的神话母题，最终只有被悬置、被遗忘，像石头那样永远是石头，永远在大地上放着，即使有时会被洪荒之水运往了另一个地方。

卡夫卡有《普罗米修斯》一文：

1　叶廷芳主编：《卡夫卡全集》第五卷，黎奇、赵登荣译，第41页。

2　同上，第45页。

关于普罗米修斯有四个传说。第一个说：由于他把诸神出卖给了人，于是被牢牢地拴在高加索，诸神派老鹰去啄食他那源源不绝长出来的肝。

第二个说：啄食的鸟嘴给他带来的疼痛使普罗米修斯越来越深地挤压入岩石，最终与岩石成了一体。

第三个说：几千年后，他的背叛被遗忘了，诸神忘了，老鹰忘了，他自己也忘了。

第四个说：人们对这变得没完没了的事厌倦了。诸神厌倦了，老鹰厌倦了，伤口厌倦地合拢了。

剩下的只有那无法解释的岩石山脉。——传说试图解释这不可解释的。可是由于传说来自一个真实的基础，所以它本身也结束于不可解释之中。[1]

## 四、心灵与“叙述场”

欲试图表达人复杂的心灵，需要使用两种语言：逻辑语言和文学语言。如果心灵可以用逻辑语言完整地说出来，那么文学就会死亡，同时，人类的灭顶之灾也就降临。但好在心灵永远不能被逻辑系统和技术手段和盘托出，所以，文学的价值永远不会褪色。

1　叶廷芳主编：《卡夫卡全集》第五卷，黎奇、赵登荣译，第57页。

世界上也没有一个总体的或本体的心灵，完整的心灵是不可知的。像善和恶的观念一样，心灵同样没有一个一成不变的本质。心灵是一种关系，它在敞亮的同时也是隐秘的，犹似雨露阳光和植物生长的节律之间的关系那样透明和隐秘。人发现了这种关系之后，就感觉到了心灵的存在。我们看见了高山悬崖旁的一眼泉水，我们或会想到，某个人的心灵或自己的心灵像这眼泉水一样洁净和高远，但我们不能说这眼泉水就是心灵。泉眼和心灵之间到底有多远，永远也无法衡量。它们彼此是语言的远方。但是，个人可以感觉到两种陌生事物之间沟通的瞬间，一种超越了自然之水的圣灵之水汩汩流淌。

就文学而言，心灵是隐喻，也是像凌晨的浮光世界那样，是隐喻的敞开。因此，心灵在多数情况下，是思维、语言和文化的决定，是看不见的世界表露在看见的世界中的一切。看不见的世界是一个可能的世界，是看得见的世界必须预设的一个“叙述场”。（这里重要的是预设，预设意味着并没有那个世界。）人类的文化即在这个场中成长。文化就是大树，把根扎在这个场中，把本身、枝叶、花朵和果实露在外面。各种藤蔓缠绕在一起，大地的水和灵气一直上到了高处。在这个叙述场中，千千万万的胡蜂抱成一团，笨拙的黑熊和狡黠的狐狸每天都出来早操。在心灵中，该沉睡的沉睡，该醒来的醒来，从来如此。

在不同的文化语境中，心灵的表现形式不同。如果说有一种民族的或集体的心灵存在，那么人们说的就是一种文化，一种生活方式，一种对待人类文明基本准则的态度，比如正义和博爱。由是可以想见文化和人群的高贵与卑贱。民族主义是落后而脆弱的民族常常奉若圭臬的心灵逻辑，在这样的文化心灵中，仇恨的种子播入心灵。越是弱小的群体，越相信并崇尚总体或普遍的心灵，魔鬼最喜欢吸吮这样的心灵之血。这是一汪甜蜜的血。

个体不能自觉，心灵就含混不清。有真实、可靠的内涵的心灵都属于个体。

当然，为了言说的方便，人类总是要预设或想象有一个我们不可知的心灵存在，这是言说方式允许的。这个心灵我们可以让上帝拥有，而凡夫俗子最好不要僭越自己的角色。凡夫俗子只能在凡人生活的时空中体验心灵的存在，尽管心灵的内涵如山光水色、云雨幻化，总是明晦不分、扑朔迷离。但正因为如此，觉悟者才需要去寻觅和捍卫心灵。这是文学义不容辞的使命。

不要指望去获得那个预设的心灵。卡夫卡说："心灵的观察者是无法闯入心灵的，可是时机倒有一种擦过边缘时，可以触及心灵。在一接触所给予的认识是：心灵对自己也一无所知。也就是说，它必须保持不被认识的状况。只有在除了心灵之外还存在另一种东西的情况下，这才是可悲的，但是并没有其他东西。"[1]这就是心灵存在的高妙之处。心灵是部天书，要用一辈子的时间去阅读。而心灵却只是被阅读理解的那部分内容，其余不可知。

1 叶廷芳主编：《卡夫卡全集》第五卷，黎奇、赵登荣译，第50页。

但是，我们可以窥见心灵。不同的思想者和艺人以不同的方式窥视心灵。因此，心灵的“获得”永远是个人的“视觉”决定的。心灵是个万花筒，观察者可以是看客，也可以是旋转万花筒的人。有人看了一眼万花筒就自认为已经看见了心灵，有人不停地看万花筒，被瞬息万变的景象所迷惑。只有少数人是旋转万花筒的人。毫无疑义，伟大的艺术家就是旋转万花筒的人。

作家创造叙述场以使心灵显现其可能的迷惑人的模样。优秀的作品是作家本人和“心灵”、心智一起创造出来的。在作品中，心灵和心智本身也是叙述者。卡夫卡的作品就是最好的证据。

卡夫卡有一篇微小说《夜晚》：

> 沉寂的深夜。就像一个人有时垂头沉思一样，大地完全沉入了夜色。人们在四周睡觉，他们以为自己正睡在房间里，在结实的床上，在坚固的屋顶下，伸展四肢或蜷缩着身体躺在床垫上，头上裹着围巾，身上盖着被子，其实，他们像从前先后经历过的没有两样，依然聚集在一片荒野里，在露天安营扎寨，到处是黑压压的人群，这是一大群老百姓，他们在寒冷的露天下，冰冷的地面上，倒卧在他们早先站过的地方，额头枕着胳臂，脸朝着地，平缓地呼吸着。而你正在站岗，你是一位守卫者，你挥动一根从你身旁的干柴堆捡起的燃烧着的柴枝，发现了你最亲近的人。你为什么要站岗

呢？据说得有人站岗。必须有个人在那儿。[1]

这样“无主题”的寓言式的故事，在卡夫卡的笔记中比比皆是。他那些完整的小说，也是现代寓言式的。我说“寓言式”，也不过是为了言说的方便，其实卡夫卡根本就不在乎使用什么文体。他随便记录下来的文字所到达的境界，趋之若鹜的写作者一辈子也无缘到达——那是神性的虚静之境，在那里，风早就抚摩过一切之后平静下来。

无论在哪一个时代，在哪个起步的地方，写作者都充塞于道路中。写作者沿途夭折，越到远处越少。只有小作家才争夺写作的名利场，因为这个名利场就在起步的地方。走到遥远高处的写作者，是不需要与谁争夺的。如果在那遥远的高处能遇到写作者，那就是你的兄弟。有一天深夜，我依依不舍地离开卡夫卡进入了梦中，想不到我又在梦中与他相遇。那是在阿尔卑斯山的山腰，他从山顶下来，我从山脚上去。等梦醒之后，我才发现，我的一则寓言是与他共同完成的。但那时我们彼此只是会心地一笑。上山和下山都是一个道理，更不分先后，因为在会心一笑的地方，就是生命的终点和起点。在澄澈的心灵没有打开的时候，可以看清一个远行者身后的道路。当心灵洞开，叙述场显现了存

1 叶廷芳主编:《卡夫卡全集》第一卷，洪天富、叶廷芳译，第510页。

在的秩序，道路就消失在洪荒的朦胧之中。

我将《瓢虫与镜子》献给卡夫卡：

自从远古时代的某个时候起，那只瓢虫就没有爬出过那面巨大的圆镜，并且，它一直穿着那副精美的盔甲，桔红的盔甲永远也不会沾上灰尘。

瓢虫一直在爬，镜子中的河一直在流。

瓢虫一直在爬，镜子中的落叶一直在飞。

瓢虫一直在爬，任何人也砸不碎那面圆镜。

但是，那只瓢虫从来没有看见过自己，也没有看见过那面巨大的圆镜。[1]

若以卡夫卡的写作水准看，许多作家根本不具有对心灵的探索能力，作家们穿凿语言的隧洞，结果只挖掘到了人类轻率地奉若真理的知识和观念，而没有找到能照见人心的、原生的语言矿藏。《夜晚》这一短章的叙述场，就是“卡夫卡心灵”的瞬间显现。显现和叙述本身是一致的。显现就是显现本身。“你为什么要站岗呢？据说得有人站岗。必须有个人在那儿。”“瓢虫一直在爬，任何人也砸不碎那面圆镜。”两个人在不同的路上挖掘隧道，挖到远处，彼此都听到掘土的声音。声音越来越大，有时候，连

1　李森：《动物世说》，第56页。

心跳的声音也能听到。终于有一天，两个隧道打通了，两人会心地一笑，然后，沿着各自的隧道回去，回到开始的地方。出于生命的惯性、艺术的感召，他们又在不同的地方开始掘土。下次在什么地方能跟谁相遇，永远不得而知。也许，下次打通的是山顶，打隧道者不想从原路回来，他要从山坡上披荆斩棘开道下来。在无穷无尽的叙述场的打开方式中，各种可能性都存在着。

只有显现和叙述两者合而为一的时候，叙述场才是自足的。自足是心灵、语言和诗性的和谐统一。谁都不是谁的主词或谓词。

在某个瞬间，心灵和叙述场也是和谐统一的。

叙述场可以跟现实的事象有关，呈现现实的事象。事象也可以是创造的事象。在文学艺术中，两种事象的呈现本身无高下之分，只有在叙述场和心灵失去对话的情况下，文学艺术的语言漂移之美才可能被屏蔽。《变形记》中的格里高尔·萨姆沙是一个伟大的角色，因为他在一个特定的叙述场中完成了其自足显现的使命。同样，《城堡》中的土地测量员K.，也是这样的角色。

《城堡》这个巨大隐喻的叙述场，是这样展开的："K.到达时，已经入夜了。村子被厚厚的积雪覆盖着。城堡山连影子也不见，浓雾和黑暗包围着它，也没有丝毫光亮让人能约略猜出那巨大城堡的方位。K.久久伫立在从大路通往村子的木桥上，举目凝视着眼前似乎是空荡荡的一片。”[1]这一段描写可以说是整个城堡隐喻的一个缩影。在这个隐喻范畴之外，K.出现了。K.创造了这个隐喻，K.要进入城堡，进入眼前这个伯爵控制下的村庄。伯爵是无形而又无处不在的官僚体制的塔尖，这个传奇式的人物，谁都没有见过他，谁都不知道他在干什么。K.想进入伯爵控制的地盘，要求伯爵准许他定居下来。为了进入普通人的生活，获得一个普通的生活角色，K.绞尽脑汁。他冒充伯爵请来的土地测量员，然而却被层层官员识破。但在叙述场中，这个故事并没有简单了结。关键是，城堡和K.之间进行的各种游戏，双方都知道底细的游戏使叙述场大大地扩展了。K.越是努力，离自己的目标越远。他怎么干都是错的。这是上天和K.开的玩笑。事实上，人生盛宴的这个局外人就是卡夫卡。卡夫卡伟大的挚友，全部作品的整理者马克斯·勃罗德（Max Brod，1884—1968）在《城堡》第一版后记中说：“弗兰茨·卡夫卡的主人翁顽固地、不遗余力地坚持按照‘城堡’的指示去安排他的生活，虽然他遭到了所有城堡代理人的简直是粗暴无礼的拒绝。这诱使他对他的内心深处满怀敬畏的那个‘城堡’发表了极不恭敬的意见，作出了极其轻蔑的表示，这一点别具一格地构成了这部无与伦比的小说的诗意的生活气息，构成了它的讽刺意味。因此，所有这些挖苦的意见和

1 叶廷芳主编:《卡夫卡全集》第四卷，赵蓉恒译，河北教育出版社，1996年，第3页。

诽谤的话语仅仅显示了人的理性和上天仁慈之间的距离。”[1]

在卡夫卡的叙述场中，角色被无端地引入语境，就像人被无端地抛到这个恼人的世界上。叙述场一旦成立，角色就属于“这一个”叙述场，因此，他必然要失去许多可能性，目的是要支持眼前正在建构的语言漂移法则。《第三本八开本笔记》里，这则笔记中的这个“他”，可以说是世道人生和他们的角色无可奈何的隐喻者：

> 他是地球上一个自由的、有保障的公民，因为他虽被拴在一根链条上，但这根链条的长度足以容他出入地球上的空间，只是这根链条的长度毕竟是有限的，不容他越出地球的边界。同样，他也是天空的一个自由的和有保障的公民，因为他被拴在一根类似的天空链条上。他想要到地球上去，天空那根链条就会勒紧他的脖子；他想要到天空去，地球的那根就会勒住他。尽管如此，他拥有一切可能性，他也感觉到这一点；是的，他甚至拒绝把这整个情形归结于第一次被缚时所犯的一个错误。[2]

叙述场的边界是模糊的。清晰的只是语言层面的事象外显的

1 叶廷芳主编：《卡夫卡全集》第四卷，赵蓉恒译，第414页。

2 叶廷芳主编：《卡夫卡全集》第五卷，黎奇、赵登荣译，第51页。

部分，像玉石一样，当它被洗尽铅华、磨掉粗糙，它的品质就有一个外显的、清晰的光晕，那是存在的外显，也是本质。只是叙述场远远超越了这一层面，因为事物、事象、事态没有一个固定的本质，本质有时候恰恰是无本质。“他甚至拒绝把这整个情形归结于第一次被缚时所犯的一个错误。”这句话使这则笔记的叙述场控制在一个平衡的范畴之内，使叙述更清晰，同时，也使存在的神性色彩得以滋生。这是对存在本原的追忆和反思。这种追忆和反思既来自心灵，也来自隐喻的凝聚与敞亮。

## 五、物事的宇宙

叙述场的自足到达极致，文本中的宇宙就已经形成。这里的宇宙像夜晚宁静的星空，星星不会多，也不会少，仰望者不会去数星星到底有多少。因为那是宇宙，星星明亮或晦暗都属于宇宙变幻的常理。星空不管是明亮的，还是被遮蔽的，都是宇宙给仰望者的表象，都是它显现的方式。文本最高的典范，就是心灵、语言和物事共同支撑的宇宙的形成，好像一尊三脚支撑的大鼎，稳立天心，震慑四方，但同时又是虚静而又遥远的。

卡夫卡的微小说《驯蛇》，就是一个小小的文字宇宙：

可爱的蛇，你干嘛离得那么远，过来，再近一点，行了，就待在那儿。对你来说是不存在界限的。你不承认任何界限，我又怎么让你听命呢？那将是个艰巨的工作。我做的第一件事是，请你盘起身来。我说的是盘起来，可你却展了开来。你听不懂我的话吗？你显然听不懂。但我说得很明白啊：盘起来！不对，你没有明白。我用棍子指点给你看。你得先盘成一个大的圆圈，然后在里面紧挨着再盘上第二个，如此以往。如果说你现在还仰着小脑袋，那么等会儿，随着我吹出的笛子的旋律慢慢地沉下去，停止演奏时，你也就静下来，届时你的脑袋将正好处于最里面那圈。[1]

卡夫卡最让我激动的就是《驯蛇》一类的作品，当然还有《变形记》《城堡》《一条狗的研究》一类。他的最优秀的作品，都是文本自身的宇宙的呈现。这种呈现超越了叙述方式给作家带来的局限。我阅读的时候，常常忘记了文本处心积虑的建构而亲近卡夫卡的心智——不朽的神性的自然。从十九世纪以前的文学传统来看，最伟大的文本的呈现是文本在阅读过程中的退场，与此同时，心灵和心智马上出来表现文学的内涵，这是阅读传统和文学传统给文学留下的遗产。因此，从这个角度看，我们也可以说卡夫卡是伟大的传统作家。

但另一方面，我又时常想起卡夫卡的现代性。他是最早摆脱

1 叶廷芳主编:《卡夫卡全集》第一卷，洪天富、叶廷芳译，第524页。《驯蛇》一篇为叶廷芳、黎奇译。

文学的宏大叙事，摆脱“主题”先行框架的先知。（现代主义文学传统中也有宏大叙事的倾向，充满着各种叙述策略，包括波德莱尔的创作，也有明显的选择所谓现代的方法论的痕迹。）这样的先知跨越了数千年的文化积淀，不是发展了文学的什么，而是回到混沌初开时人性、人的心灵与物性彼此映照的时刻，也就是心智这一神性自然节律化、秩序化初动的时刻。

卡夫卡与蛇的对话那么纯真，那么稚拙和自然，同时，又玄妙无穷，几乎让语言失去对作品的判断能力。“如果你现在还仰着小脑袋，那么等会儿，随着我吹出的笛子的旋律慢慢地沉下去，停止演奏时，你也就静下来，届时你的脑袋将正好处于最里面那圈。”这样的神秘性是物事存在的神秘性与心智存在的神秘性的和谐一致，是一种“美”和“在”的“无目的的合目的性”[1]。这是一种真正的、回到起点的现代性。伟大的艺术都是不断地从不同的路径回到起点，然后从起点开始开创另一番天地。一种原生的艺术一旦获得认同，获得人类心灵和心智的支持，就会走得很远，创造出一种艺术传统。在现代文学史上，没有几个人比卡夫卡在返回的路上走得更远。卡夫卡的许多伟大的作品都有寓言的性质，即是一个很好的证明。寓言是人类最早与物事交流悟到的一种文体，在这种文体中，物事和人彼此都可以换位。人与世界的交流既直接而又笨拙。对于艺术家来说，聪明绝顶即笨拙到

1　康德《判断力批判》中的核心命题之一，是审美判断的一个先验原理。

家。现在我们来读另一篇记录在《第六本八开本笔记》上的一则寓言小说《驯鹤》：

我晚上回到家里时，看到一个很大的、大得异常的蛋。它差不多跟桌子一样高，鼓得圆圆的。它轻轻地来回晃动。我感到很好奇，把它夹在两腿中间，用小刀小心翼翼地剖成两半。它已经孕育完成。蛋壳皱巴巴地碎了开来，从里面跳出一只鸟，它像只鹤，还没有羽毛，用它那太短了一些的翅膀拍击着空气。“到我们的世界里来想要干什么？”我很想问问它，我在它面前蹲了下去，注视着它害怕地眨动着的眼睛。可是它离开了我，沿着墙边跳着，不时扑打着翅膀，好像脚痛似的。“人人相互帮助。”我想道，于是从桌上打开我的晚餐，向那只鸟招招手，它这时正用它的鸟喙捅着我的几本书。它马上就来到了我这儿，显然已经有点习惯了，在一张椅子上坐了下来，开始发着鸣叫声的呼吸嗅我放在它面前的肠块，可是刚刚喙起来，又扔了下去。“我犯了个错误，”我想，“当然了，刚从蛋里蹦出来，怎么能马上就吃肠子呢。这里需要有女人提供经验了。”我目不转睛地盯着它，想看看是否能从外部看出它想吃什么。“如果它是来自鹤的家族，”我想起来了，“那么它一定会喜欢鱼的。甚至要我去给它弄鱼来我也干。当然不是白干了。我的收入允许我养一只家鸟的。如果我做出这样的牺牲，我就要求它做出同样价值的具有维持生命意义的生活服务。它是一只鹤，那么等它长大了，被我的鱼养肥了，它就能载我到南国去。我早就想到那儿去旅游了，但由于没有鹤的翅膀我至今只能搁下这个愿望。”我立即取来纸和墨水，把它的鸟喙蘸上墨水，挥喙写道（这整个过程中这只鸟都没有反抗）：“我，像鹤的鸟，在此保证，在你用鱼、青蛙和蚯蚓把我喂养到能飞之时的前提下（后两样东西我是因为想到它们更便宜而加上去的），让你乘坐在我的背上飞往南国。”然后我把鸟喙擦干净，把这张纸又拿到它眼前放了一会，才折叠起来，放入皮夹子中。接着，我马上动身去买鱼；这回我不得不付出高价，但那小贩对我说，今后将始终给我准备好价格低廉的臭鱼和足够的蚯蚓。也许南国之行不至于太贵。看到这只鸟那么爱吃我带来的东西，我很高兴。只听它格格响着把鱼吞了下去，填满了浅红色的肚子。日复一日，与人类的孩子没法比，这只鸟很快地生长着。尽管臭鱼那令人无法忍受的味道不再离开我的房间，不断地发现鸟粪并清除掉也不是易事，再说寒冷的冬天和煤的涨价不允许我进行必不可少的通风——可是一旦春天到来，我在轻盈的空气中游向灿烂的南方，那该多美。翅膀长了起来，铺上了羽毛，肌肉开始变得结实，是开始进行飞行练习的时候了。可惜没有鹤的母亲在场，如果这只鸟不太情愿，我的教授水平肯定是不够的。但它显然看出来了，它必须用高度集中的注意力和最大的努力来填补我教学水平的不足。我们开始练滑翔了。我跳起来，它就跟在后面，我张开双臂跳下去，它便振动翅膀往下落。后来我们越过桌子，再后来我们越过大橱，可是所有的练习都得有系统地重复许多遍。[1]

《驯鹤》这样的作品让我坚定了信心。因为我一直认为真正的艺术是起源于虚无而后又寂灭于虚无的。虚无既是宇宙的核心，又是宇宙的本质。当然，必须清楚，虚无并不是文学艺术创作指向的目的，而是出发点和终结。在出发点和终结之间，就是存在或者说是各种秩序建立的存在场。存在有自己的叙述和叙述场，心灵和心智是推动叙述场建立秩序的力量。表面看来，物事或事象是叙述场中重要的"角色"，但事实上，心灵和心智才是真正的主角。心灵和心智可以把物事或事象推向各种各样的目的、各种各样的意义或主题，也可以把存在推向虚无。相比之下，推向意义、主题或观念什么的比较简单，而推向虚无是最难的，因为人类总是渴望着创造意义、解读意义，总是难以控制制造意义的欲望。

当卡夫卡写道："我晚上回到家里时，看到一个很大的、大得异常的蛋。"叙述场的秩序就已经建立。很明显，这个巨大的

1　叶廷芳主编：《卡夫卡全集》第一卷，洪天富、叶廷芳译，第548—549页。《驯鹤》一篇为黎奇译。

蛋是什么鸟下的，哪只鸟下的，为什么这只蛋会下在那里并不重要。重要的是卡夫卡敢于让一只莫名其妙的巨大的蛋莫名其妙地置于自己的家中，就像《变形记》中的甲虫一样，一夜之间，人虫两异。但叙述就从这种毫无意义的事象中开始，一切都十分偶然，没有一个知识论的起点，也没有诗学意义上的隐喻。像孩童的游戏一样，游戏的起点是不需要背景的，也没有一个宏大的、处心积虑的目标。在游戏过程中，出现什么样的过程都在叙述场的情理当中，比如《驯鹤》中的异想天开："它是一只鹤，那么等它长大了，被我的鱼养肥了，它就能载我到南国去。""我在轻盈的空气中游向灿烂的南方，那该多美。"就为了这种异想天开，"我"这个同样没有来历的人（其实他就是卡夫卡自己），养育并训练那只鹤，让它长大，养出能载着一个人飞到南方去的力量，让鹤的羽毛长出来。一个人，一只鹤，进行一种稚拙的游戏的对话。一个是天外之人，一只是鸟外之鸟。它们的对话就像在音乐洞开的天地之中。叙述场最纯净的境界就是音乐的境界。音乐的节奏使心灵和事象秩序化，使虚无之境像树叶一样动荡，然后又恢复平静。"我跳起来，它就跟在后面，我张开双臂跳下去，它便振动翅膀往下落。后来我们越过桌子，再后来我们越过大橱，可是所有的练习都得有系统地重复很多遍。"卡夫卡就是在说高天之外的事情，天外有天，文本也有文本的天外之天。天籁之声从天外传来，穿越心灵的层层隔膜，到达虚静之境。不是任何人的心中都有虚静之境，所以，并不是任何人都喜欢卡夫卡。

因此，物事的宇宙同时也是心灵和心智的宇宙。卡夫卡为揭示这个宇宙而活着。他在1913年6月21日的日记中写道："在我的脑袋里有着庞大的世界，但如何解放我自己和解放它，而不撕成碎片呢？宁愿上千次地撕成碎片，也不要将它阻拦或埋葬在我的体内，我就是为此而生存在这里的，这我完全清楚。"[1]读到这则日记，想到卡夫卡的身世，我的鼻子酸了，几乎流出了眼泪。卡夫卡说出了我要说的话，毫无疑问，他是我伟大的兄长。1913年8月21日的日记中又写道："我今天得到克尔凯郭尔[2]的《里希特选集》。如我知道的，他的情况与我的情况尽管有些本质的区别，但非常类似，至少他处在这个世界的同一边。我确认他像一个朋友。"[3] 1913年12月14日的日记中，卡夫卡说："现在读到陀思妥耶夫斯基[4]的这个地方，使我忆起我的《不幸的存在》。"[5]卡夫卡深受克尔凯郭尔的影响，个人的存在、焦虑以及寻求基督教神性的精神补偿，一直是克尔凯郭尔和卡夫卡共同的精神状态。

因此我可以说，卡夫卡的叙述场往往只是存在的自性，没有目标，没有归宿。他自己就站在这个叙述场的核心。他站在任何突然打开的叙述场的核心，每一个词，每一个事物，每一个疏忽

---

1 叶廷芳主编:《卡夫卡全集》第六卷，孙龙生译，第248页。

2 克尔凯郭尔（1813—1855），丹麦哲学家，存在主义先驱。

3 叶廷芳主编:《卡夫卡全集》第六卷，孙龙生译，第258页。

4 陀思妥耶夫斯基（1821—1881），俄国作家。

5 叶廷芳主编:《卡夫卡全集》第六卷，孙龙生译，第280页。

漂移而过的瞬间，都可能是他形单影只的立身之地。

如果我一点儿没弄错的话，我走得越来越近。那就好像在某一个森林空地有着心灵上的斗争。我进入森林，什么也没找到，出于虚弱，马上又钻出来，常常是当我离开森林的时候，我听到，或者我认为听见了每次斗争武器的叮当之声，斗士的目光可能穿过森林的阴暗之处在寻找我，但我知道得只是那么少，而且是些他们虚幻的东西。

倾盆大雨。你面对大雨而立，让铁的光束穿透你的身体，在欲冲走你的水中滑行，但要坚持住，这样坚持地等待着那不知何时突然涌来的太阳。（1914年5月27日日记）[1]

2002年8月1日　喜鹊庐

2022年1月12日　燕庐修订



1　叶廷芳主编:《卡夫卡全集》第六卷，孙龙生译，第309—310页。

# 从“局外”到“局内”的反抗

## ——加缪《局外人》《鼠疫》阅读笔记

### 一、局　外

我阅读阿尔贝·加缪（Albert Camus，1913—1960），深感他为自己的思想起点预设的“局外”范畴所震动，这种震动为我的阅读的自觉创造了可能。像加缪这样的作家，他的思想的来源及其强悍的创造力是不可能没有出发点的。只有三流以下的作家才在思想和知识杂乱无章的范畴之中仰人鼻息，拾人牙慧。而伟大的加缪是原创性的写作者，他的心智中埋藏着的金属必须亲手去磨亮，以使之放出自己锃亮的光华，他才能安宁。否则，他就失去了生活和创造的意义。他这样的人，其存在就根源于此，依赖于此。除此之外，他只有“自杀”。对于加缪来说，选择“自杀”和对“自杀”的思考是不同的。加缪的“自杀”是一个与荒诞关联的哲学命题。他说:“真正严肃的哲学问题只有一个，那便是自杀。判断人生值不值得活，等于回答哲学的根本问题。至于世界是否有三维，精神是否分三六九等，全不在话下，都是些儿戏罢了，先得找到答案。”[1]创造生活、在生活之外的知识论中寻找意义以及“自杀”，这三者是立起同一个哲学问题的铁三角，这个三角的稳定性描绘在生活世界的同一个棋盘之上，同一个有内涵和意义的时空范畴之内。

那么，什么人在棋局之外？无视创造生活，不需要在生活之外寻找理性或非理性的知识内涵和价值，不相信上帝（没有信仰、理想和希望），同时对生和死都置之度外的人就在棋局之外。我们说，人生像一盘棋。一个人要么是棋子，要么是下棋者；无论处在什么角色，都属于棋局的范畴。人生的棋局自有其规则、超规则，有其价值和品位——这些规则或说法，是对“人生”这个“游戏”的解读和判断。没有任何东西比支撑人类文化的种种知识体系、种种说法和习惯更吸引人去献身，人类的文化把人规范在它的限度之内。换句话说，文化、知识和习惯通常就是人的界限。在此界限之内的人即在局内，相反的，即在局外。

在社会生活中，局内人是生活法则的控制者。人们从小就在学校、家庭、社会的教育下进入局内。进入局内成为棋子或下棋者，这是天经地义的。然而，若从局外看这“天经地义”，则会发现它的荒谬性。简单地说，加缪的两个著名小说《局外人》和《鼠疫》，就是对局外和局内两个世界的哲学考察。加缪的文学和

1　柳鸣九、沈志明主编：《加缪全集》散文卷I，丁世中、沈志明、吕永真译，河北教育出版社，2002年，第69页。

哲学不能分开来论。他认为，伟大的小说家都是哲学家。他在《哲学与小说》一文开篇即说：“在稀薄的荒诞空气中维系的一切生命，如果没有某种深刻和一贯的思想有力地激励着，是难以为继的。”[1]

## 二、荒　诞

阅读加缪，我总是处于激动不已的状态，甚至被来自其思想光亮的波浪冲击得坐立不安，仿佛一种来自前世的启迪。在对“局外”和“局内”的划分之后（这种划分来自我的阅读），他开始对世界进行判断了。荒诞，是加缪判断世界的逻辑起点。在加缪看来，无论局外和局内的世界都是荒诞的，这就意味着，人也是荒诞的。荒诞不存在意义，也不存在无意义；不存在有，也不存在无。意义，无意义，有或无，都是同一种逻辑判断的不同说法。意义是无意义的正面，有是无的正面。而荒谬却在这个范畴之外。

世界是荒诞的。这主要有两个原因：一是我们既不能认识世界，也无法认识自已，特别当我们认识到死亡时更是如此；二是人类总是追求绝对可靠的知识，追求世间万物的统一和理性，可是，世界的不可还原性、不可预见性和多样性，使人类的愿望注定要失败。加缪在《哲学的自杀》一文中说：“所谓荒诞，是根

1　柳鸣九、沈志明主编：《加缪全集》散文卷I，丁世中、沈志明、吕永真译，第122页。

据存在于他的动机和等待着他的现实之间的不成比例来断定的，是根据我能抓住他的实际力量和它企图达到的目标之间的矛盾来断定的。……世间存在着荒诞的婚姻、荒诞的挑战、荒诞的怨恨、荒诞的沉默、荒诞的战争和荒诞的和平。其中任何一种荒诞性都产生于比较……荒诞本质上是一种分离，不属于相比较的任何一方，而产生于相比因素的对峙。”[1]

因此，这种荒诞性不在于人，也不在于世界，而在于两者的共同存在。由此观之，加缪的荒诞是二元的。荒诞的观念在人与世界、现实与理想、行动与目标、期待与失望、道德与非道德、理性与非理性、信仰与堕落等二元关系中滋生。荒诞使人产生荒诞感，使人在二元关系中“出局”。依加缪所言，荒诞的概念就是本质。在加缪的真理概念中荒诞列为首位，而对于具有荒诞感的人来说，所谓理性是无能为力的，而在理性之外却又一无所有。这是何等大悲的“天问”，加缪已为荒诞的存在者代言，后来者便只有接着无端地言说。

人是荒诞的。加缪在《荒诞人》一篇里说：“荒诞人究竟是什么？就是不为永恒做任何事情，又不否定永恒的人。”[2]荒诞人也没有必要为自己的荒诞辩护，因为世人已经在一味地根据他们的

1 柳鸣九、沈志明主编:《加缪全集》散文卷I，丁世中、沈志明、吕永真译，第85页。

2 同上，第106页。

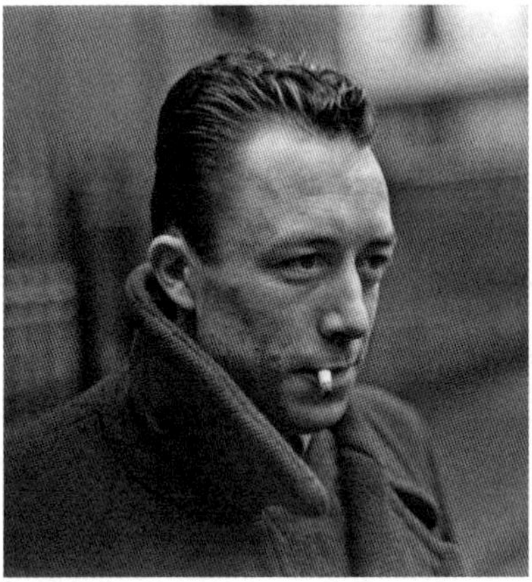

阿尔贝·加缪（1913—1960）

知识、观念、原则和习惯为其做“是”或“否”的辩护，因此，他就没有什么好辩护的了。似乎，荒诞人为自身或他人辩护，都是一种耻辱。所有人和事都被利用，被卷走，包括希望，这就是荒诞人的荒诞，也是荒诞的荒诞人的存在。

加缪在《荒诞人》中说：“我只选择一味耗尽自己的人物或我意识到他们耗尽自己。但到此打住。眼前，我只想谈论一个世界，那里思想和生活被剥夺了前途。促使世人工作和活动的一切都在利用希望。因此，唯一不说谎的思想是一种不结果实的思想。在荒诞世界里，观念的价值或生命的价值是根据不结果实的程度来衡量的。”[1]

1 柳鸣九、沈志明主编：《加缪全集》散文卷I，丁世中、沈志明、吕永真译，第108页。

## 三、局外人

加缪的小说《局外人》是一部伟大的作品。这部作品成功地创造了“局外人”默尔索这个人物。小说的故事非常简单，并没有许多为表现现实的丰富和复杂性而描绘的枝节。故事的中心是一桩命案，制造命案的人物是叙述者“我”，也就是阿尔及利亚某公司的小职员默尔索。有一天，这个言语直截了当而观点却常常不置可否的小职员，突然接到一份来自养老院的电报，说他的母亲已去世，叫他去奔丧。可是，到了养老院，这个人竟然不愿意看一眼他母亲的遗容，也看不出他是否悲伤。不仅如此，他还当场抽烟、喝咖啡和牛奶。这类举止行为都是对死者的不敬，让养老院的人感到非常奇怪。奔丧回来的第二天，是星期天，“我”不知道可干什么，就去海滨浴场游泳。于是遇到了过去的女同事玛丽。两人一拍即合，就一起去看滑稽影片，然后一起过夜。随着故事的展开，“我”又结交了住在同一单元楼下的雷蒙。这雷蒙是一个仓库管理员，据说还是一个拉皮条的。雷蒙养着一个情妇，情妇与他发生了纠纷，他就打了她。情妇的兄弟约着几个阿拉伯人来伺机报复。有一个阳光炙人的日子，“我”、玛丽、雷蒙受人之邀到海滨去度假。情妇的兄弟带着阿拉伯人到海滨挑衅，最后，情妇的兄弟被“我”用雷蒙的手枪打死。小说的下半部，“我”已经被捕。接下来就是案件的调查和审判，直到法庭以法兰西人民的名义宣判，要在一个广场上将“我”斩首示众。

仅仅凭这个故事，小说可以说没有什么特别之处。在文学史上，引人入胜的故事多如牛毛。然而小说毕竟不是摆龙门阵，故事只是支撑小说的一个框架，而不是小说本身。“小说”是藏在故事之中的“肉体”，必须靠阅读的触摸才能感觉得到它的细腻和迷人之处。从这个意义上讲，伟大的小说都是单纯而又符合自律原则的。这种自律原则，就是小说的诗性。（在加缪那里，自律原则就是一致性或统一性。）如果故事本身压过“小说”，就会使小说通俗化、庸俗化，从而丧失小说创造性的诗性特征。从这个意义上讲，一部杰出小说的诗性几乎是独一无二的。《局外人》就是这样的小说。独一无二的小说只能阅读，而不能模仿。阅读使它的诗性不断被发现，而模仿则让模仿者自掘坟墓。

突然降临到“小说”里的默尔索在这个以命案为核心的故事中，一开始就是个“局外人”的角色，到小说结尾，他还是个局外人。他的性格并不在故事叙述的环境中改变。也就是说，默尔索的性格是平面的，故事本身对他的性格并没有干扰，也不曾塑造。这个故事无意让人物“成长”。因此，我们可以断言，加缪“荒诞”世界中的局外人，是一种“平面人”。“平面”可以无限扩大，但不会异峰突起，或者陷入深渊。而其他几乎所有小说创造的杰出人物，都是立体的。多数人物还具有多面性或美丽的性格缺陷。

这个小说最精彩之处，是“局外”和“局内”两种角色的对峙。这一点完全符合加缪哲学中“荒诞”这一逻辑起点的二元论。这种对峙，是靠叙述中语言的运动来实现的。在语言运动中，局外和局内之间永远无法妥协或弥合的空白地带——两军对垒时中间的寂静地带——犹如韩国和朝鲜之间的三八线，是小说叙述力量的源泉。《局外人》中的局外和局内两种力量及其代表互相审判，但最终，彼此都没有征服对方，尽管局内人把局外人送上了断头台，但事实上也没有征服对方。默尔索轻描淡写的简短话语，甚至胜过对方——检察官们暴跳如雷。在我的阅读生涯中，还从来没有遇到过如此巨大的二元对峙的力量。这种力量的对峙和摩擦，又被"局外人"成功地控制在荒诞世界的人生视野中。

现在，先来触摸一下《局外人》的血肉之躯。小说一开头，叙述的调子就定得超乎寻常的平稳。"今天，妈妈死了。也许是在昨天，我搞不清。我收到养老院的一封电报：'令堂去世。明日葬礼。特致慰唁。'它说得不清楚，也许是在昨天死的。"这一段中的第一句话非常私人化，默尔索用的是"妈妈"（法语Maman）这个小孩对母亲使用的词，说明默尔索与妈妈之间的关系非常亲密。第二句以后，就变得非常冷漠、客观。句子与句子之间的这种对峙关系，这种莫名其妙的不协调性，也只有用在荒谬的局外人身上才合适。接下来的叙述，就是公事公办一般的奔丧活动，以及奔丧后不可理喻的看滑稽电影、与不期而遇的老同事玛丽做爱。这些事情在未来对他的审判中，都被检察官看作与谋杀的行为有关。因为只有冷漠的杀手和道德败坏的人才会在这种时候做这样的事情。站在检察官的立场，也就是局内人的立场上看，检察官的指控既正当又符合理性。检察官不知道世界上会有这样的局外人。他与局外人背靠着背，他的正义和法律的武器失去了作用。

当玛丽得知默尔索刚刚参加了母亲的葬礼回来时，“她吓得往后一退”。玛丽是局内人，当然是会被吓着的。当玛丽问他是否爱她时，他说，谈这个问题没有意义。当玛丽问他是否愿意跟她结婚时，他说结婚也可，不结婚也可。默尔索就是个“两可”的人。需要他做出判断的许多事情，他都是“两可”。邻居雷蒙问他是否愿意做他的好朋友，他说做也可，不做也可。当两伙人在沙滩上对峙的时候，加缪是这般描写的：

> 雷蒙把他的枪递给了我。阳光在枪上一闪。不过，双方都原地不动地站着，似乎周围的一切已把人严封密扎了起来。每一方都眼皮不眨，紧盯对手。在这里，大海、沙岸、阳光之间的一切仿佛都凝固不动，泉水声与芦苇声似乎也听不见了。这时，我思忖着，我既可以开枪，也可以不开枪。[1]

最终，加缪还是让他的主人翁默尔索开了枪。而且，打了一枪之后，停了一下，“接着，我又对准那尸体开了四枪，子弹

1 ［法］加缪:《局外人》，柳鸣九译，上海译文出版社，2013年，第57页。

打进去，没有显露出什么，这就像我在苦难之门上急促地扣了四下”。如此平静，不慌不忙，不计后果，即使是刽子手也不易做到。因为刽子手是局内人，他们要么代表“正义”，要么代表“革命”，要么代表仇恨，要么代表主子。而默尔索杀死对手纯属偶然，还有点机械，的确是在开枪和不开枪都可以的情况下开了枪。在审判他的整个过程中，他丝毫也不后悔，也不向上帝忏悔。显然，这种性格并未得到任何理念和文化的支撑，也与信仰无关。局外人同样背对着局内人的知识、理念和信仰，他为什么要后悔！他又对谁忏悔呢？

> 罪犯这个念头，我一直还习惯不了。法官站起身来，好像是告诉我审讯已经结束。他的样子显得有点儿厌倦，只是问我是否对自己的犯案感到悔恨，我沉思了一下，回答说，与其说是真正的悔恨，不如说我感到某种厌烦。[1]

“以法兰西人民的名义”给他判了极刑之后，庭长问他有没有话要说，他只说了声“没有”。默尔索对死亡并不恐惧，尽管要是让他活着也是可以的。他有时也回忆曾经有过的美好生活。当然，对他来说，活着也很荒诞。被判极刑之后，他仍然像从前





1 ［法］加缪:《局外人》，柳鸣九译，第71页。

一样，平静、审视、浮想联翩：

我责怪自己过去对那些描写死刑的作品未给予足够的注意。……也许，在那些书里，我可以找到逃脱极刑的叙述。那我就会知道，至少有过那么一次，绞刑架的滑轮突然停住了，或者是出自某种难以防止的预谋，一个偶然事件与一个凑巧机遇发生了，仅仅发生那么一次，最终改变了实情的结局。[1]

世人都知道，活着不胜其烦，颇不值得。我不是不知道三十岁死或七十岁死，区别不大，因为不论是哪种情况，其他的男人与其他的女人就这么活着，活法几千年来就是这个样子。总而言之，没有比这更一目了然的了。反正，是我去死，不论现在也好，还是二十年后也好。此时此刻，在我想这些事的时候，我颇感为难的倒是一想到自己还能活二十年，这观念上的飞跃使我不能适应。[2]

## 四、审 判

在局内人对局外人进行审判的同时，局外人也对局内人进行

1 ［法］加缪：《局外人》，柳鸣九译，第112页。

2 同上，第118页。

审判，只是审判的形式不同而已。反正在《局外人》这部小说中，角色们各自都按照自己不同的视角和逻辑，把同一件事情办完了。

局外人默尔索认为他的这桩命案很简单，连请律师都觉得多余。在局外人看来，这件事情是明摆着的，甚或可以说是不言自明。也就是别人与他对峙（更确切地说是与一个"物"对峙），在可以开枪、可以不开枪的情况下，他开了枪。开了一枪之后，死了，停了一下，接着又开了四枪，就这么简单。可是，局内人世界的审判过程并不是简单的。叙述者"我"说："这么一个老故事又重复来重复去，真叫我烦透了，我觉得我从来没有说过那么多的话。"[1]"我觉得来到法庭上所做的一切都毫无用处，这使我心里堵得难受，只想让他们赶紧结束，我好回到牢房里去睡大觉。所以，我的律师大声嚷嚷时，我几乎没有听见。"[2]由于默尔索不需要从"局内"的审判中获得帮助和怜悯，因此，对他来说，审判就失去意义了。无意义的审判让人痛苦。审判和被审判之间不在同一个准则之中，是对审判意义的最大消解。任何审判都如此。不同的游戏有不同的玩法，两种游戏难以混在一起玩。

第一人称叙述者，也就是"我"的独白，使《局外人》这部小说精彩纷呈。这种独白就是"局外人"对"局内"世界的审判。阅读这部小说，最重要的心智准备，就是要阅读者从"局



1 ［法］加缪：《局外人》，柳鸣九译，第67—68页。



2 同上，第109页。

内”的世界出来，暂且放下脑袋中各种社会准则的判断，否则，就会觉得作者是个白痴，而主人翁默尔索是个疯子。这个小说不像人们通常阐释的那样，是社会批判性质的小说。评论家们动辄就“批判，批判”的嚼舌，真是让人烦透了。如果文字书中有知，会更烦的。

虽然我顾虑重重，我有时仍想插进去讲一讲，但这时我的律师就这么对我说：“别作声，这样对你的案子更有利。”可以说，人们好像是把我完全撇开的情况下处理这桩案子。所有这一切，都是在没有我参与的情况下进行的。我的命运由他们决定，而根本不征求我的意见。时不时，我真想打断大家的话，这样说：“归根到底，究竟谁是被告？被告才是至关重要的。我本人有话要说！”但经过考虑，我又没有什么要说了。[1]

下午，巨大的电扇不断地搅和着大厅里混浊的空气，陪审员们手里五颜六色的小草扇全朝一个方向扇动。我觉得我的律师的辩护词大概会讲个没完没了。有一阵子，我是注意听了，因为他这样说：“的确，我杀了人。”接着，他继续用这种口气讲下去，每次谈到我这个被告时，他都自称为“我”。我很奇怪，就弯下身子去问法警这是为什么，法



1 ［法］加缪：《局外人》，柳鸣九译，第101页。

警要我别出声，过了一会儿，他说："所有的律师都用这个法子。"我呢，我认为这仍然是把我这个人排斥出审判过程，把我化成一个零，又以某种方式，由他取代了我。不过，我已经离这个法庭很远了，而且，还觉得我的律师很可笑。[1]

"局内"的审判有自己的准则，不管这种准则是以什么样的名义进行的。"局内"的审判常用的准则来自正义、法律、道德、宗教、习惯等范畴，不管法官对这些范畴作何解释——如何在一个时代的语境中进行解释，也不管独裁者、政客、"窃贼"们如何偷梁换柱，掏空了这些准则的本真内涵，"局内"的审判多数时候都会在表面上按部就班地进行。

检察官对默尔索的指控，表现了"局内"的世界给他判刑的思想依据：一桩命案的事实必须在相应说法的指引下才能澄清。检察官火冒三丈，而"局外人"却平静如初。作为审判的观察者，或者说是审判的审判者，他轻描淡写地描述了检察官的说法："他说他一直在研究我的灵魂，结果发现其中空虚无物。他说我实际上没有灵魂，没有丝毫人性，没有任何一条在人类灵魂中占神圣地位的道德原则，所有这些都与我格格不入。他补充道：'当然，我们也不能因此而谴责他。他既然不能获得这些品德，我们也就不能怪他没有。但是，我们现在是在法庭上，宽容可能产生的消极作用应该予以杜绝，而代之以正义的积极作用，

1 ［法］加缪：《局外人》，柳鸣九译，第107页。

这样做并不那么容易，但是更为高尚。特别是在今天，我们在此人身上看到的如此巨大的灵魂黑洞，正在变成整个社会有可能陷进去的深渊，就更有必要这样做。'"[1]默尔索十分清楚，法庭正在以正义的名义审判他。在判决之后，指导神甫又以宗教的名义去为他忏悔。对他来说，这又是另外一个范畴的荒诞，另外一种"不胜其烦"。他开始对神甫发火了——他唯一一次发火，不得不斩钉截铁地把话说明白：

> 我好像两手空空，一无所有，但我对自己很有把握，对我所有的一切都有把握，比他有把握得多，对我的生命，对我即将到来的死亡，都有把握。是的，我只有这份把握，但至少我掌握了这个真理，正如这个真理抓住了我一样。……其他人的死，母亲的爱，对我有什么重要？[2]

## 五、结　尾

如果《局外人》这部小说没有结尾两段，就会丧失它巨大的反讽力量。

默尔索的形象，是对荒诞世界的反讽，指控者、审判者、神

1 ［法］加缪：《局外人》，柳鸣九译，第104—105页。

2 同上，第125—126页。

甫、旁观者、母亲、情人、朋友、殒命者为作者反讽的诗学指向树立了靶子。“局外人”无意向“局内”的世界挑战，但客观上，他的荒诞性动摇了理性（非理性）世界的准则，以使我们对世界和人生的看法回到了荒诞的原点。这一点，加缪做得非常成功。同时，这部小说还有一个卓越之处必须指出，那就是在消解了世界和人生的诸多意义之后，又在结尾处不动声色地隐喻了对世界和人生的热爱。神甫没有能说服他忏悔，因此眼里充满了泪水。从语气上看，那泪水实际上是默尔索的心中流出来的。仔细阅读之后，我就想到了《鼠疫》。《局外人》发表于1942年，《鼠疫》发表于1947年。在我看来，两部书的主角其实是同一个人。这个人怀揣着人类的良心，对世界和生活进行着反抗。有时，他以荒诞对待荒诞；有时，他是个人道主义者。事实上，任何形式的艺术都是作者对自己的陈述和探索。在《局外人》的最后，加缪流露出了自己的情感，这样一来，默尔索似乎“觉醒”了。虽然在结尾处默尔索还不应该有局内人的灵魂，但东方已经发白，新的灵魂就要如日诞生。

当代美国学者理查德·坎伯（Richard Kamber）在《加缪》一书中说：“《局外人》最后一段是二十世纪世界文学作品中最为感人的篇章之一。但其复杂性却被这一段话中简单的韵文所掩饰。”[1]我们来欣赏一下柳鸣九先生的译文：



1 ［美］坎伯：《加缪》，马振涛、杨淑学译，中华书局，2002年，第55页。

我筋疲力尽，扑倒在床上。我认为我是睡着了，因为醒来时我发现满天星光洒落在我脸上。田野上万籁作响，直传到我耳际。夜的气味，土地的气味，海水的气味，使我两鬓生凉。这夏夜奇妙的安静像潮水一样浸透了我的全身。这时，黑夜将尽，汽笛鸣叫起来了，它宣告着世界将开始新的行程，他们要去的天地从此与我无关痛痒。很久以来，我第一次想起了妈妈。我似乎理解了她为什么要在晚年找一个“未婚夫”，为什么玩起了“重新开始”的游戏。那边，那边也一样，在一个生命凄然而逝的养老院周围，夜晚就像是一个令人伤感的间隙。如此接近死亡，妈妈一定感受到了解脱，因而准备再重新过一遍。任何人，任何人都没有权力哭她。而我，我现在也感到自己准备好把一切再过一遍。好像刚才这场怒火清除了我心里的痛苦，掏空了我的七情六欲一样，现在我面对着这个充满星光与默示的夜，第一次向这个冷漠的世界敞开了我的心扉。我体验到这个世界如此像我，如此友爱融洽，觉得自己过去曾经是幸福的，现在仍然是幸福的。为了善始善终，功德圆满，为了不感到自己属于另类，我期望处决我的那天，有很多人前来看热闹，他们都向我发出仇恨的叫喊声。[1]

1 ［法］加缪:《局外人》，柳鸣九译，第127—128页。

# 六、反　抗

在加缪先生看来，尽管世界是荒诞的，但人既不能自杀，也不能堕入虚无主义。因此，只有反抗。“反抗”是加缪的哲学和诗学的又一个逻辑起点。反抗，就是对于荒诞、痛苦、不公正的抗议。如果只认识加缪的“荒诞”学说，而忽视他的“反抗”思想，就等于漠视了加缪的伟大。正是由于“荒诞”与“反抗”的结合，加缪作为一个杰出的作家和哲学家，才是令人尊敬的。

在激进主义、现实主义、批判现实主义、形式主义、虚无主义等各执一端的二十世纪上半期，加缪“反抗的诗学”对各种诗学提出了修正。研究者们总是把加缪的思想分为前期和后期，前期的思想核心是“荒诞”，而后期则是人道主义。前期的代表作是《局外人》，后期是《鼠疫》。有的论者断言，前期的思想随笔集《西西弗神话》是《局外人》的思想阐释，后期的《反抗者》是《鼠疫》的理论翻版。可是当我阅读了加缪的全部作品之后，我觉得这种划分是没有道理的。事实上，当加缪把世界看作荒诞的时候，就意味着反抗的开始。《局外人》和《鼠疫》都表现了加缪对荒诞世界进行反抗的强烈愿望。《局外人》的主人翁默尔索以一种特殊的、沉默的非理性对抗现实中利用了正义、法律、道德、宗教的理性主义行为，而《鼠疫》中的里厄医生，则以人道主义者的温柔的理性对抗世界的荒诞性。在《反抗者》一书的《小说与反抗》一篇中，加缪说：

小说与反抗思想同时诞生，在美学方面表现出相同的雄心。[1]

加缪在《西西弗神话》一书的《哲学与小说》一文中又说：

艺术家跟思想家一样，本人介入自己的作品，并在其中成长。这种相辅相成引起了最重要的美学问题。[2]

为了不让加缪的“反抗”产生歧义，有必要进一步说明“反抗”的真实含义。简单地说，加缪的反抗，是一种创造，而与革命无关。他在《哲学与小说》一文中说：

思想，首先是要创造一个世界（或划定自己的世界，这是一回事儿）。……哲学家，即便是康德，也是创作家。他有他的人物，他的象征和他的隐秘情节。他有他的创作结局。[3]

在创造开始的时候，荒诞或许被消解，世界或因此而改变。

---

1 柳鸣九、沈志明主编：《加缪全集》散文卷I，丁世中、沈志明、吕永真译，第322页。

2 同上，第124页。

3 同上，第126页。

创造消解了荒诞，同时，荒诞也成全了创造。是故，世界和生活是在创造中形成的。当然，消解荒诞的创造，也可能会带来更大的、更离奇的荒诞，这是难说的，而往往又是可能的，或正在发生着的。

人不可能知道，不可能把握生活创造之外的那个本体的世界，但是，人能够较大限度地把握创造中的世界和我们的生活。尽管加缪对创造中的世界没有说得很系统，他毕竟不是玩概念和命题游戏的职业哲学家。可是，我仍然感到，加缪最关心的问题，是力求对我们创造的世界中各种观念、学说、行为的有效控制。因为创造也会将世界带向荒诞，从而使创造成为荒诞世界的一个根源，因此，将创造控制在可靠的、真理性的界限之内，就显得无比重要。说到底，当代堪称文明的制度和文化，就是那些高贵的人世世代代谋求这种控制的结果。我想，加缪先生是会同意这一看法的。他在《虚无主义的杀人》中批判了“革命”掩饰着的奴役和强权：

> 反抗越认识到应该要求正确的限制，便越加坚定不屈。反抗者无疑在为自己要求自由，但绝对不是毁灭他人生存与自由的权利。他不会侮辱任何人。他之所以要求自由是为了大众。他所拒绝的自由，也禁止一切人享有。他并非仅仅是反抗主人的奴隶，而且是反对世界上有主人与奴隶存在的人。因而由于反抗，历史的内容则不仅仅是主宰与奴役的关

系。无限的权力在历史中并不是惟一的法则。[1]

由于世界的本体是荒诞的，而其意义又在于创造，因而，过多地讨论世界的荒诞而不寻求对策，反而是最可怕的。这就是加缪反对虚无主义和激进主义的关键所在。我阅读《反抗者》一书，发现了加缪的这种痛苦。或许正是在这一点上，加缪与萨特分道扬镳。从更广阔的语境中看，他也与欧洲大陆激进的理性主义、遁世的形式主义、专制的现实主义、无聊的虚无主义分道扬镳。加缪诗学的精髓，是呼唤有节制的社会理性，着力于反抗和自省。这种有节制的社会理性不但要建立在尊重个体的基础上，而且，要警惕正义、道德、宗教、思想的革命、革命的思想等空头理论对人性和人道的危害。在《反抗和风格》一文中他写道：

> 现实主义是无穷无尽地列举一切，由此而显示出其真正的雄心是征服真实世界的全体性，而非其一致性。人们于是认识到现实主义是全体革命的官方美学。然而已证明这种美学是不可能的。现实主义小说不由自主地在现实中进行选择，因为选择与超越现实是想象与表现的条件。[2]写作已是选

1 ［法］加缪:《置身于苦难与阳光之间》，杜小真、顾嘉琛译，上海三联书店，1997年，第149页。

2 德拉克罗瓦深刻地指出:“要使现实主义不成为意义空洞的名词，所有的人必须有相同的思想与思考事物的相同方式。”

择。因而对真实性可任意选择，犹如对理想可任意选择。这使现实主义的小说成为暗含主题的小说。若想把小说世界的一致性归结为真实的全体性，惟有借助于一个先验的判断，将不适于本学说的一切从真实中清除。社会主义现实主义按照其虚无主义的逻辑，必然会集教诲小说与宣传文学于一身。

不论是事件奴役创造者，还是创造者意欲否定整个事件，创作都降低到虚无主义艺术堕落的形式。创作如同文明一样，必须在形式与材料、变化与思想、历史与价值之间保持不间断的紧张状态。若平衡被打破，就会出现专制或无政府状态，成为宣传或形而上的狂热。对这两种情况说来，与由推理而得出的自由相一致的创作是不可能的。现代艺术或者屈从于抽象的或晦暗的形式，或者求助于最粗俗与天真的现实主义，它总归是一种暴君与奴隶的艺术，而非创造者的艺术。[1]

通常情况下，人们只把加缪当作一个现代主义作家。人们只看到他在文体探索中的现代主义性质。我们对加缪不能再继续误解下去了。必须指出，伟大的加缪一直在两条线上作战。一

1 柳鸣九、沈志明主编:《加缪全集》散文卷I，丁世中、沈志明、吕永真译，第329—330页。

方面，他与各种流向庸俗的现实主义作战；另一方面，他也与枯燥、晦涩、麻木、做作的现代主义作战。他把这两种艺术称作暴君和奴隶的艺术。自命清高的庸俗现实主义传声筒，坐稳了奴隶座次的先锋派，老谋深算的学术行家里手，都是加缪曾经唾弃的。加缪想不到，他反抗的荒诞的东西如今仍然在世界上大行其道；他反抗的荒诞，如今更加荒诞。倾听着这位伟大作家的声音，度过不眠之夜；阅读他的作品，仿佛听到塔尖的钟声，高亢而简洁。

加缪在《创造与革命》一文中有个声音：

> 艺术与社会、创造与革命，应当为此而重新找到反抗的源泉，那时，拒绝与同意、特殊与普遍、个人与历史会得到完全的平衡。反抗自身并非文明的成分，但它先于一切文明。当我们现在生活于走投无路的状态时，惟有它可以使我们对尼采所梦想的未来抱有希望："社会的主人不是法官与镇压者，而是创造者。"这句格言并非赞同由艺术家领导城邦这种可笑的幻想，他仅仅点明了我们时代的悲剧，即人的精神完全投入生产，再无创造可言。[1]

1 柳鸣九、沈志明主编:《加缪全集》散文卷I，丁世中、沈志明、吕永真译，第332页。

# 七、鼠　疫

“鼠疫”本身是一个巨大的象征，但同时它又是现实的写照。任何写实的、象征的或隐喻的诗性创造，都只有两个指向或两个源泉：要么是心灵，要么是现实。至于形而上学、知识体系，不过是心灵与现实的合欢。在艺术中，心灵和现实是同构的。没有读过《鼠疫》的读者，可以与现实对照着阅读。由于“鼠疫”本身是个象征，因此，它一直在流行，以象征穿越整个世界。

现实永远比小说精彩，也比小说荒诞。从来没有哪部小说中的现实比现实更荒诞。读小说主要是读生活和读自己，既然现实生活中有比小说更精彩的荒诞故事，读现实，也就等同于读小说。诚然，就事件或故事本身的真实而言，小说永远不可能到达它描写对象的真实。故此，小说只有重新创造真实。就小说再现或表现的荒诞性而言，小说也不可能比现实更荒诞。因之，由于叙述的局限而总是顾此失彼的小说，只有重新创造荒诞。当然，现实和小说永远是两种东西，因此，阅读就是对观，以将人和现实彼此推开。小说是镜子中的现实，现实是镜子本身。《鼠疫》一开头，作者就引了英国小说家丹尼尔·笛福（Daniel Defoe，1660—1731）的一句话：“用另一种囚禁生活来描绘某一种囚禁生活，用虚构的故事来陈述真事，两者都可取。”[1]

1 ［法］加缪:《加缪文集》，郭宏安等译，译林出版社，1999年，第235页。

加缪描写的鼠疫发生在二十世纪四十年代，地点是法属阿尔及利亚沿海的一个叫作奥兰的省城。鼠疫的来临十分突然，消失也十分突然，好像是上帝给人间开了一个玩笑。奥兰城的人在那次鼠疫中经历了十个月的痛苦。在颠覆了整个城市、死了成千上万人，嘲笑了人的无能之后，鼠疫消失了。死亡、封城、隔离、治疗、消毒、科学研究、焚尸、逃离、恐惧，这一切奥兰人早就做过、经历过，但这一切辛劳在小说中，似乎没有起到什么作用。来无影去无踪的鼠疫，给这部小说增加了巨大的震撼力，它既是寓言，也是现实。它隐喻着超越于小说和故事之外的那种人无能为力的存在，预示着这种存在随时可能以某种方式在人世间现出原形。正是在这一点上，它的寓言性质是广泛的。它嘲笑了人类的张狂、自以为是和自私。

人类的德行是在具体的事件中暴露或显明的。在“鼠疫”这个重大的事件中，加缪或许不忍心再像《局外人》那样，对人类种种冠冕堂皇的德行进行批判，就以人道主义的立场来为其“反抗的诗学”树立形象。艺术最无奈的，就是其表达的局限。这样的局限使艺术家只能选择局部，以期能通过局部洞见整体。加缪也只能靠塑造自己的形象，靠几个人物去表现“反抗”的良知。艺术或许根本就不需要表达，但加缪肯定是需要表达的，且充满着表达的渴望。

里厄医生是《鼠疫》中的主角，他是加缪温柔的、改良的人道主义者的化身。说直白点，这个人就是心平气和的加缪本人。

而局外人默尔索是痛心疾首的加缪。在里厄医生的身上，我被一种有节制的“反抗”的人生理念所折服，被加缪对人类的深挚之爱所折服。给荒诞的生活注入深挚之爱，的确是反抗荒诞的有益良方。

加缪在小说中安排的其他人物也非常值得注意。塔鲁是个想做“圣人”的反抗者。格朗是个有良心的公务员兼未来作家，他利用晚上的时间记录、统计与鼠疫有关的事情。卡斯特尔是一位年长的内科医生，一直在努力制造一种针对腺鼠疫的免疫血清。帕纳卢神父是基督教道德观的代表，他相信一切邪恶都来自原罪，把鼠疫看作上帝对奥兰人缺乏诚实的惩罚。新闻记者朗贝尔来自法国，他来到奥兰城遭遇鼠疫，想逃离此城，因为巴黎有他的情人。在朗贝尔看来，爱情高于责任，不过最后，加缪还是让他留了下来。加缪塑造这些角色来表明他对不同的道德观和价值观的看法，表明反抗者的不同背景和性格。在这些人物中，除了里厄，塔鲁是作者用心最良苦的一个。许多阅读者只重视里厄，不重视塔鲁，实际上是不懂得加缪。

塔鲁是加缪精心安排出场的。在鼠疫发生前的几个星期，他“从天而降”，来到了奥兰城，在宾馆的一个大房间里住了下来。很快，他就交上了许多朋友，包括里厄医生及其周围的人。鼠疫发生后，他组织了一个医疗队，全心全意地救助患者。最后，他染上了鼠疫，献出了生命。在死前的两个月，塔鲁跟里厄讲了自己的故事。塔鲁的父亲是位代理检察长，一位没有官架子的、天生的老好人。可是，有一次，他发现了他父亲在法庭上代表“正义”的另外一面，让他非常惊讶：

我父亲穿着红色法衣，看上去一反常态，他平时的那种老好人的样子，那种亲切的神态早已无影无踪，只见他嘴巴在频频地活动，一大串一大串的长句子不停地像一条条毒蛇一样从嘴里窜出来。我听明白了：他以社会的名义要求处死那个人，他甚至要求砍掉嫌犯的脑袋。不错，他只说了一句：“这颗脑袋应该掉下来。”[1]

塔鲁渐渐地觉醒了。他认为父亲的行为，是一种最卑鄙的谋杀。他反对“有正当理由”的杀戮，特别是当他在西班牙看到一个男子被刽子手执行了火刑之后，就更坚定了自己的信念。于是，他把那些穿着红色法衣、振振有词的人比作“大鼠疫患者”，而真正的鼠疫患者只不过是一些无辜的人而已。因而，加缪在此借助塔鲁控诉了现实中另一种更可怕的“鼠疫”，即穿着红色法衣的“大鼠疫患者”代表的那个制度、那种正义、那种道德制造的鼠疫。这就是说，真实的鼠疫并不是最可怕的，最可怕的是社会中无处不在的另外一种控制着人，将人的生命当作草芥的“大鼠疫”。

1 ［法］加缪:《加缪文集》，郭宏安等译，第427页。

塔鲁跟里厄说："在这个世界上，我们的一举一动都可能导致一些人的死亡。……每一个人身上都有鼠疫，因为世界上没有任何人，是的，没有任何人不受鼠疫侵袭的。"[1]

里厄问塔鲁，是否知道有一条通往平安的道路。塔鲁说："有的，那就是同情心。"[2]

2003年5月5日　喜鹊庐

2022年1月14日　燕庐修订

1 ［法］加缪：《加缪文集》，郭宏安等译，第430—431页。

2 同上，第432页。

# 遥远的都柏林人

要真正了解爱尔兰伟大作家詹姆斯·乔伊斯（James Joyce，1882—1941），必先阅读《都柏林人》这部短篇小说集。这是他早期的作品，是他的性格、气质和文学禀赋比较真实可靠的流露。从这部作品中，我们可以看到，这位现代主义的先驱者，是如何依靠自己的天才告别整个文学传统的。同时，阅读这部作品也能给我们一个深刻的启迪，这就是当一种文学传统到达了它的巅峰，文学是如何孕育着另外一种传统的新生。也就是说，另外一座高峰的起点究竟在什么地方？语言艺术一旦摆脱了集体遗传的风格、陈陈相因的既定主题和强大的阅读习惯，引领少数拓荒者的混沌起点，又在哪里？

显然，对于拔地而起的文学峰峦，我们生存的“大地”无疑还是它的起点。大地是自然和生活的载体，它是混沌的。或者说，在另一个敞亮的时空关系中，它是自然时空、文化时空、社会系统，以及心灵时空形成的当下人的生存境况。文学之为文化积淀的山峰越高，它越远离自己混沌的原点。因此，开创一种新的文学，构建一种新的传统，总是一个回归的过程。这是语言的本性所决定的。这一本性决定着人的创造力。

语言亦从混沌的存在中产生，有活力的语言，更不能脱离当下人的生存境况。当下人和语言之间，是一种相互渗透的关系，它们是启动“存在”这个大机器的电流中的两极。

语言也是一个庞大的机器，它也是存在的主体。语言的存在与世界的存在相互碰撞。

在文学艺术中，作为世界的语言和作为语言的世界，组合成一架“绞肉机”。

伟大的詹姆斯·乔伊斯，是一位从巴尔扎克们垒起的文学巅峰走下来的归来者。

或者说，由于乔伊斯的天赋使然，他简直就是一位从原点出发而自造巅峰的登峰者。无论他从哪里出发，其原点，都是语言和世界碰撞交融的混沌之处。

作为出发者，它的自我选择有了各种各样的可能性。正是在这一点上，个人的艺术才能发挥了决定性的作用；个人也因此从群体中分离出来。

任何大师都要从群体中分离出来。而当这种分离的过程积淀成伟大的艺术品和艺术精神的时候，个人又创造了群体——创造了传统，包括趋之若鹜的写者、读者和阐释者。

从某种意义上来讲，现在正在写作的我，正在面对乔伊斯文学灵魂的外在形式的我，也是他创造出来的。

乔伊斯先生青年时代流亡欧洲大陆，但他是带着“都柏林”流亡的。一个扭转文学史的大师，会毫不例外地带着他的童年和

乔伊斯（右）在书店内

乡土流亡，不管这种流亡是精神浪迹，还是纯粹时空的转换。当1903年他重归故里为母亲办丧事时，看着都柏林，突然清晰地看到了不同的景象。

心中的都柏林在折磨着他、召唤着他，这种折磨和召唤似乎是他作为一个精神的漂泊者存在的根据，其他的任何地方似乎都是陌生的、外在于他的。于是，他在都柏林中寻找自己，他要看看，究竟是什么让自己从浑浊的河流中浮起来，又让自己飘向远处。

阅读《都柏林人》中的第一篇小说《姐妹们》，阅读者就会发现自己的审美习惯受到了巨大的挑战。这是乔伊斯挑战自己和整个文学传统的开篇。

在精神和表达两方面，他都是一个“诚实”的人，他没有必要通过塑造一个个立体的人物，去塑造另一个都柏林——真实的都柏林已经够离奇、够丰富。事实上，在他看来，只要找到自己也就找到了都柏林。因为一个人要找到自己也是困难的，自己随时在消失当中不知去向。艺术家的恐慌，在很大程度上是自己不断消失的恐慌。一个艺术家在红尘的表象中时而消失，时而浮起，犹如被洪水中漂流的灌木，不知道在什么地方离开浊流，在沙滩上搁浅。

都柏林是混沌的，恐慌的乔伊斯到底在哪里呢？有一次，这个神经质的少年，从他的一位老牧师朋友死去的现场，看见了自己的影子：“这一回他没有希望了，这是第三次发作了。一夜复一夜，我经过他的屋子（在假期里），仔细观看那灯光映现的方窗；一夜复一夜，我发现同样的灯影，暗淡而不闪霎。我想，假如他终于死了，我会看见阴暗的窗帘上烛影摇红，因为我知道，尸体的头边必然会点着两支蜡烛。”[1]“他躺在棺木里。……我假装祈祷，但心不在焉，因为老太太的喃喃声使我分心。我瞧见她的裙子背面用什么东西胡乱钩住，那双布鞋底破旧得塌到一边。当

1 ［爱尔兰］乔伊斯:《都柏林人》，孙梁等译，上海译文出版社，1984年，第1页。

时我忽发奇想，好像躺在棺木里的老教士忍不住微笑了。”[1]

老教士突然死去的原因，只是打碎了“那只圣餐杯”，这只象征宗教信仰和情怀的圣餐杯，在作为观察者的少年看来，“杯子里面没有什么东西”，杯子空空如也。而那位老教士显然认为里面是盛满“东西”的。由是，内在的心灵与外在的“杯子”的形式连在一起。那些“东西”是如何装进老教士心中的，这就是少年观察者心中的一个谜。

“现在我觉得，教士对圣餐所负的职责，对忏悔必须保密的职责是那样严肃，怎么竟有人敢于担当如此重大的责任。”[2] 这就是《都柏林人》这部小说集的开端，这一开端使表面分散、实际上融为一体的整部小说，都充满着阴郁、低沉的感伤。从此，乔伊斯把都柏林沉闷、市侩、溷浊的气息，带到了全世界读者的心中。

“都柏林人”一面寻找自己，一面在不动声色、平淡无奇的叙述中，追问人、事物以及精神之间的隐秘联系。消失的是什么，显现的又是什么，似乎都难以说清。

自己的影子，就像是淡淡的金黄的暮色，带着神秘的气息印在玻璃窗上。就像T. S. 艾略特（Thomas Stearns Eliot，1888—1965）在《普鲁弗洛克的情歌》中的感受：“黄色的雾在窗玻璃

1 ［爱尔兰］乔伊斯:《都柏林人》，孙梁等译，上海译文出版社，1984年，第7页。
2 同上，第6页。

上擦着它的背，/ 黄色的烟在窗玻璃上擦着它的嘴，/ 把它的舌头舐进黄昏的角落，/ 徘徊在快要干涸的水坑上。”[1]

自我是脆弱的，在语言中的存在也不过如此，不能改变什么。自我在语言中，不多也不少。在一百年前，在传统的阅读习惯里，很难捉摸语言形式的这种飘忽不定。不过，在乔伊斯的心灵中，痛苦或恐惧的关键并不在于世纪末的什么疾病，而在于语言、存在和心灵之间难以弥合的裂痕。乔伊斯在他的语言中，不多也不少。

人的精神生活难以找到一种可靠的形式来依附或表达，在这种情况下，语言权当了磨合存在的角色。甚至语言就是主角，它离人而去，如来入去，不知往来。这其实是人与人之间、人与世界之间难以沟通而又必须沟通的荆棘之途，这通常是个人的孤独蕴成永恒的、不可超越的主题。但是，追问是必需的，而通常也是无效的。

追问的欢乐和痛苦并存，尽管无效而无助，即使文学家能拾取一些碎片，或者说，能拾取一些美丽的碎片展示给世人看。然而，世人并非都像作家那样去看自己置身其中的那个世界，以及文学中的世界。

世人总有自己心灵依赖的话语模式，有根植于传统的审美渴

1　紫芹选编：《T. S. 艾略特诗选》，查良铮、赵毅衡等译，四川文艺出版社，1992年，第4页。

求。他们的阅读，说到底，是希望作家为他们的心灵依赖的模式找到恰当的形象。一旦作家稍稍违背他们的审美习惯，他们就会发出无声的抗议，这种抗议就是放弃阅读。面对乔伊斯，他们的确失去了耐心。

乔伊斯在《都柏林人》中的诗学革新是试探性的。《尤利西斯》和《为芬尼根守灵》才是他真正想写出的作品。当然，在《都柏林人》中，他已经预示了后来几部长篇巨作的诗学期许。

乔伊斯先生的自我随时遁去，难以捉摸，却还在寻找着他周围的人。人都去哪里了？回答是，他们还在都柏林活着。

都柏林市民社会的各种角色，牧师、教徒、银行出纳员、流氓、政客、客栈老板、爱情的奴隶、中产阶级的孤独者、遁世者等，在他描绘的一个个小舞台上纷纷登场亮相，就好像我们在航行途中看到的一条条小鱼，他们有时单独出游，有时成群结队，但倏而就消失在深渊之中。都柏林人在乔伊斯眼中的显露，是短暂而忧伤的，而他们的消失，才是永恒的存在，声音和脸庞都归于虚无。乔伊斯是忧伤的，这种忧伤也同样贯穿在《尤利西斯》等杰作中。

乔伊斯越是想完全真实地记录下都柏林人的生活，就越是流露出冲击他灵魂和骨髓的那种忧伤洪流是不可抗拒的。

然而仅仅说到这一点，还不足以看清一位现代主义文学先驱的个性。因为文学打捞沉船和溺者的工作，是从荷马时代，在荷马的心灵中就已经开始了的。真正优秀的文学家都是水手，他不但摇动水面上的桨，朝着一个虚拟的永远的岸边划去，在自己创造的时间中泅渡，还要经常潜入水下，与抹平一切的那种力量抗衡。自古如此。

因而，文学的发展关键不在于意义的创新（全部终极的意义无法言说，因为它是无意义），而在于在什么样的心灵时空中、以什么样的方式分解了意义，或者说是创造了意义。

某些意义的范畴诸如孤独、虚无、人生价值的失落或新生等自古不变，变幻的只是这些范畴的部分具有时代特征的内涵。正是这种具体的与个人生存境况攸关的内涵出现，意义才得以出现、充实并变得可靠，尽管所谓时代特征也是虚构的。但如果不能洞明这一点，各种流派之间在精神上，就没有彼此映照的可能性。各种流派的诗学根源，都来源于沉默的、恒久不变的无意义的推动，唯有推动者、推动的方向或角度不同而已。尽管在伟大的文学艺术语言的绽放或困局中，流派亦毫无意义可言。

是故，出发点可以是相同的，甚至可以受到同一理论的启迪，而语言洞开的方便之门不同，也完全可能走出不同的道路。换句话说，所有大作家的诗学都有一个共同的起源，只是对于一般欣赏者来说，这一起源埋藏得太深太深，且是游移迷离、漂移迁流着的。

乔伊斯在一封信中说："我的目标是要为祖国写一章精神史。我选择都柏林作为背景，因为在我看来，这城市乃是麻痹的中心。对于冷漠的公众，我试图从四个方面描述这种麻痹：童年、少年、成年，以及社会生活。这些故事正是按这一顺序撰述的。在很大程度上，我用一种处心积虑的卑琐的文体来描写。我坚信，倘若有人在描绘其所见所闻时，胆敢篡改甚至歪曲真相，此人委实太大胆了。”[1]这段话如果通过契珂夫或巴尔扎克的口说出来，我们也不会感到奇怪。问题是，在处理现实材料时观念不同，个人气质和时代影响不同，文学的“主义”也就分道扬镳了。

这部小说集被几十个出版商（一说22个，一说40个）退稿的理由，并不是语言上缺乏天赋，恰恰相反，乔伊斯是个少年天才，在10岁以前就写出过优秀的诗作。这个理由很简单：这样的作品并不符合现实主义、浪漫主义和传统自然主义的信条。出版商和都柏林的虚伪道德标准，也不允许他把“现实”降低到真实、把“主义”降低到无主义的程度。要是按照诸“主义”的眼光审视，《都柏林人》中有些作品的“缺陷”是显而易见的。

首先，叙述“深度”和“主题”的平面化。在《阿拉比》《一朵浮云》《纪念日，在委员会办公室》《无独有偶》《偶遇》等作品中，叙述的立体感、故事发展的纵深感变得不重要了。人们读到的，似乎只是从生活中“随便”切下来的一小块一小块的

1 此信载于罗伯特·萧尔斯同瓦尔顿·吕兹所编《都柏林人》，伐金出版公司（纽约），1969年，第269页。转引自［爱尔兰］乔伊斯：《都柏林人》，孙梁等译，第IV页。

东西、一小块接一小块的琐碎的面（随着笔法的老到，《尤利西斯》无疑是他切下来的最大的一块），而不是被主题引导着的那个“生活”，那个通过表现或再现的手法处理过的有意义或“无意义”的“生活”。

在潜意识中，被文学潜移默化地塑造过的阅读者，在失去阅读主题引导的情况下，不但会迷失方向，还会把《两个浪子》《车赛以后》等作品视为不成熟的咿呀学步之作。

我已经说过，对于艺术来说，在多数大师创造性地发挥自己的才能，并在无意中创造了艺术史的过程里，往往是以“向后退”的方式使艺术“向前”发展的。

乔伊斯的创作，可以说就是在传统现实主义的基础上，不停地在向后退，退到平面的、没有被文学史和文学观念干扰过的生活当中去的。的确，生活本身就是它原来的样子，而在文学中，我们往往把生活误解了。

然而，退到平面化的生活中去是远远不够的，因为平面化的生活，实际上是一种处在集体无意识状态下的生活，这种通过集体的眼光观察到的生活，只是抽空了内涵的表象。

集体观察视野中的生活，表面上看是不受个人干扰的观察，事实上，读者仍然不能获得生活的真实。也就是说，仅仅退到平面化的生活层面，作家还不能找到自己，文学也还处于休眠的、没有开显的状态。所以，乔伊斯先生还在继续往后退。退到什么地方去呢？退到当他个人的观察活动变得可靠、他认为真实的面貌可以显露的时候。此时，他的“生活”，在这里也就是都柏林的生活，才有了其深度，才能确立它的立体感和纵深感。个人在生活中永远是井底之蛙，“蛙”就在他在的地方，仅此而已。所谓井底之蛙，只有通过想象力和内心的体悟，才能把握井口之外的事情。

其次，心理描写和环境描写上并为叙述本体。为了“后退”成功，找到可靠的个人生活和个人视角，“切下”生活真实的部分，他必须找到自己的“刀”并保证刀口的锋利。人们欣慰地看到，在乔伊斯的作品中，心理描写和环境描写本身，不在处于人物或主题的从属地位。心理描写和环境描写已经成功地上升为叙述的本体（《尤利西斯》尤其如此），这是意识流小说的重要诗学特征。所谓意识流，无非是生活视象的漂移迁流而已，这种漂移迁流是语言的动荡，而非生活的移动。生活自身是无法移动的。

传统文学靠人物的塑造或主题的引领建立的立体感、纵深感，也就是叙述的时空，被心理时空和语境时空所代替。《纪念日，在委员会办公室》就是作者成功地从平面化的生活中切下的一块，但当主人翁海因斯朗诵《帕奈尔逝世》一诗，制造了怀念深得人心的政治家帕奈尔的一个语境之后，这篇作品才超越了生活中平面化的表象。在《阿拉比》中，为作品拓展时空、创造语义的又是圣餐杯的象征：“我们穿行在五光十色的大街上，被醉鬼和讨价还价的婆娘们挤来挤去，周围一片喧嚣……噪声汇成一片众生相，使我对生活的感受集中到一点：仿佛感到自己捧着圣餐杯，在一群仇敌中间安然穿过。”[1]圣餐杯这样的事物外显的形式和虚无的内涵使他着迷。他与事物一起，稳定地立于叙述的平衡点上。

以乔伊斯作品的个人风格并综合短篇小说的品质来衡量，在我看来，《悲痛的往事》和《死者》无疑是《都柏林人》中的杰作。这两篇小说不但故事本身极富感染力，而语言精美绝伦。

《悲痛的往事》写的是一个单身中年男子的一段矜持的爱情故事。此人叫詹姆斯·达菲，是个银行的职员，过着中产阶级孤独、清高、低调的生活。“他随时随地欢迎别人改过自新，但又经常感到失望。”[2]他既没有朋友，也不加入教会，精神生活就是自己跟自己交流，自己有一套看待生活的理念。他心里也曾盘算过在某种情况下抢劫自己任职的银行，但这种冒险的事情并没有发生。他跟故事中船长夫人那段保持距离感的来往，搞得这位“过去一定很漂亮，现在还很聪明”[3]的中年妇女神魂颠倒。但在这种火热的时候，他却冷漠地退出，与她断绝了联系。从此那妇人开始放纵自己，颓废得不可收拾，直至酒后撞上火车而死。对妇人的死，他不但不同情，反而感到非常愤怒，他不能忍受一个人如此不尊重自己、放浪自己，“她不仅降低了自己的身分，而且也

1 ［爱尔兰］乔伊斯:《都柏林人》，孙梁等译，第27页。

2 同上，第117页。

3 同上，第119页。

降低了他的身分”[1]。当然，达菲先生也为他那庄重的、正直的生活感到苦恼，他觉得自己是个被人生盛宴排斥在外的人。但毕竟风韵犹存的可怜妇人的意外死亡与他有关，与整个都柏林的语境有关，所以，他的内心世界也有自己清高的矛盾和不安：“他转身眺望那条闪烁着暗淡微光的河流，河水蜿蜒地流向都柏林。在河流的那一边，他看见一列货车曲曲弯弯地驶出金斯桥车站，像一条有个火红的头的小虫，顽强地吃力地穿过黑暗。货车缓慢地行驶，消失不见了；但是他的耳朵还听得见机车吃力的、深沉的嗡嗡声，反复唱出她的名字的音节。”[2]这篇作品将作者的独白和主人翁的独白融会贯通，语言在故事发展进程中磨得铿亮，诗意的语境和机智的比喻层出不穷。

《死者》是乔伊斯根据他的妻子诺拉少时的一个爱情故事写成的。诺拉曾对丈夫讲述过她与情人迈克尔·博德金的故事。这段感情因迈克尔的死而终止。主人翁加布里埃尔的原型就是乔伊斯本人，迈克尔·富里的原型是博德金。乔伊斯的小说题材多数来源于自己和身边人的事情。《一个青年艺术家的肖像》《为芬尼根守灵》《尤利西斯》都是这些事情不断细化和引申的结果。（最初，他只想把《尤利西斯》写成个短篇。）爱尔兰人彼特·科斯特洛在《乔伊斯传》中写到，《死者》的结尾堪称爱尔兰文学中

1 ［爱尔兰］乔伊斯：《都柏林人》，孙梁等译，第126页。

2 同上，第128页。

最著名的段落之一。这也是《都柏林人》这“一章精神史”的结尾，与开篇彼此呼应。一场穿过宇宙飘落的雪，似乎要把一切都覆盖了。到此，作者的探索已为长篇巨著的写作做好了准备。他三十出头，对生命的体悟，已经使他远离了让人厌恶的这座城市，在逃离的过程中，人性升华为普遍的诗性：

> 屋里的空气使他两肩感到寒冷。他小心地钻进被子，躺在他妻子身边。一个接一个，他们全都变成了幽灵。顶好是正当某种热情的全盛时刻勇敢地走到那个世界去，而不要随着年华凋残，凄凉地枯萎消亡。他想到，躺在他身边的她，怎样多少年来心头一直珍藏着情人，珍藏着情人告诉她说他不想活的时候那一双眼睛的形象。
>
> 泪水大量地涌进加布里埃尔的眼睛。他自己从来不曾对任何一个女人有过那样的感情，然而他知道，这种感情一定是爱。泪水在他的眼里积得更满了，在半明半暗的微光里，他在想象中看见一个年轻人在一棵滴着水珠的树下的身影。其他一些身影也渐渐走近。他的灵魂已接近那个住着大批死者的领域。他意识到，但却不能理解他们变幻无常、时隐时现的存在。他自己本身正在消逝到一个灰色的、无法捉摸的世界里去：这牢固的世界，这些死者一度在这儿养育、生活过的世界，正在溶解和化为乌有。
>
> 玻璃上几下轻轻的响声吸引他把脸转向窗户，又开始

下雪了。他睡眼迷蒙地望着雪花，银色的、暗暗的雪花，迎着灯光在斜斜地飘落。该是他动身去西方旅行的时候了。是的，报纸上说的是对的：整个爱尔兰都在下雪。雪撒落在黑暗的中央大平原每个角落，撒落在光秃秃的山峦，柔曼地落进艾伦沼泽，在遥远的西边，柔曼地飘进混浊、汹涌、昏暗的香农河的浪花中。这雪，也飘落在山顶上一个孤零零的教堂院内的每一个角落，在这里，埋葬着迈克尔·富里。雪花厚厚地压在歪歪斜斜的十字架和墓石上，覆盖在一扇扇小铁门的尖顶和荒芜的荆棘丛中。当他听见飞雪穿过广袤的宇宙在飘落，如同它们最后的归宿一样，落在所有生者和死者身上，接着，他的灵魂也渐渐昏睡了。[1]

2001年10月17日　喜鹊庐

2022年1月13日　燕庐修订

1 ［爱尔兰］乔伊斯：《都柏林人》，孙梁等译，第262—263页。

# 语言中的上帝
## ——普鲁斯特《追忆似水年华》的诗学

对我来说，阅读马塞尔·普鲁斯特（Marcel Proust，1871—1922）的鸿篇巨著《追忆似水年华》，是既痛苦又快乐的事情。痛苦的是，面对两百多万字的巨大篇幅，让人感到害怕。在这样狂躁的时代，要阅读这部著作不仅需要勇气，而且要想方设法安顿好自己的心情。事实上，无论在西方还是在东方，普鲁斯特从来就没有过趋之若鹜的追随者。这部作品尽管没有《尤利西斯》那么难读，但从小说传统、阅读的心理习惯和阅读文化结构来划分，它无疑也是一部奇书。让我快乐的是，一旦说服自己的心去享受阅读的崇高快感，那么阅读活动就会成为对一个文学天才的见证，因为真正的阅读是一种文化，真正的阅读使写作者的天才成为人间的天才。真正的阅读是艰苦卓绝的写作劳动的继续，是又一次发现，又一次敞亮，犹如习以为常的、不朽的日月又一次升起，把光洒在大地，引领事物从暗中出来。

马塞尔·普鲁斯特，他那澄澈无比、如悦如诉的语言，在不知不觉的时候，在寂静无声的地方，随时都会给敏感的心灵空间吹来凉爽的气息——恰如一枝枝玫瑰，生长出玫瑰，让人倾听大

马塞尔·普鲁斯特（1871—1922）

地生发的天籁之声。有一个深夜，我在读《盖尔芒特家那边》，突然感觉到世界上有一座森林在静静地涌动着，时间褐色的碎片铺满了整个森林，树冠上绿色的鸟儿正在长大，眼睛在暗的起点睁开，翅膀在静的虚幻中翩动。还有影子，它在广袤的心灵语境中的一角动荡不安。它产生于森林，来源于拔地而起的事物，模仿高蓝的天空游动的彩云投在麦浪上的云影。从一到多，从虚无出来，进入生命，到达语言，最终又回归虚无。

一开始，盖尔芒特这个名字的出现就让我吃惊。盖尔芒特并不像通常小说中的人物出现在情节和事件当中，它是作为一个名字出现的。这个名字在尘封的遗忘中自己出来。当它自己出来，已经变成了另外一个名字。而且，它出来的地方，也已经发生了变化。名字成为了语言的修辞，起源于作者的生命气息之美。

"有时候，在从前一个春天听到的名字现在又听见了，我们会像挤绘画颜料管似的，从中挤出逝去时光的神秘而新鲜的、被人遗忘了的细腻感情。""那时候，盖尔芒特的名字也像一个注入了氧气或另一种气体的小球：当我终于把它戳破放出里面的气体时，我呼吸到了那一年、那一天贡布雷的空气，空气中混杂有山楂花的香味。是广场一角的风把这香味吹过来的。这预示着一场大暴雨的风使太阳时隐时现，把阳光洒在教堂圣器室的红羊毛地毯上，使它呈现出天竺葵的肉色，或像玫瑰花的粉色，光彩夺目，它又像盛大音乐会上演奏的瓦格纳的乐曲，高雅华贵，轻松愉快令人心旷神怡。此刻，我们会突然感到这个原始的实体在打颤，恢复了它在今天已不复存在的那些音节内部的形式和雕刻花纹。"[1]

1 ［法］普鲁斯特:《追忆似水年华》第三卷，潘丽珍、许渊冲译，译林出版社，2012年，第5—6页。

追忆从名字开始，心灵秩序在语言的帮助下得以建立。一切都在语言的运动当中，除此之外我们一无所知。只有我们相信语言能够创造世界的时候，《追忆似水年华》作为小说的存在依据才是充分的。因为在普鲁斯特看来，语言分解的那个心灵世界，比曾经存在过的，但已经永远消逝了的那个现实的世界更真实。在文学史上，与现实有关的真实，一直是作家追求的一个目标。但在普鲁斯特的心中，与所谓现实有关的真实仅仅只是一个可能的出发点，一个若隐若现的背景。这个背景并非是小说逻辑秩序的支撑骨架，相反，普鲁斯特让自己创造的诗性来支撑叙述中的现实。在普鲁斯特之前，这种观念只存在于诗中，而普鲁斯特在自己的小说中完成了这种观念。从此，小说完全摆脱了模仿而进入了诗性的创造。语言的自主性和张力在小说中表现得更充分了。

据说，伟大的科学家爱因斯坦（Albert Einstein，1879—1955）在听了著名小提琴家耶胡迪·梅纽因（Yehudi Menuhin，1916—1999）的演奏后惊叹道：现在我知道天堂里是有上帝的。读了《追忆似水年华》之后，我也感觉到，语言中是有上帝的。要是语言中没有上帝，那么一代代天才的创作就失去了意义。只有天才的心灵，更接近语言中那个上帝不朽的心灵。所以，文学天才是这个上帝的心灵的探险者和言说者。在天才和上帝之间，一方的激情，永远充满着言说的渴望；另一方的沉默，渴望永远被言说。他们彼此寻找，彼此亲近。有时候，像眼睛看着一支笔和一张白纸那样迷惘；有时候，像看着乞力马扎罗的雪那样，露出高显云端的形式；有时候，像济慈的夜莺，使诗人的心如饮鸩，向着死寂的忘川下沉。

语言中的上帝像高悬的日月。它现出原形的时候，你看见它在高处；它隐匿的时候，你也知道它在高处。它的光芒会从高处下来，给一座山顶戴上金色或银色的桂冠；照亮深邃的山谷；照见鹰的翅膀、鹰的眼和鹰的意志。

语言中的上帝既是文学之美永恒的谜底，又来自文学以及文学家的创造。这就是说，这个上帝的伟大之处，就在于它不是实体，而是混沌和虚无中自在的自由，无目的的纯粹自在的自由。这个自由的力量突破了一切心灵和文化预设的障碍，刺激并激活了所有的语词，使语词到达一个个自在的场所，到达并创造一个个有意味语境，种种漂移迁流的音声形色。

当语言中的上帝在具体的天才的文本中显现，也就是在“无”中生“有”的时候，文本之美就成功地分解了语言中的上帝。西方第一文学作品《旧约·创世记》开篇，神说：“要有光。就有了光。”这光就照在了具体的事物和场所，把明和暗分开。于是，事物显露，生长。与此同时，文学中一个个具体的、可以解读的隐喻，也从那个整体的巨大的隐喻中分解出来。

语言中的上帝超越了时空和文化，成为普遍的精神性，但隐喻超越不了时空和文化，因为隐喻就是时空和文化的产物。所以，精神性和隐喻在艺术中同时存在，有时甚至合而为一，在同一个表达形式中滋生出来。安德列·莫洛亚（André Maurois，1885—1967）在为《追忆似水年华》写的序中说："所以隐喻在这部作品里占据的地位相当于宗教仪式里的圣器。普鲁斯特眷恋的现实都是精神性的，但是因为人既是灵魂，又是肉体，他需要物质性的象征帮助他在自身和不能表达的东西之间建立联系。普鲁斯特最先懂得，任何有用的思想的根子都在日常生活里，而隐喻的作用在于强迫精神与它的大地母亲重新接触，从而把属于精神的力量归还给它。雨果出于本能也懂得这个道理，但是普鲁斯特通过智力和使用方法达到同一个目的了。"[1]

莫洛亚的这段话包含了很深的文艺美学思想，没有过创作经验的人一般不可能认识得如此深刻。这段话中至少有四种关系需要我们弄清楚：一是作家的文体；二是文本中的现实；三是隐喻；四是象征。对于一个现代作家来说，如何处理这四种关系是一个重要的尺度。要么你面对，要么你离开，没有妥协的余地。因为在现代西方文学的杰作中，这四种关系已经融为一体。《追忆似水年华》无疑是四种关系高度一体化的杰作。文体是作家的性格、气质、语言能力和文学趣味形式化的体现，其包括传统意义上所说的风格。文本中的现实，是作家对生活的理解和作家的文体形式化的要求对生活的选择。隐喻和象征是现代文学不可或

1 ［法］普鲁斯特：《追忆似水年华》上卷，李恒基、桂裕芳等译，译林出版社，2008年，第17页。

缺的方法，这种方法是语言的决定，并非现代文学所独有，但只有在现代文学中，两者才帮助语言获得了巨大的创造力量。与传统文学不同的是，这里说的方法不仅仅是为达到目的而使用的语言工具，相反，方法作为“工具”的性质已经大大减弱，而上升为叙述的本体。也就是说，方法直接呈现文学自身，直接与形式和美发生联系。

作家的文体是作家存在的根据。优秀的作家都有自己的文体。自在的文体浑然天成，或像大理石玄武岩自显古拙，或像天然钻石流露其光华。它是语言在语言中的上帝的感召下到达的一个自足的领域。当到达这个别开生面的领域之后，语言中的上帝就回到了它混沌的自在状态，以使语言充分开放自身，无论在局部或整体，都呈现超凡脱俗的结构之美。这样的结构之美是通过作家处理语言与现实的关系表现出来的。在传统小说那里，语言与现实的关系其主流是模仿的“反映”，而在现代文学中，“反映”的可靠性被质疑。因为语言哲学和语言美学的研究表明——语言即现实。这种认识的革命性，是现代小说的基础。这一信条在普鲁斯特的文学观中是再明显不过了。至于对隐喻和象征的处理方式，以及它们获得的本体地位，则更说明了语言即现实的真理性。

一般来说，隐喻起源于观念、意义，或者说隐喻是观念、意义对美的意蕴的要求，也是美的意蕴对观念、意义的生成。艺术中的隐喻总想跨越形而上的门槛，观望并拥抱栩栩如生的形而下世界，回归素朴的自在。素朴是形而下世界的“在”，而不是观念与意义浸入之后的“在者”。隐喻自己不能表达自己，因此，它需要借助文化的积淀、心灵处理支离破碎的世界的关系及某种逻辑推力来表达自己。所以，隐喻既来自文化传统，来自文学艺术和语言的历史，又来自心灵的天赋能力。

在共同的语言文化背景下，心灵的丰富性和处理一切观念与事物的逻辑能力以及心灵自身的特殊性，决定着隐喻的创造。可以说，没有隐喻在天赋能力推动下的生成，就没有文学艺术的深度构造。不管隐喻的创造是建构式的，还是解构式的，这一点并不重要。因为无论建构还是解构，都意味着新的隐喻的生成——尽管有时候是不自觉的。这是语言的决定。语言在对世界（这里的世界包括文学艺术中的世界）的命名过程中，即使是所谓客观的描述，也同样包含着隐喻的生成。这里说的隐喻，自然指那种广义的隐喻，它包括观看的心理习惯、直观的语言形式自带的隐喻，也包括语言符号自身的节奏、音声、调式、形色等新滋生的隐喻。

那么，隐喻与象征之间究竟有什么关系呢？在读普鲁斯特的作品时，回避这种关系就不是专业的阅读。安德列·莫洛亚说：“通过揭示某一陌生事物或某一难以描写的感情与一些熟悉事物的相似之处，隐喻可以帮助作者和读者想像这一陌生事物或这一感情。当然普鲁斯特不是第一个使用形象的作家。对于原始人形象也是一种自然的表达手段。但是普鲁斯特比同时代任何作家更加理解形象的‘至上’重要性；他知道形象怎样借助类比使读者窥见某一法则的雏形，从而得到一种强烈的智力快感；他也知道怎样使形象常葆新鲜。”[1]普鲁斯特在《在斯万家那边》中也写道：“不用说，在我的内心深处搏动着的，一定是形象，一定是视觉的回忆，它同味觉联系在一起，试图随味觉而来到我的面前。只是它太遥远、太模糊，我勉强才看到一点不阴不阳的反光，其中混杂着一股杂色斑驳、捉摸不定的漩涡。”[2]

形象肯定是重要的，没有对形象的探索就没有《追忆似水年华》。但是，我们必须清楚，对形象的探索重要的并不在于单纯的形象，而在于形象本身是否符合文本有机和谐的统一性。还有，在语境或文本的结构中，单一的形象之构成只不过是一个出发点。一般情况下，象征直接起源于形象。单一的象征起源于单一的形象。现代文学的一个明显特征，就是在文本结构中，单一的形象和整体的形象融为一体，创造单一的或整体的象征，上升为复杂的、高度形式化的隐喻。而在传统文学中，形象的塑造都是有明确目的并为内容、为角色的塑造服务的。

在我看来，象征直接起源于形象，尤其是具体事物的形象、具体质料或人工质料的形象。象征是直接的形式。它是自下而上的，它从下面仰望并推动观念和意义的生成。当观念和意义生成

1 ［法］普鲁斯特：《追忆似水年华》上卷，李恒基、桂裕芳等译，第15页。

2 同上，第35页。

的瞬间，象征也同时完成了凝固的隐喻构造。

所以，象征是通往事物与隐喻之间的桥梁。当然，多数时候，这种转化并非必然。有时，在某些文本特别是在诗歌文本中，象征只到达它自己的存在状态，而不一定到达具体的隐喻层面；有时，隐喻也不借助具体的事物，而是通过语言自身的运动就能实现。这几种情况在《追忆似水年华》中都存在着。一个蛋糕、一只钟、一枝花、一张床和一个房间等，在语言运动中都各得其所，各自承担着自己在普鲁斯特心灵时空中音声形色的分量和形式，同时，符合语言运动创造的更广阔的隐喻系统——语言会渡着隐喻和象征，浸染具体事物的形象。

《追忆似水年华》一个重要的文本特征，是象征和隐喻在作者惊天动地的回忆纠葛中如滚雪球一样越滚越大，如波浪永不止息，像蜘蛛抽丝耗尽生命，在具体、单纯与空蒙之间建立桥梁。

普鲁斯特要打捞的是永远隐去在黑暗中的光。这种光就是有意味的时间和空间，就是他的生命，也是打捞本身。普鲁斯特的时间和空间的存在，就是他的存在。他是一个时空范畴，所有大作家无不如此。

他的传记作者克洛德·莫里亚克（Glaude Mauriac，1914—1996）说："我们可以把这种手法称为串式结构，它十分精确地把人物形象一个接一个地串连起来，新的人物把正在发展的故事情节打断，代之以另外一个故事情节，而另一个故事情节随后也被打断……读者最初会感到，普鲁斯特的这部作品没有一个完整的结构，作者只是凭着创作灵感信笔发挥，随意调整主题，从不准备达到一个完整的结局似的。但这种看法肯定是错误的。事实上，很少有哪部著作能比普鲁斯特的这部著作更严谨。”[1]这就是普鲁斯特的文体，漫天的彩霞无边无际地开显，无边无际地高高挂在我们心灵的上空，但却服从于一个看不见的力量，一种平静地流淌的力量。打开它们的是这个力量，推动它们的是这个力量，使它们美妙绝伦的还是这个力量。这个力量，就是普鲁斯特的意志，一种表象世界风涌的意志。

在普鲁斯特之前，没有一个小说家比他更看中文体结构，即使是福楼拜（Gustave Flaubert，1821—1880）都没有他那么耐心。为创造这种文体，他把以传奇故事为基础的整个小说叙述史彻底颠倒了。在普鲁斯特眼中，一切事件，都是文本中符合文体结构特征的事件，而不是我们通常所理解的与社会生活密切相连甚至一致的事件。我可以断定，在他的文学观念中，通过观看创造的语言世界高于现实，个人的文学禀赋高于历史。这当然也是语言中的上帝给他的启示。语言中的上帝并非只描绘外显的社会历史，还要创造心灵史和精神史，创造具体事物无穷无尽的诗性。

普鲁斯特在《驳圣伯夫》中写道：“风格是转化改造工作的

1 ［法］莫里亚克:《普鲁斯特》，许崇山、钟燕萍译，中国社会科学出版社，1989年，第203页。

鲜明表征，是作家的思想对真实性所发挥的作用，对巴尔扎克来说，就风格本义而言，他是没有风格的……譬如福楼拜的风格，真实整体的各个局部整合为同一实体，各个侧面广阔展开，具有单一的光泽，其中绝不带有任何不纯的东西。各个侧面因此都有折光性能。任何事物都可以呈现，是映现，是决不会歪曲完整均质的实体的。任何不同的东西都在其中被转化并加以吸收。在巴尔扎克则不同，风格所未完形的各种成分同时存在，还没有被融合转化吸收，风格并不能暗示、反映什么，风格只是解释。风格借助最有力的形象进行解释，但不是将形象连同余下的一切融合起来，是形象使人理解他所要说的内涵，正像人们在谈话中要求得到别人理解一样，如果他有某种谈话本领的话，人们一般谈话并不特别注意整体的和谐，也不关心参与与否。巴尔扎克在他的信中说过：'好的婚姻如同奶油，一不小心就会落空失败。'他正是通过这一类形象，也就是说，给人强烈的印象、准确但又令人感到惊奇的形象去进行解释，而不是暗示，这类形象并不从属于任何美与和谐的目的。"[1]

显然，普鲁斯特更喜欢《包法利夫人》的作者福楼拜。正如纳博科夫（Vladimir Vladimirovich Nabokov，1899—1977）所言，

1 ［法］普鲁斯特：《驳圣伯夫》，王道乾译，上海译文出版社，2007年，第154—155页。

因为“从文体上讲，这部小说以散文担当了诗歌的职责”[1]。同样，《追忆似水年华》也以散文担当了诗歌的职责，并且，诗化的程度远远高于《包法利夫人》。《追忆似水年华》是一首抒情的心灵史诗，同时，也是一首探索心灵的史诗。它是自然之诗与生活之诗的结合。

普鲁斯特的心灵无比丰富，又无限孤单和恐慌，就像阳光下的冰凌，那么明亮，又那么岌岌可危。从小说文本来看，没有一个作家比他更恐惧时光的流逝，又如此不厌其烦地去寻找具体的时间的可靠性，并将它转化成美，以此来挽救心灵世界的沉沦。世界就是如此，一切都在泯灭，一切都那么脆弱。所以，所有伟大的作品都是不可为而为之的创造。既是欢欣，又是哭泣。

普鲁斯特的创造是这样的：第一，他摆脱了传统小说依赖的现实背景，转而寻找心灵中的现实；第二，他又超越了心灵中的现实背景，创造心灵的诗性，这种诗性是单一的、纯粹的；第三，他熟练地控制着语言的运动，不奢望在语言运动之外还能获得什么意义。语言的自渡，使伟大作家从不奢望。

是的，不像其他小说一样，答案和诗性都在文本之外。《追忆似水年华》的一切都在文本之中，语言的创造不是为了别的，它就是语言自身。在这里，普鲁斯特的存在也就是语言的存在，被语言中的上帝引领到语言的立锥之地的存在。除此之外，我们

1 ［法］纳博科夫：《文学讲稿》，申慧惠等译，上海三联书店，2005年，第113页。

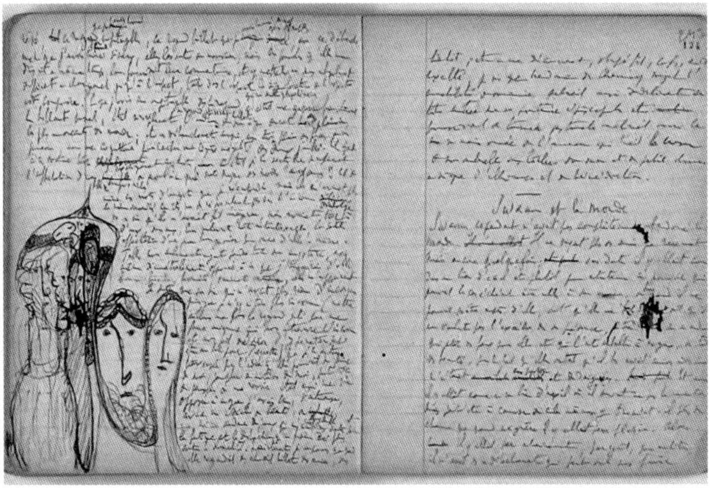

普鲁斯特手稿

只能保持沉默。

普鲁斯特《在斯万家那边》中写道:“我轻轻推开窗户，坐到床前，几乎一动不动，生怕楼下的人听到我的动静。窗外万籁也仿佛凝固在静寂的期待中，惟恐扰乱明净的月色；月亮把自己反射的光辉，延伸到面前的万物之上，勾画出它们的轮廓，又使它们显得格外悠远；风景像一幅一直卷着的画轴被徐徐展开，既细致入微，又恢弘壮观。需要颤动的东西，如栗树枝头的叶片，在轻轻颤动。但它颤动得小心翼翼、不折不扣，动作那样细密而有致，却并不涉及其它部分，同其它部分判然有别；它独行其是。”[1]“这已经是多年前的事情了。当年烛光渐升的那面楼梯旁的大墙早已荡然无存。有许多当年我以为能在心中长存不衰的东西，也都残破不堪，而新的事物既而兴起，衍生出我当年预料不到的新的悲欢；同样，旧的事物也变得难以理解了。”[2]

仿佛锯木头，在《追忆似水年华》中，随便截取一段，读者都会感觉到它属于一个庞大的有机的整体。这个整体既包含小说文本的显在结构，也包含普鲁斯特的诗学特征。下面我们随便锯下一截来观看，可以看到，这位天才不仅超越了小说与心灵与人生之间的诸多界限，还超越了小说与理论之间的界限——既是事物与时间的探索者，又是理论和方法的探索者；人们也可以看到，语言中的上帝在得并不遥远，他无处不在，是那样慷慨，又那样质朴无华，并且对我们的呼唤从来不会感到厌倦。看在《在斯万家那边》，作者的倾诉：

> 我只觉得人生一世，荣辱得失都清淡如水，背时遭劫亦无甚大碍，所谓人生短促，不过是一时幻觉；也许，这感觉并非来自外界，它本来就是我自己。我不再感到平庸、猥琐、凡俗。这股强烈的快感是从哪里涌出来的？我感到它同茶水和点心的滋味有关，但它又远远超出滋味，肯定同味觉

1 ［法］普鲁斯特:《追忆似水年华》第一卷，李恒基、徐继曾译，译林出版社，1989年，第34—35页。

2 同上，第39页。

的性质不一样。那么，它从何而来？又意味着什么？哪里才能领受到它？我喝第二口时感觉比第一口淡薄，第三口比第二口更微乎其微。该到此为止了，饮茶的功效看来每况愈下。显然我所追求的真实并不在于茶水之中，而在于我的内心。茶味唤醒了我心中的真实，但并不认识它，所以只能泛泛地重复几次，而且其力道一次比一次减弱。我无法说清这种感觉究竟证明什么，但是我只求能够让它再次出现，原封不动地供我受用，使我最终彻悟。我放下茶杯，转向我的内心。只有我的心才能发现事实真相。可是如何寻找？我毫无把握，总觉得心力不逮；这颗心既是探索者，又是它应该探索的场地，而它使尽全身解数都将无济于事。探索吗？又不仅仅是探索：还得创造。这颗心灵面临着某些还不存在的东西，只有它才能使这些东西成为现实，并把它们引进光明中来。[1]

2001年11月12日　喜鹊庐

2022年1月14日　燕庐修订

1 ［法］普鲁斯特：《追忆似水年华》第一卷，李恒基、徐继曾译，第47页。

# 现实、谎言及其游戏

## ——马尔克斯《百年孤独》阅读笔记

### 一、影响与谎言

加西亚·马尔克斯（Gabriel García Márquez，1927—2014）的影响波及世界，也发生在我周围的文学群体中。对于“新时期”的云南作家来说，在二十世纪的大作家中，恐怕没有谁比加西亚·马尔克斯更有吸引力。

我上大学的时候，就不停地听小有名气的作家和大学教师们谈论以《百年孤独》为代表的魔幻现实主义。我感觉到写作者们正在摩拳擦掌，要把魔幻现实主义搬到云南来。

文学工作者们这么积极主动、满腔热忱，是因为他们心中有一张文学地理观念图，以为云南和拉美的民族文化，都可以用“美丽，神奇，丰富”[1]三个概念去概括。以为云南之于中国犹如拉美之于世界，两个地方都处于主流的局外，且都很“魔幻”，且

---

1 1956年，诗人、作家、翻译家徐迟旅云南，1957年出版了写云南的诗集《美丽，神奇，丰富》。此后，徐迟概括云南的“美丽，神奇，丰富”一说流行。

“魔幻”都在“现实”和“主义”中。

当然，如果没有拉美文学的“爆炸”，没有马尔克斯、帕斯（Octavio Paz，1914—1998）等拉美诗人、作家的成功，本土的理论工作者和作家们也就不会那么心潮澎湃，毕竟那虚幻的“成功”，是吸吮许多作家灵魂的魔鬼。

的确有的作家把马尔克斯当作灵丹妙药，好像一剂药下去，去首都北京开会，以及去斯德哥尔摩领奖的坦途，庶几或可铺平。搞文学和搞其他行当一样，想成功是很自然的。不过，事情总是越想得到的，反而离得越远。“成功”这个虚幻的魔鬼是很难喂饱的，即便你不停地献上灵与肉。

许多作家一直主动接受各种文学流派的影响，也就是不断将自己的灵与肉作为文学祭品献给幻想中的幻象，或说得好听点，是献给时代。祭品是不可能有文体自觉的。

我曾把受魔幻现实主义影响而拼命猎奇、搞神秘题材的作家的创作，称为“贩卖山货”，但作家们却以为自己是在搞魔幻现实主义的。

拉美作家成功登上世界主流文学平台之后多年，云南的魔幻现实主义似乎还是没有搞成，还是没有出现一部《百年孤独》那样的力作。当然，或许有人认为已经搞成了，只是还没有被西方人发现也未可知。但是，无论怎么说，说到底，作家和批评家们还是不清楚什么魔幻现实主义之类的概念，其实与本真的文学是毫无关系的。

文学的影响只能是一种潜移默化的启迪，不能作为一种模式去照搬，或为了“成功”而去“挂靠”。可以肯定的是，与作家个人的心灵和心智无关的任何理论或创作模式，对作家或读者的影响都不可能是真实可靠的。影响，是一种文学可能性的被发现。文学的可能性常常处于被遮蔽状态。一个作家的才能，就是在于能发现某种文学的可能性，并将其贯彻到文本之中。这种发现是文学的发现，也是自我的发现。文学才能的养成，除了先天资质，也就是品种之外，他们的成长，从婴儿时就已经开始。

马尔克斯年轻时常常听他的外祖母讲各种毛骨悚然的故事。外祖母讲起来沉着冷静，绘声绘色，马尔克斯正是用这种方法创作了《百年孤独》。

但是，真正使他发现自己能成为一个作家的人，是弗兰茨·卡夫卡。卡夫卡就像灯塔一样使他看见了文学的可能性，就在他能到达的地方，已到达的地方。

在与哥伦比亚作家兼记者普利尼奥·阿·门多萨（P. A. Mendoza，1932—　）的著名谈话中，门多萨问马尔克斯：“那么是她（外祖母）使你发现自己会成为一个作家的吗?”马尔克斯说：“不是她，是卡夫卡。我认为他是采用我外祖母的那种方法用德语来讲述故事的。我十七岁那年，读到了《变形记》，当时我认为自己准能成为一个作家。我看到主人公格里高尔·萨姆沙一天早晨醒来居然变成了一只巨大的甲虫，于是我就想：‘原来能这么写呀。要是能这么写我倒也有兴致了。’”门多萨又问：

“为什么这一点引起你那么大的注意？这是不是说，写作从此可以凭空编造了？”马尔克斯回答：“是因为我恍然大悟，原来在文学领域里，除了我当时背得滚瓜烂熟的中学教科书上那些刻板的、学究式的教条之外，还另有一番天地。这等于一下子卸掉了沉重的包袱。不过，随着年逝月移，我发现一个人不能任意臆造或凭空想象，因为这很危险，会谎言连篇，而文学作品中的谎言要比现实生活中的谎言更加后患无穷。事物无论多么荒谬背理，总有一定之规。只要逻辑不混乱，不彻头彻尾地陷入荒谬之中，就可以扔掉理性主义这块遮羞布。”[1]在这里，理性主义指一种所谓客观的生活逻辑。卡夫卡给了马尔克斯一种启迪，但他的主要长篇小说，每一部都至少要花上十几年时间去构思。《一件事先张扬的凶杀案》则花了三十年才酝酿成熟。当然，马尔克斯学卡夫卡而不如卡夫卡之处，在于卡夫卡的作品与他这个人是一体的，而马尔克斯却想得太多。

马尔克斯很不喜欢评论家。多数评论家，尤其是学院派的评论家，要么把文学变成教条，要么为文学谎言树碑立传，推波助澜。所谓魔幻现实主义，我是亲眼看见它在我的身边变成理论教条和写作谎言的。想到作家们在魔幻现实主义的聚光灯下码字，码得汗流浃背，不免长叹。人类任何精神遗产，都有可能在其传播过

1 ［哥伦比亚］马尔克斯、［哥伦比亚］门多萨：《番石榴飘香》，林一安译，生活·读书·新知三联书店，1987年，第38—39页。

程中变成教条或谎言，更何况是一种小说创作的方法。这是人的心灵和心智的不稳定性、复杂性和语言、符号的欺骗性所决定的。

从马尔克斯与门多萨的对话看，其实不存在一种纯粹源于拉美的魔幻现实主义这种东西。因为无论博尔赫斯、马尔克斯，还是科塔萨尔（Julio Cortázar，1914—1984）、蒙特罗索（Augusto Monterroso，1921—2003），都受到卡夫卡的直接影响。

恒河之水滔滔，每个人可以舀一瓢。可是，你瓢中的水，已经不是恒河之水。

## 二、现实与谎言

《百年孤独》带来了小说与现实的争论。这种争论是小说理论存在的出发点之一。要是连这种争论也没有，评论家们真的就无事可干了。其实，这个话题，就相当于人是不是动物那个话题。

面对《百年孤独》这样的小说，评论家找出了魔幻现实主义这个说法。这个术语最早是德国艺术评论家弗朗茨·罗（Franz Roh）发明的。他在1925年出版的《魔幻现实主义，后期表现派，当前欧洲绘画的若干问题》一书首先使用这个概念，用来评论后期表现主义绘画。绘画评论中首先使用了这个语词，后来，此语词被引进了拉美文学评论领域。所谓魔幻，指的是生活中那种神奇的、不可思议的事情。

事实上，不管什么样的主义，小说总是以现实为出发点的。马尔克斯说："在我的小说里，没有一行字不是建立在现实的基础上的。"[1]小说以现实为出发点，这是一个常识。在我看来，问题不在于小说是否以现实为出发点，而是评论家对现实的看法出了问题。

几乎所有的职业评论家都犯了一个错误，他们以为现实是明白无误、一目了然的。其实，评论家最难以把握的并不是小说，而是现实。人们并不知道现实的整体，也看不清现实的整体为何物，但却自以为对现实了如指掌，把语言中描写的所谓现实当成了真实。然而，有丰富写作经验的人都知道，在作家或个人的视角中，一个本体的、能和盘托出的现实，其实是不存在的。正是本体的现实之不可知，才使文学与现实的关系产生了混乱。小说最多不过是扮演一个对"现实"不可知的"角色"。换句话说，小说是在现实中碰壁的艺术。小说与现实的关系把作家引出来，使他们黏在这个两面胶上，使他们动弹不得。

所谓"魔幻"，是个黏住小说与现实的两面胶。这个关系也许马尔克斯本人是感觉到了的，但我敢肯定，他在理论上，仍然比较模糊，他只是被黏住，甚至相信现实比相信艺术更甚。不然，他就不会在与门多萨的对话中，反复强调《百年孤独》中写

1 ［哥伦比亚］马尔克斯、［哥伦比亚］门多萨：《番石榴飘香》，林一安译，第47页。

的故事的现实性（真实性）。也许是马尔克斯在给评论家和读者下套，从语言表达世界的“叙述闭环”关系上讲，作家和艺术家都是给评论家和读者“下套”的。

**门多萨**：你说过，优秀的小说是现实的艺术再现。你能不能解释一下这个观点？

**马尔克斯**：可以。我认为，小说是用密码写就的现实，是对世界的揣度。小说中的现实不同于生活中的现实，尽管前者以后者为依据。这跟梦境一个样。

**门多萨**：在你的作品中，特别是在《百年孤独》和《家长的没落》中，你所描绘的现实已经有了一个名称，即魔幻现实主义。我觉得，你的欧洲读者往往对你所讲述的魔幻事物津津有味，但对产生这些事物的现实却视而不见……

**马尔克斯**：那一定是他们的理性主义妨碍他们看到，现实并不是西红柿或鸡蛋多少钱一斤。拉丁美洲的日常生活告诉我们，现实中充满了奇特的事物。为此，我总是愿意举美国探险家Z. W. 厄普·德·格拉夫的例子。上世纪初，他在亚马孙河流域作了一次令人难以置信的旅行。这次旅行，使他大饱眼福。他见过一条沸水滚滚的河流；还经过一个地方，在那里，人一说话，就会降下一场倾盆大雨。在阿根廷南端的利瓦达维亚海军准将城，飓风把一个马戏团全部刮上天空，第二天渔民们用网打捞上来许多死狮和死长颈鹿。在

《格兰德大妈的葬礼》这个短篇小说里，我描写了教皇对哥伦比亚的一个村庄进行了一次难以想象的、不可能成为现实的旅行。我记得，我把迎接教皇来访的总统写成一个秃了顶的矮胖子，以别于当时执政的高个瘦削的总统。小说问世十一年后，教皇真的到哥伦比亚来访问，迎接他的总统跟我小说里描写的一模一样：秃顶、矮胖。我写完《百年孤独》之后，巴兰吉丽亚有一个青年说他确实长了一条猪尾巴。只要打开报纸，就会了解我们周围每天都会发生奇特的事情。我认识一些普普通通的老百姓，他们兴致勃勃、仔细认真地读了《百年孤独》，但是阅读之余并不大惊小怪，因为说实在的，我没有讲述任何一件跟他们的现实生活大有径庭的事情。[1]

在马尔克斯与门多萨的谈话中，可以看出他在为《百年孤独》中被床单裹着飞走了的“俏姑娘”雷梅苔丝和布恩地亚家族头代和末代长出猪尾巴的人辩护。马尔克斯告诉人们，在拉丁美洲，这些事情都是有现实根据的。我们完全可以相信，大风会裹着人飞走，而个别人会长出尾巴——这种返祖现象是可能存在的。不过，这些事情与拉丁美洲的现实生活并没有必然的联系，

1 ［哥伦比亚］马尔克斯、［哥伦比亚］门多萨:《番石榴飘香》，林一安译，第46—47页。

这或许是民间故事、传说、民间创作。不同地方的民族文化中，都有各种各样离奇的故事创作，那些故事，也非常“魔幻”，同时也非常“现实”。不管作家怎么样利用和处理素材，我们都要与他们保持距离。

太过“魔幻”，就是欺骗。尽管小说永远低于现实的魔幻。

小说文本中的现实有别于生活世界的现实，这是不必多说的。问题是，我们一般都把现实分为两端：一端是文本中的现实，一端是生活世界中的现实。这种分法是不准确的。没有人意识到，所谓现实，事实上都是我们观察和体验中的现实。这个现实至少有三个层面组成：其一，生活世界的现实；其二，文化世界的现实；其三，心理世界的现实。任何一个作家或个人，他心目中的现实，都受到这三种现实的影响。值得我们思索的是，这三种现实本身都不是恒定不变的。个人心目中的现实，都受到心理视觉、生活境遇、精神修养和文化选择的影响。从这个意义上看，现实是难以捉摸、扑朔迷离的，它永远是局部碎片的此起彼伏，梦幻泡影的空无妙有。

传统的各种现实主义犯了一个错误，他们只关注现实客观性的层面，将客观性当作一个叙述整体的存在，而不停地去“挖掘”“反映”“揭示”。事实上，人们根本找不到那个整体的现实。任何人，都不可能是“现实”这个观念范畴的知情者。

由于现实本身的不稳定性，因此制造现实的谎言就非常容易。自古以来，读者总是被各种语言的叙述骗局、逻辑闭环所欺骗。因此，必须指出，尽管“现实”这个整体难以把握，但作为叙述骗局、逻辑闭环的书写模式，是不难参透的。

“现实”是一出永无休止的大戏。看戏者，也是演戏者。都在套中，下套者也是被下套者。

马尔克斯说：“拉丁美洲的历史也是一切巨大然而徒劳的奋斗的总结，是一幕幕事先注定要被人遗忘的戏剧的总和。至今，在我们中间，还有着健忘症。只要事过境迁，谁也不会清楚地记得香蕉工人横遭屠杀的惨案，谁也不会再想起奥雷良诺·布恩地亚上校。”[1]

沧海横流，泥沙俱下。人类苦心经营的各种文化的形而上幻影、形而下幻景，有时人们自以为坚若磐石，实则如蚂蚁窝子，不堪一击。

## 三、奥雷良诺·布恩地亚上校

小说的关键在于角色的塑造，如果没有让读者牵肠挂肚的角色，那么一部小说就不能算成功。人物是对现实复杂性和混沌世界的分解。人物被作家像照明弹般射向夜空，然后耗尽光亮，回

1 ［哥伦比亚］马尔克斯、［哥伦比亚］门多萨:《番石榴飘香》，林一安译，第105页。

归夜的沉寂。尽管文学不能帮助敏感的人躲避灾难、不幸和消除孤独无援的处境，但文学可以在瞬间照见我们的自我，使恐惧、痛苦与慌张得以暂时解脱。

为了叙述的需要，马尔克斯建立了一个没有历史的村落。这个村落尽管是崭新的、遥远的，但它却不能避开当代社会对它的干扰。奥雷良诺·布恩地亚上校，是在乌有之乡马孔多出生的第一个人，是马孔多的拓荒者何塞·阿卡迪奥·布恩地亚的次子。奥雷良诺·布恩地亚在娘肚子里就会哭，生下来时睁着眼睛。长大后，他参加了内战，成了上校。他先后发动过三十二次起义，但都失败了。有一次，他乔装成印第安巫师，正要到达西部国境时被政府军抓获，他被判了死刑，押回故乡执行，差点被行刑队枪毙。

小说一开头就说："许多年之后，面对行刑队，奥雷良诺·布恩地亚上校将回想起，他父亲带他去见识冰块的那个遥远的下午。"[1]囚在死牢中，母亲乌苏拉去看他，他唯一带在身边交给乌苏拉的是一卷浸透了汗水的诗稿。他在转战期间，与各地女人姘居，生下了十七个儿子。这些儿子长大后，都找到了布恩地亚家族，却在一个星期之内，几乎全部被人用枪打死，只有老大幸免于难，但失踪了。奥雷良诺·布恩地亚上校晚年回到故乡，每

1 ［哥伦比亚］马尔克斯：《百年孤独》，黄锦炎、沈国正、陈泉译，上海译文出版社，1984年，第8页。

天埋头炼金子，制作小金鱼消磨孤独的时光。不过，当美国人来马孔多开垦土地种植香蕉的时候，他以年迈之躯又想发动一场战争，去铲除由入侵者支持的腐败堕落、臭名昭著的政府。可是他毕竟老了，部下也不可能再听他的。他只好整天把自己关在屋子里制作小金鱼。有一天，一个马戏团来村里表演，他挤在人群里去看马戏表演。看完之后，英雄的奥雷良诺·布恩地亚上校就去世了。

奥雷良诺·布恩地亚上校的死非常平静。作为一个发动过三十二次武装起义的人，这样一个结局与其说是上校本人的幸运，不如说是作者善意的安排。马尔克斯这样描写："等到队伍走完以后，又看到他那可怜的孤独的脸庞。大街上只剩下那明亮的空间，空气中满是飞蚁，另有几个好奇者还在心神不定地翘首观望。于是，他一边想着马戏团，一边向梨树走去。小便时他还试图继续想马戏团的事，却已经记不起来了。他像一只小鸡似的把头缩进脖子里，前额往梨树干上一靠，就一动不动了。家里人直到第二天上午十一点才发觉，那是圣塔索菲娅·德·拉·佩达到后院去倒垃圾，才注意到秃鹫正一只只飞下来。"[1]

其实，奥雷良诺·布恩地亚上校可以说已经死过两次了。第一次是面对行刑队的时候，第二次是由于绝望，他用手枪在自己的胸脯上打了一个洞——子弹准确无误地沿着一条没有伤害重要

1 ［哥伦比亚］马尔克斯：《百年孤独》，黄锦炎、沈国正、陈泉译，第260页。

部位的轨迹穿过身子。然而，马尔克斯一直没有让他死。第一次是他的哥哥用猎枪搭救了他，第二次是医生跟他开了一个“玩笑”——出于医生对一个勇于为人间苦难承担责任者的爱心。

在他绝望地自戕时，虽然生命安然无恙，但上校母亲的灵魂却为之震动不已。母亲乌苏拉身边的事物因英雄的受难显示出了异象：“下午三时一刻，他把一粒手枪子弹射进他的私人医生在他的胸脯上用碘酒画的圆圈里。这个时候，在马孔多，乌苏拉正奇怪牛奶煮了那么久怎么还没开，她揭开炉上的奶壶盖一看，里面全是蛆虫。”[1]“傍晚时他抬起泪眼，看见一些急速旋转的发光的橘黄色圆盘像流星似的划过天空。”[2]

奥雷良诺·布恩地亚上校是《百年孤独》中唯一一位诗人，在所有的孤独者中，他的孤独多了一层诗人的涵义。他的诗没有读者，就连他的妻子（情诗是献给她的）也不能成为他的诗作的读者。马尔克斯说，《百年孤独》的主题是孤独。书中的主要角色都分解着孤独这一主题。马尔克斯的孤独不是小资情调，也不是一个作家生命中那种无聊的空虚和失意，而是一种对实现正义、良知和仁慈的价值无能为力的绝望和痛苦。

奥尔良诺的奋斗注定要失败，一切奋斗都注定是一幕幕事先要被人遗忘的戏剧。必须指出，马尔克斯的孤独，并不是因为几

1 ［哥伦比亚］马尔克斯：《百年孤独》，黄锦炎、沈国正、陈泉译，第175页。
2 同上，第175页。

次起义或一个具体事件的失败。如果像奥雷良诺上校这样的英雄的胜利能够实现正义、良知、仁慈的价值理想，那么失败是不可怕的。问题在于，无论奥雷良诺上校之类的人物如何奋斗，其结局都是徒劳无功。对于马尔克斯，这才是真正的绝望。这是第三世界落后民族知识分子的绝望。上校的哥哥阿卡迪奥，就是一个以革命的名义，靠枪杆子霸占了马孔多广大土地的人。阿卡迪奥得势的时候，在马孔多搞的事情基本上是土地革命和文化革命的结合。我又想起了门多萨与马尔克斯的一段对话：

**门多萨**：由于我们历史命运的拨弄，我们是否应该认为，谁要是为反抗暴政进行斗争，一旦上台执政，谁就有变成暴君的危险？

**马尔克斯**：在《百年孤独》里，一个被判处死刑的人对奥雷良诺·布尔地亚说："我担心的是，你这么痛恨军人，这么起劲地跟他们打仗，又这么一心一意地想仿效他们，到头来你自己会变得跟他们一模一样。"他这样结束了他的话："照这样下去，你会变成我国历史上最暴虐、最残忍的独裁者的。"[1]

1 ［哥伦比亚］马尔克斯、［哥伦比亚］门多萨：《番石榴飘香》，林一安译，第105—106页。

马尔克斯没有让奥雷良诺·布恩地亚上校变成独裁者或成功者（他曾经有过要让上校来统治那个国家的创作想法，但他放弃了），同样，也没有让其他角色在现实中取得成功，这是这部小说成为经典的关键所在。他不让小说中的现实变成概念或观念，成为欺骗读者的乌托邦式的灵丹妙药，成为个人雄心勃勃的理想主义的传声筒。从这个意义上来说，这部小说是低调的、真实的和负责任的。也许马尔克斯的确发现，所谓现实，常常是个使人心扭曲的、编造谎言的语言现实。马尔克斯在写作中为他的角色哭泣，这一点让我肃然起敬。他的确有伟大作家的品性和禀赋，善良、高尚、仁爱，与自己创造的角色在一起，从不分离：

> **门多萨**：梅塞德斯（马尔克斯的夫人）告诉我说，你写到他死的时候，你心里很难受。
>
> **马尔克斯**：是的，我知道我迟早要把他结果的，但我迟迟不敢下手。上校已经上了岁数，整天做着他的小金鱼。一天下午，我终于拿定了主意："现在他该死了！"我不得不让他一命归天。我写完那一章，浑身哆哆嗦嗦地走上三楼，梅塞德斯正在那儿。她一看我的脸色就知道发生了什么事。"上校死了。"她说。我一头倒在床上，整整哭了两个钟头。[1]

1 ［哥伦比亚］马尔克斯、［哥伦比亚］门多萨：《番石榴飘香》，林一安译，第43—44页。

## 四、何塞·阿卡迪奥·布恩地亚

《百年孤独》开篇的关键人物，是奥雷良诺上校的父亲何塞·阿卡迪奥·布恩地亚。如果没有这个人，这部小说就不可能成为所谓魔幻现实主义的经典。在故事中，如果没有他，也就不可能有马孔多这个村子。布恩地亚之所以带着老婆乌苏拉长途跋涉，逃离故乡，是因为被鬼魂纠缠不休。这个故事的起因在小说中非常重要。乌苏拉的姨妈嫁给了布恩地亚的叔父，婚后生下的儿子长着一条猪尾巴。为此，这个长着猪尾巴的儿子打了四十二年的光棍。他的一位屠夫朋友出于好心，用一把剁骨头的快斧将他的猪尾巴砍掉，流血不止，送了性命。这件事给布恩地亚夫妇造成了巨大的心理障碍。乌苏拉因为害怕婚后会像姨妈一样生下怪胎，拒绝与丈夫同房。每天睡觉时，全身套上特制的紧身衣服。村里人风传说，他们将会生下一只大蜥蜴。有的人则不断地取笑他们的行为，弄得他们非常痛苦。有一次斗鸡，邻居阿吉拉尔的鸡被布恩地亚的鸡斗败，发生口角，对方又拿他们夫妻的隐私来嘲笑他。他恼羞成怒，用长矛刺死了阿吉拉尔。从此以后，阿吉拉尔的鬼魂经常到布恩地亚家里滋事，把这对夫妻弄得更加心神不宁。于是，他们不得不离开故乡，经过长途跋涉，流浪了两年多，才找到马孔多这块滩地住了下来。后来又迁来了一些人，形成了一个村落。

他们搬到马孔多之后，吉普赛人就来兜售他们稀奇古怪的东西了。有一个叫作墨尔吉阿德斯的吉普赛人，对布恩地亚产生了至关重要的影响。那些包括磁铁、望远镜、放大镜等物件在内的新鲜玩意儿，使布恩地亚产生了浓厚的科学探索的热情。他探索从马孔多通往外面世界和大海的道路，他研究磁铁，研究如何把放大镜改造成战争的武器。最后又迷上炼金术，像玩游戏一样，把金子熔铸成小鱼，又把小鱼熔化，还原成金子。他的这种探索最后变成了生活中一种打发孤独的爱好（儿子奥雷良诺上校也继承了这一游戏）。最后，他精神失常，被家里人残忍地绑在一棵大树下，长年累月，直到死去。

尽管马尔克斯更喜欢奥雷良诺上校，但我认为作为一个小说人物，上校的父亲比他更为成功。如果说奥雷良诺上校是政治上的，或者说是革命运动的失败者的象征，那么，他的父亲就是一个事物中隐秘世界的探索者的象征。父亲和儿子从不同的道路出发，就像两个承载着拉丁美洲苦难生活的人物那样，探索着通向未知方向的道路。父亲和儿子一样，同样是自我奋斗的失败者和孤独者。马尔克斯没有给他的人物的奋斗预设一个光明的未来，这就更增加了小说语境孤独的氛围。何塞·阿卡迪奥·布恩地亚得了精神病而死，这是对一个怀有梦想的失败者最好的安排。

何塞·阿卡迪奥·布恩地亚探索事物中隐秘世界的引领者，那位神秘主义者吉普赛人墨尔吉阿德斯，可以算是小说史上最杰出的配角之一，如果没有他，魔幻现实的那种丰富性和神秘性就难以体现出来。如果没有这个人，何塞·阿卡迪奥·布恩地亚就会是另外一个人，或者此人根本就没有必要存在。墨尔吉阿德斯是灵魂的驱使者，老布恩地亚只是一个躯壳。他在小说一开篇就出现了。正是由于他的出现，改变了何塞·阿卡迪奥·布恩地亚的人生道路。小说开头对这个人物的出现的描写一锤定音，堪称无与伦比：

> 最初他们带来了磁铁。一个胖乎乎的留着拉碴胡子、长着一双雀爪般的手的吉普赛人，自称叫墨尔吉阿德斯，他把那玩意儿说成是马其顿的炼金术士们创造的第八奇迹，并当众做了一次惊人的的表演。他拽着两块铁锭挨家串户地走着，大伙儿惊异地看到铁锅、铁盆、铁钳、小铁炉纷纷从原地落下，木板因铁锭和螺钉没命地挣脱出来而嘎嘎作响，甚至连那些遗失很久的东西，居然也从人们寻找多遍的地方钻了出来，成群结队地跟在墨尔吉阿德斯那两块魔铁后面乱滚。[1]

墨尔吉阿德斯的隐喻意义，在于他并不是一个具体的人，而是掌握魔幻逻辑的一个神秘使者。马孔多流行集体失眠症和遗忘症这种疫病的时候，也是他帮助人们恢复记忆的。他总是在人的命运难以捉摸的时候点破玄机。他在一百年前就预言了这个家族

1 ［哥伦比亚］马尔克斯：《百年孤独》，黄锦炎、沈国正、陈泉译，第8页。

的历史，并在羊皮纸上写下了打开事实真相的密码，甚至细枝末节，无不述及。羊皮纸上的密码是布恩地亚家族的第六代人才解开的。这第六代只有一个人，此人也叫奥雷良诺。他被羊皮纸书迷住，想从中发现他自己和家族的历史。他与姑妈乱伦，生下了一个长着猪尾巴的孩子，这是这个家族的最后一点血脉。生下来不久，就被蚂蚁吃掉了。孩子的父亲亲眼看见了这一幕：

> 这时，他看到了孩子，他已经成了一张肿胀干枯的皮子了。全世界的蚂蚁群一起出动，正沿着花园的石子小路费力地把他拖到蚁穴中去。这时，奥雷良诺动弹不得，倒不是因为惊呆了，而是因为在这奇妙的瞬间，他领悟了墨尔吉阿德斯具有决定意义的密码，他发现羊皮纸上的标题完全是按照人们的时间和空间排列的：家族的第一人被绑在一棵树上，最后一人正在被蚂蚁吃掉。[1]

马孔多这个新村子的命运，就是布恩地亚家族六代人的命运。当奥雷良诺译出羊皮纸书全部密码的时候，他看到了马孔多成了一座海市蜃楼般的镜子中的城。随后，这个村子就被飓风刮走了。而初建村子的时候，何塞·阿卡迪奥·布恩地亚就梦见了

1 ［哥伦比亚］马尔克斯：《百年孤独》，黄锦炎、沈国正、陈泉译，第392—393页。

冰，因之把马孔多称作“镜子城”。“冰”的隐喻在老布恩地亚和奥雷良诺上校心中都无法抹掉，它是小说开端和结尾的重要事象，是梦境记忆中的实在。

## 五、小说的游戏

博尔赫斯在《文学只不过是游戏》一文中说过：“我认为，文学只不过是游戏，尽管是高尚的游戏。我们生活在一个伤害和污辱人的时代，要想逃避它，只有一条出路，那就是做梦。我们梦见这个坚不可摧、玄秘神奥和清晰可见的世界，它无所不在，无所不有。然而我们为了知道它是有限的，就在其建筑结构中空出了一些狭窄而永恒的虚无飘渺的空隙。”[1] 如果一个作家不知道文学的本质是游戏，那么，他就无法面对现实。因为说到底，语言把握不住本体论者心目中的现实。要勉强为之的人，就会被模仿、反映真实这个谎言引诱入无底的深渊。因为所谓真实，是不可模仿和反映的，语言没有这个能力。即便语言如风无孔不入，它也找不到真相。

现实是存在的，这种预设完全有充足的理由。可问题是，现实中的事件或人物，包括时间和空间，这些元素一旦进入文本的

1 何尚主编：《窥探魔桶内的秘密：20世纪文学大师创作随笔》，广东经济出版社，1999年，第61页。

创造之中，就像棋子已经进入棋盘，足球和足球队员已经进入一场球赛一样，进入了游戏的规则。当然，每一局棋和每一场球赛与其他的都不相同，这恰恰是游戏规则本身具有生命力的表现。在文学中，语言是没有本体的本在。或者说，语言就是本体。如果它与现实或世界之类的预设本体发生联系的话，那也是在使用之中才获得的。从这个意义上讲，《百年孤独》中的拉丁美洲，无疑只是想象、隐喻中的拉丁美洲。马尔克斯巧妙地创造了马孔多这个村落，以及这个村落背景中的那个国家，创造了百年历史中的一群人物，这些都出于文本的需要。他一旦下笔，找到一个叙述方向，小说中的世界，就按叙述逻辑打开了。

另一方面，就像我们看一场足球运动不是去看它的规则一样，我们读文学作品，除了专业的读者，也很少顾及文学自身的规则。因此，文学吸引我们的东西，事实上是无穷无尽的隐喻推力，以及想象力的翻卷。扩大一点说，文化也是一种符号或隐喻作用于人心而形成的某种心理习惯。种种习惯变成生命的惯性、价值尺度、文明遗产，以强大的力量支配着人的荒诞性存在，这种荒诞性，总是被真实的谎言所裹挟。被真实的谎言推到阳光之下，又埋葬于深渊之中。暖和而明亮的阳光照耀是短暂的，深渊才是永恒。人人都是深渊中的游鱼，游着，游着，就游到了深处。

在语言塑造的文明遗产的强大压力下，众多人服从于文明的法则和习惯，这当然是好的一面。但与此同时，人也成了语言塑造的文明权力的奴隶。从这一点出发，真正的思想家、艺术家和知识分子，都要肩负起甄别文明遗产、清洁人们的心理习惯，使人重新振作起来面对世界和自身的责任。这就是说，人对文明权力的语言自觉、自省，是文学艺术的核心问题。这种自觉和自省，就是要回到人性中某些高贵的出发点，比如慈善，一种原初的、弃权力化和功利化的慈善。贡布里希（E. H. Gombrich，1909—2001）在《游戏的高度严肃性》中说："假如没有慈善，一切文化都只不过是一块空响的黄铜或丁当的铙钹。"[1]

在现代文学中，由于戏剧的叙事性地位逐渐被小说取代，因此，小说成了文学游戏中的主要角色。马尔克斯为了写《百年孤独》，花了十五年的时间思考，他思考的不是现实问题，也不是真实问题，而是在小说这种文体的游戏规则中，如何使这部小说的游戏变得特立独行、激荡人心，甚至许多人还会考虑，如何使叙述的游戏展现于文学批评的话语权力中心。

二十世纪拉美文学的"爆炸"，是拉美作家向欧洲文学话语中心展现其集体和个人创作特色的那种努力的结果。小说作为处心积虑地讲故事的艺术，欧洲中心批评系统更重视它的"讲法"。所谓讲法，即考虑叙述方法和文体的异同，这其实是文学史家为了打通叙述的逻辑路径，而制作的进步论叙述模块。当然，没有

1　范景中编选：《艺术与人文科学：贡布里希文选》，浙江摄影出版社，1989年，第329页。

叙述的游戏变幻，故事也显得枯燥无味。

马尔克斯说过，写小说最难的是构思，而构思一旦完成，写作的过程则是很快的。《百年孤独》的写作只花了一年半的时间。他也说过，全书第一句话比其他所有部分都难写，因为它决定着全书的风格、结构，甚至篇幅。而在现实中，除了成功的预谋，并不存在一个事件或一个人物活动的过程被预设的开端和终结。感觉中的现实通常是过去时态，永远是过去时态。但时间的神秘性，在于过去的万事万物的重新生发，即在语言运动中回环往复地呈现出来。世界和现实的迷人之处，即在于过去与现在的颠倒，理想与现实的颠倒。

《百年孤独》中的墨尔吉阿德斯、羊皮纸书、小金鱼、黄色小花、黄色的蝴蝶群、磁铁、放大镜、咖啡壶中的蛆虫等都成了这幕大戏中的道具，为游戏的复杂性和神秘性创造了决定性的效果，正是这些神奇魔幻的事物创造了现实的隐喻。这就是说，与小说的游戏层面同步的，还有一个隐喻的层面。（这两个层面也可以扩展到其他文类的范畴。）我们讨论小说的诗学问题，必须兼顾这两个诗学层面的平衡。说得具体点，一个是文体的诗学层面，一个是现实（事象）的诗学层面。把这两者分开，只是因了言说的方便。而在一个自足的、和谐的优秀文本中，两者的关系是合二为一的。

一百年历史的村落，被预言写就，因寓言创造，最后又被飓风刮走。只留下了马孔多的空无——一个传说的空无。马孔多的空无，实际上是一张白纸的空无，也是人心中的空无。在人心中，虚无是“有”，而空无则是真正的“无”，是人和物的缺场。我们看到，这个“镜子城”中的人，在它被飓风卷走之前就纷纷隐去。“俏姑娘”雷梅苔丝，这个男人欲念的克星——谁对她产生爱情或对她无礼，就会莫名其妙地暴死。她几乎就是美的化身，是美永远与人相对无缘、擦肩而过，或种下恶果的化身。她在晾晒床单时，被一阵风连床单一起刮上了天空，吹得无影无踪。所有孤独者心中的美人，就这么被吹飞了。

还有一个令人忧伤的女人，她就是被枪毙的何塞·阿卡迪奥的妻子、“俏姑娘”的母亲圣索非亚·德·拉·佩达。她为这个大家庭操劳了半个多世纪却毫无怨言。马尔克斯让她成为了慈善和沉默的象征。令人悲哀的是，佩达的慈善和勤劳同样也没有产生人伦和价值关怀的结果，因之，她的孤独也是一种无法自救的孤独。“有一天晚上，一种恐怖的感觉使他从梦中醒来，她觉得有人在黑暗中注视着她，实际上那是一条毒蛇从她肚子上爬过。”[1] 马尔克斯写道：

> 乌苏拉一去世，圣索非亚·德·拉·佩达那超人的勤俭和令人吃惊的精力开始崩溃了。这不单是因为她年老力衰，而且也是因为屋子在一夜之间变得陈旧不堪。墙上都长出了

1 ［哥伦比亚］马尔克斯：《百年孤独》，黄锦炎、沈国正、陈泉译，第342页。

一层苔藓。庭院里无处不长荒草，野草从长廊的水泥地下钻出来，水泥像玻璃一样崩裂，裂缝中长出朵朵小黄花，跟一个世纪前乌苏拉在墨尔吉阿德斯放假牙的杯子中看到的小花一模一样。圣索非亚·德·拉·佩达既没有时间也没有办法阻止造化的反常，她整日在卧室里驱赶蜥蜴，可晚间它们又爬回来了。一天早晨，她看见一群红蚂蚁离开了水泥地的破缝，越过花园，顺着栏杆爬到已变成土色的海棠花上，还爬进了屋子。她先是用扫把打，后来用杀虫剂，最后用石灰把它们杀死。可是到第二天，它们又出现在原来的地方，在那里坚忍不拔地爬着。……她跟野草搏斗，不让它们钻进厨房；她一把一把抓掉墙上的蜘蛛网，但过不了几个小时又出来了……圣索非亚·德·拉·佩达知道自己失败了。[1]

马尔克斯不忍心让这位女人死去，而是让她以衰老之躯独自出走。她决定只带上自己仅有的一点钱：一比索二十五生太伏。"奥雷良诺从房间的窗户里看着她挎着小包、躬着衰老的身子一步一拖地走过院子，看她走出大门后从门孔中伸进手去闩上了门闩。从此以后，奥雷良诺再也没有得到有关她的消息。"[2]

无论佩达还是"俏姑娘"，这些角色在《百年孤独》这部小



1 ［哥伦比亚］马尔克斯:《百年孤独》，黄锦炎、沈国正、陈泉译，第343页。

2 同上，第344页。

说的高级游戏中，都开放了其各自的隐喻时空，成为命运自身的显现，并恰当地帮助小说显露出了其结构的血肉之躯。犹如水在河床，树在青山。

2003年8月21日　喜鹊庐

# 绦虫寓言

## ——巴尔加斯·略萨的《情爱笔记》

我在《伟大的兄长卡夫卡》一文中提出了“叙述场”这个概念，读完了秘鲁作家马里奥·巴尔加斯·略萨（Mario Vargas Llosa，1936—　）的《情爱笔记》，我又想起了种植作家语言的叙述场那遥远而虚幻的领地。

语言种植在叙述场里，好比绦虫养在肠道之中。略萨写过一部谈小说创作的名著，名为《中国套盒——致一位青年小说家》，此书有十二篇文章，第一篇是《绦虫寓言》，谈作家的才能，作家所面对的现实与写作的人生。在《绦虫寓言》中略萨写道：

> 您把文学爱好当做前途的决定，有可能会变成奴役，不折不扣的奴隶制。为了用一种形象的方式说明这一点，我要告诉您：您的这一决定显然与19世纪某些贵夫人的做法如出一辙：她们因为害怕腰身变粗，为了恢复成美女一样的身材就吞吃一条绦虫。您曾经看到过什么人肠胃里养着这种寄生虫吗？我是看到过的。我敢肯定地对您说：这些夫人都是了不起的女英雄，是为美丽而牺牲的烈士。60年代初，在巴

黎，我有一位好朋友，他名叫何塞·马利亚，是个西班牙青年，画家和电影工作者，他就患上了这种病。绦虫一钻进他身体的某个器官里，就安家落户了：吸收他的营养，同他一道成长，用他的血肉壮大自己，很难，很难把这条绦虫驱逐出境，因为它已经牢牢地建立了殖民地。何塞·马利亚日渐消瘦，尽管他为了安抚这个扎根于他肠胃的小虫子不得不整天吃喝个不停（尤其要喝牛奶），因为不这样的话，它就麻烦得你无法忍受。他说："……我现在的感觉就是：现在我生活中的一切，都不是为我自己生活，而是为着我肠胃里这个生物，我只不过是它的一个奴隶而已。"[1]

略萨喜欢把作家的地位与贵夫人们和他的朋友何塞·马利亚肠胃里的绦虫相比拟，认为作家的写作，是一种自由选择的奴隶制，是一种心甘情愿地把自己变成奴隶的、自由生存的徒劳，虚构世界的徒劳。

绦虫养在肠胃里。语言种植在叙述场。叙述场那虚幻的领地何在？我还想起了自己的一个诗学主张，即真正有效的艺术创作，都要在形而上和形而下之间建立一种平衡关系。叙述场所处的地带，我谓之"形而中"。固然，"形而中"处于形而上和形而

1 ［秘鲁］略萨:《中国套盒——致一位青年小说家》，赵德明译，百花文艺出版社，2000年，第7—8页。

下之间。形而下仰望形而上获得精神性的滋养，形而上俯瞰形而下获得有意味的形式。

语言处于“形而中”叙述场里的那种平衡关系，可能是和谐而自然的，也可能是各种力量的较量。不管是语言漂移运动处于哪种状态，叙述场都是一个语言创造的时空。语言创造时空，创造事物，同时也创造语言本身。更重要的是，作家也在叙述场中被创造出来，我们亲近作家，其实不是亲近他们的生物的或社会的角色，而是亲近他们被语言创造出来的那个角色。

显然，叙述场是作家创造出来的。因此，作家自然也处在形而上和形而下之间，处在上帝与事物之间。犹如一群鸟穿过云端，它们便创造了叙述场。既创造了一群鸟和云端，也创造了观看、语言的穿越和形式的涌动。

当上帝、作家和物事之间形成一种语言彼此创造的默契，叙述场便转化成源于生命的心灵时空。于是，在语言中，阳光温暖，飞鸟在飞，人到达了存在的场所。

叙述场是语言运动的形式。换言之，没有语言的漂移迁流，就没有叙述场。

叙述场是语言漂移的一种可能性的存在，而不是恒定不变的存在。作家创作的叙述场与读者接着创作的叙述场未必是同一个。事实上，当一个作品被创作出来，作家自身也被抛出叙述场之外，成为一个读者。正如赫拉克利特（Herakleitus，约前544—前483）的言说：“人不能两次踏进同一条河流，也不能按照固定状态两次接触变灭的实体；因为它是以剧烈而迅速的方式变化的，它散开又聚拢，或者不是‘又’，也不是‘在后’，更应该是‘同时’，汇合又流走，接近又分离。所以，它的生成不能终止于存在。”[1]

叙述场的漂移迁流，创造的“诗”与“思”的漂移迁流。如是，叙述场里不可能载有一个同一的本质。所谓本质，无非是单个的、具体的无限种可能性的一种偶然性的显现。

构建叙述场的语言没有先天的本质，这是一个基本的出发点。只有明白这一点，叙述场的理论才有意义。

语言通过叙述场获得诗-蕴或语义。但是，语言不能像蚂蚁搬动死亡的昆虫一样，搬着存在往前走。

正如所有作家都被他们的作品创造，略萨也是被他的作品创造出来的。他在《中国套盒》一书的《垂头的长颈怪兽》一文中说：“实际上，任何小说都是伪装成真理的谎言，都是一种创造，它的说服力仅仅取决于小说家有效的使用造成艺术错觉的技巧和类似马戏团或者剧场里魔术师的戏法。”[2]

当然，不能说小说没有真实性。尽管真实不过是小说的幻影。关键是如何理解真实性问题。不同作家对真实性有不同的理解，不同的叙述场建立了不同的真实。文学的真实就是叙述场的

1 苗力田主编：《古希腊哲学》，中国人民大学出版社，1990年，第39页。

2 ［秘鲁］略萨：《中国套盒——致一位青年小说家》，赵德明译，第18页。

真实，作家在叙述场中激活的语言真实。略萨在《绦虫寓言》一文中说："作家才华的起点，它的起源是什么？我认为答案是这样的：起源于反抗情绪。我坚信：凡是废寝忘食地投入与现实生活不同生活的人们，就用这种间接的方式表示了对这一现实生活的拒绝和批评、对现实世界的拒绝和批评以及用自己的想象和理想制造出来的世界替代现实世界的愿望。"[1]

这种"反抗情绪"在文学中的实现，制造出一个能替代现实世界的语言世界。高山流水，都在无端的琴弦上弹出。可以说，包括略萨在内的大作家，都懂得虚构之于小说的意义。塞万提斯（Miguel de Cervantes Saavedra，1547—1616）就是小说这门艺术的一个标准。当然必须指出，不同类型的作家对虚构的理解是有很大差异的。现实主义作家对虚构的理解与略萨或完全不同。某些现实主义作家在虚构真实，却不承认虚构的必然。

略萨在《绦虫寓言》一文中又说："虚构不是历史的画像，确切地说是历史假相的反面，或者历史的背面；虚构是实际上没有发生的事情，而正因为如此，这些事情才必须由想象和话语来创造，以便安抚真正生活难以满足的野心，以便填补男男女女在自己周围发现并且力图用自己制造的幻影充斥其间的空白。"[2]在西班牙《阅读指南》杂志记者埃尔维拉·韦尔维斯关于《情爱笔

1 ［秘鲁］略萨：《中国套盒——致一位青年小说家》，赵德明译，第4—5页。

2 同上，第6页。

记》对略萨的一次采访中，略萨说："我们应该承认梦想是现实的组成部分，虚构也是我们现实的组成部分。我们做梦的时候并没有离开现实，而是将自己慢慢地置身于一个不同于历史范畴的新范畴了，但半点儿也没有脱离现实。如果我们接受这一观点的话，现实和梦想的界线就大为拓展开来了。"[1]

略萨的《情爱笔记》，是一部同时超越了现代派小说创作模式和传统小说创作模式的杰作。作家在技术上的创新、对题材的控制力，以及对心灵和现实诸多领域的融通程度，令人震惊。小说对阅读习惯的挑战是显而易见的。这种挑战至少表现在以下两点：一是弃故事、情节和人物的典型化；二是以难以捉摸的叙述时空转换，制造语义生成的障碍，使阅读增加应用智力的难度。此小说好像不是一个通常意义上的小说家的作品，而是一个"小说医生"的作品。

《情爱笔记》写了保险公司的经理利戈贝托与续弦妻子卢克莱西娅的一段感情纠葛。纠葛之最后，在利戈贝托前妻生的儿子阿尔丰索的帮助下，这个家庭重新和好。小说的主要人物有四人。除了以上三位，还有女佣胡斯迪尼阿娜（这人与女主人偶有同性恋的关系）。当然还有一些幻想或回忆中的人物也在叙述中

1 引自《情爱笔记》中译本附录《情爱的诱惑——关于〈情爱笔记〉的采访录》一文。参见［秘鲁］略萨：《情爱笔记》，孟宪臣、赵德明译，时代文艺出版社，2000年，第491页。

登台亮相，占了很大的篇幅，但那些人物不在“现实”的层面，是另外一个现实中的角色。整本小说都充满着对情爱的描写，有的地方甚至比较直露。但是，不管情爱关系描写多么复杂和露骨，这样的事情也并没有什么稀奇。世界各地趋之若鹜的三流小说家，都能写出悲天悯人或艳丽多彩的人间万象。即使是这部小说中写到了阿尔丰索与继母的暧昧关系（至少这种关系在性心理上如此——“卢克莱西娅太太的双手忍受着那张小嘴巴鸟儿啄食般的亲吻”），那也没有什么可以伤精费神去讨论的。普通的肉体和灵魂，都是没有什么可讨论的。

让我震惊的是，略萨抛开简单的故事层面对“情爱”这样一个古老话题的重新诠释，以其深刻的自由主义思想拓展了“情爱”的语义时空，使“情爱”这一范畴与人类的心灵史、叙述史和社会现实发生了血肉联系。这种联系在小说史上尤其难得，因为在传统的小说中，“情爱”只是小说关注的题材范畴之一。传统小说将政治、社会、历史、道德、人生、心灵等，每一种范畴都作为一种题材来书写，将某一题材做大。题材的强大，造成了人物对它的依附。也就是说，在传统小说中，强大的题材书写往往使人物成了背负各种题材语义指向的角色动物。可以说，在“题材”负载的语义压扁了人物的小说中，人的独立性、复杂性往往被简单化、概念化了。题材总是外在于人物的。大作家，即便是传统作家，他们使用题材，但从不利用题材。

略萨的抱负，在于要使小说回归心灵时空。在这一点上，他与伍尔夫（Adeline Virginia Woolf，1882—1941）、普鲁斯特、乔伊斯等现代派作家思考的问题是一致的。略萨在《时间》一文中说："我敢肯定地告诉您：小说中的时间是根据心理时间建构的，不是计时顺序时间，而是主观时间，这是一条毫无例外的规律（虚构小说世界里极少规律中的又一条）；小说家（优秀的）的技巧给这个主观时间穿上了客观的外衣，用这种方式使得自己的小说与现实世界保持距离并有所区别（这是任何希望自力更生的虚构小说的义务）。"[1]

《情爱笔记》在心理时间的显现上，直接来源于现代派小说观念。但不同的是，略萨的角色同时承担宏大叙事时代那些角色理所应当承担的语义容量。那些来自各种题材的、宏大叙事的语义内容，无论在传统小说还是在现代小说中，一般都是靠角色的活动、角色的"人生"（无论在心理时空，还是在物理时空中）来表现或再现的。比如昆德拉《生活在别处》中塑造的热血青年雅罗米尔，他在革命的词汇和语境中成长，在爱情中进行革命，"我是个伟大的诗人，我有非凡的敏感，我有恶魔的幻想，我敢于感觉……"[2]而略萨的独步之处是，《情爱笔记》中角色的社会历史语义内涵，是从现实这块镜子的另外一面翻过来的，它们不在现实人生的表象层面（故事层面），而在个人存在的本体、心理

1 ［秘鲁］略萨:《中国套盒——致一位青年小说家》，赵德明译，第51—52页。

2 ［捷克］昆德拉:《生活在别处》，景凯旋、景黎明译，第92页。

和文化之中。人似乎与社会历史内涵无关，但人的存在却正是这些语义内涵的体现。在这个意义上，略萨把情爱上升到作为历史文化中的个人存在的高度。这里说的个人存在，包括心灵和虚幻之中的个人存在。对于这种开放性的、内涵深邃的自我来说，虚幻或梦境即现实。略萨的《情爱笔记》，处于传统小说向现代小说展望，与现代小说向传统小说回观之处。

我们来看一看，略萨在《情爱笔记》中，是如何把爱国主义、民族主义、“祖国”、集体主义等放在“情爱”的叙述场之中表达的——《情爱笔记》之《不是香蒲编织的小马，也不是古堡上的独角仙》：

> 爱国主义实际上像是民族主义的一种仁慈形式——因为“祖国”好像比“民族”还要古老、先天和令人尊敬，这是由渴望得到政权的政治家和寻找主子，即保护伞，即提供俸禄的奶头的知识分子制造出来的政治——行政管理上的可笑诡计，这是一个危险但是有效的借口，可以为多少次毁灭地球的战争辩护，可以为强者统治弱者的专横手段张目，这是一道平等主义的烟幕，它的毒雾无视人类的存在，把人类——“克隆”，把共同命名中最没有本质意义的东西：出生地，作为本质和不可避免的东西强加给人类。在爱国主义和民族主义的背后，总是燃烧着居心不良的同一性的集体主义的虚构，这是个本体论的铁丝网，它通过不可赎回和不会

混淆的手足情谊，企图把所谓“秘鲁人”“西班牙人”“法国人”“中国人”等等凝集在一起。您和我都知道，这些范畴的确定是另外一些卑鄙下流的谎言，它们在多种差异性和不可融合性上覆盖让人遗忘的披巾；它们企图废除几千年的历史，让文明倒退，回到个性创造前的野蛮时代，更确切地说，回到人类具有个性、理性和自由之前的时代去，而这三者是不可分隔，您一定明白这个道理。[1]

我干脆告诉您，哪怕您吓得发抖也好：我唯一热爱的祖国就是我妻子卢克莱西娅蹂躏的双人床；（路易斯·德·莱昂教士说：“你的光芒/高傲的夫人/请你战胜我那漆黑和忧伤的夜晚。”）唯一可以把我拖进最鲁莽的战斗的旗帜或者国旗，就是卢克莱西娅美丽的身躯；唯一可以让我感到震撼甚至让我啜泣的国歌或者进行曲，就是卢克莱西娅的肉体发出的响动、她的声音、笑声、哭声、喘息声……**按照我的方式**，我能不能被人们看作真正的爱国者？[2]

略萨在这一节的开头即引了塞缪尔·约翰逊（Samuel Johnson，1709—1784）的著名警句：“爱国主义是流氓恶棍的最

1 ［秘鲁］略萨：《情爱笔记》，孟宪臣、赵德明译，第351页。

2 同上，第354—355页。

后庇护所。”[1]他对语词指向的乌托邦范畴的批判是显而易见的。这足以说明他的自由主义知识分子的立场。略萨的这种文学叙述的深度观照代表的社会价值取向，当然不是他个人的理念，但作为一位作家，他要在自己的作品中以自己的方式贯彻自己倾心的理念，这也是正当的。我们看到，在“情爱”的叙述场中，宏大叙事中的爱国主义、“祖国”、集体主义等概念的内涵被“情爱”消解和置换了，这也说明他对传统文学依赖主题开掘深度构造模式的警惕。的确，文学主题的深度构造模式，最容易给人安装审美程序，将人工具化。因此，略萨“情爱”的个人的体验和自由，高于大概念、大词虚构的词汇魔术。俄罗斯思想家别尔嘉耶夫（Бердяев，1874—1948）说：“通过自己的哲学道路和精神体验，我得出了形而上学的基本理念，这一理念的要义就是自由高于存在。这就意味着精神的要义不是存在，而是自由。存在是凝固的自由，是静止的自由。存在高于自由就会导致决定论和对自由的否定。倘若有自由存在，就不可能被存在所决定。”[2]别尔嘉耶夫的哲学思想与略萨的思想在出发点上是一致。《情爱笔记》之《匿名信》一章中说：

根据我目前的信念，既然男女没有乌托邦思想就不能生

1 ［秘鲁］略萨：《情爱笔记》，孟宪臣、赵德明译，第349页。

2 ［俄］别尔嘉耶夫：《自我认知——哲学自传的体验》，汪剑钊译，云南人民出版社，1998年，第86页。

活，那么实现这一思想的唯一现实方法就是把这一思想从社会转移到个人的天地里去。不破坏许多人的自由，不以可怕的共同名称消灭个人之间美好的差异，一个集体就不可能为获得完美的形式而组织起来。反之，一个孤独的人——按照他自己的欲望、癖好、恋物、怨恨或者喜爱——则可以建造起一片接近那生活与愿望相符的最高理想的独特天地（或者像圣徒们和奥林匹克冠军们那样实现最高理想）。当然，在某些得天独厚的情况下，一次幸福的巧遇——比如，精子和卵子相遇并受孕——可以让一对男女用互补的方式实现他和她的梦想。[1]

略萨为了贯彻他的自由观，把"情爱"描写为人的本质，这是这部小说的高明之处：既照顾了人们阅读的兴趣——情爱，毕竟是小说阅读永恒的兴奋点之一，同时在文体的创新上又到达了一个新的境界。他简化了传统长篇小说与人物和故事相关的许多枝节，比如在传统小说中，人物总是小说进程的"现实"层面的推动者，而在《情爱笔记》中，小说的进程主要是靠回忆和幻想来推动的。

《情爱笔记》有两条叙述线索：一条是夫妻关系在儿子的撮合下从破裂走向和好的"现实"层面的线索；另一条是回忆和幻

1 ［秘鲁］略萨：《情爱笔记》，孟宪臣、赵德明译，第315页。

想的线索。作者的创新之处是，他把第一条线变为隐隐约约的暗线，而把第二条线当作叙述纵横捭阖、大开大合的主线。更重要的是，牵引两条线推进的叙述者都是“情爱”，因此，“情爱”才是这部小说真正的主角。这个主角把被异化的人身上的各种让人啜泣的，甚至是邪恶的东西，经过处理之后都变成了美。

“情爱”作为小说的主角，像绦虫在人体中蠕动，人体是它的宿主，它是人体的寓言。

下面引两段西班牙《阅读指南》杂志记者埃尔维拉·韦尔维斯就《情爱笔记》采访略萨时的对话：

> **韦尔维斯**：利戈贝托不想伤害任何人，也不想排斥任何人，但是，应该看到，一个人力争独立自主的企图是势所必然地要伤害人和排斥人的。
>
> **略萨**：对，这种要求独立自主的特性……我认为一个人是要受到来自四面八方的威胁的。这本书，如果我们要认真读一下的话，它是竭力保护个人的，……是遏制部落对个人的凝聚的。利戈贝托就是不懈地与这种巨大危险作斗争，小说自然也想对这种危险予以揭露。[1]
>
> **韦尔维斯**：这部小说讲得很明白的一点就是现实的属性：它是绝对不可量化的，它经常是由渴望、怪念头和梦幻构成。





1 ［秘鲁］略萨：《情爱笔记》，孟宪臣、赵德明译，第489页。

**略萨**：对，那些渴望、怪念头和梦幻逐渐地将虚构的现实塑造出来。现实和梦幻之间的界限是断断续续的，而且形成得很迟缓。而那非现实的东西、虚构的东西和幻想的东西逐渐地互相渗透，而后去感染那真正现实的、活生生的现实的东西。虚构的现实是一种美妙的武器，它就掌握在我们手中，不仅是作家，我们所有人，只要我们善于利用它，就可以拿它来对付逆境，不是吗？比如对付挫折、失望……利戈贝托设若不是利用这一绝妙的手段来抗击孤独和无聊，他简直不能活下去。[1]

2002年8月31日　喜鹊庐

2022年1月17日　燕庐修订

1 ［秘鲁］略萨：《情爱笔记》，孟宪臣、赵德明译，第490—491页。

# 小说的“语言繁殖”或虚构的观念

## ——马塞尔·埃梅“穿墙过壁”的技艺

在奥诺雷·巴尔扎克（Honoré Balzac，1799—1850）和列夫·托尔斯泰（Лев Толстой，1828—1910）之后，随着现代哲学“语言学转型”的推动，小说也开始了离开自身传统的转型。在此过程中，小说创作和小说阅读的历史留下来的、根深蒂固的支点产生了动摇。一方面，人们不得不思考对自己置身其中的社会生活究竟知道多少，小说能不能满足他们对了解生活真谛的渴望；另一方面，杰出的小说家不得不面对语言的可靠性问题而展开追问。也就是说，那些优秀的现代小说家，既开始怀疑个人作为“井底之蛙”表现或再现社会生活“本体”的能力，也怀疑语言模仿、反映、揭示“本体”的能力。换句话说，新一代的小说家在面对一张白纸的时候，已经失去了传统小说家的自信和勇气。“本体”何在？回答是，“本体”已不复存在。存在的只是语言的言说，以及纷然绽放的意志的虚妄、表象的幻影。

面对写作困境，十九世纪末到二十世纪上半叶的优秀作家们，选择了不同的道路。乔伊斯背叛传统的方式，是想获得真正意义上的时间，而时间是否如想象的那样存在，它与个人存在的真实性的关系如何，已经成了疑题。

从乔伊斯的小说中发现，他或许认为传统小说对社会生活的真实性破坏太大，曲解太多，他要破解作家利用小说概括生活的布局，要使真实的人和人的真实生活得以再现，这种破局的勇气使他义无反顾地去追问和展示人的内心世界，只身泅渡小说的精神世界中，那没有离奇故事，没有大跨度的时间，没有水手掌舵的荒凉水域。

乔伊斯想进入的另一个时空，是塞万提斯、笛福和左拉（Émile Zola，1840—1902）没有进入过的地方。这个时空，是一张写满文字的，利用模仿、反映虚构的生活地图的背面。“背面”究竟是什么，传统的读者从来也没有翻开过，也没有通过宏大的文本而后经历过。但那个原初的、自然而然的生活的“背面”是存在的、无法回避的。由于文本的“正面”已经成了生活的“背面”，因此，将原初生活的正面从文本中翻转过来，就成了现代作家的责任。

与乔伊斯对观，普鲁斯特重现的是他往日的时间，漂移而过的光阴。他力图通过语言的诗性通道，返回已经关闭了的过去岁月。他是一个想掉转箭镞飞行方向的人。他也许被语言的局限性深深困扰，但他知其不可为而为之，勇敢地走上了回归之途。

这样看来，乔伊斯是一头孤独的狮子。他离开了小说史为了迎合我们的阅读惰性而铺平的康庄大道，岔向荆棘丛生的自在荒野。而普鲁斯特是植物，他仿佛是自古以来最不厌其烦地倾诉忧伤的一朵玫瑰。他一边凋谢，一边顾影自怜。他追忆自己美丽的花瓣、叶子和尖刺，追忆雨的滋润、风的隐痛。

而另一些作家，也走上了各自不同的现代道路。他们不相信语言能够追回已经关闭了的现实，不管这种现实是否超越了传统的小说文化，也不管理论家们的“现代”或“主义”意味着什么。似乎在他们看来，任何艺术，都是通过对现实世界的虚构，而上升到对精神世界的虚构。所有自觉的虚构都是寓言，所有寓言都是白日的梦呓。

所谓的现代作家，他们似乎有一个共识，即多认为写作活动只能到达语言世界和现实世界关系的边缘，写作活动就是对这个边缘的触碰。正如维特根斯坦（Ludwig Wittgenstein，1889—1951）在《逻辑哲学论》最后总结的，对于不能言说的，只能保持沉默。而在我看来，当人们沉默之后，如果还有话要说，就只能依靠隐喻、象征等广义的类比修辞力量去做无意义的窥视。

简而言之，从语言自我繁殖的根本上看去，乔伊斯和普鲁斯特无论如何伟大（已没有人敢说他们不伟大），他们的全部努力，也只不过是对现实和人生的种种虚构中的一种。这不是因为他们还不够伟大，而是由于语言的局限和人的局限造成的。语言的繁殖，是人的灵魂中的表象的繁殖，是人的张狂的一部分。但我们讨论小说写作命题，却不得不把他们看作富有时代性的一种标准。任何一种标准都需要审视，都需要反省和考量。写作，尤其是小说写作，都是语言的繁殖。语言的繁殖或如飞鸟涌动，或如蛆虫滋生。

从语言繁殖的角度看，有一些作家的写作取向，并不回避向古老的传统学习，即在小说起步的地方，重新思考小说的出路，也能激发起小说语言繁殖的驱动力。

作为语言繁殖的虚构，是有观念支撑的。文学的虚构贯穿着语言漂移的起始、过程和终结。不同的文学观念，对虚构方式的选择完全不同。没有虚构就没有文学，但有些作家只相信“再现”“表现”或“反映”之类的模式。这些作家无论如何伟大，都不免被编织在语言的牢笼之中。卡夫卡有一则著名的箴言：“一个笼子在寻找鸟。”[1]

创作的观念能拯救一个作家，也会毁掉一个作家。而“拯救”或“毁掉”又怎么样呢？都是自然而然的人类游戏。理解这一点，就会发现，通过写作获得某种社会权力、名誉权力的人们是多么可笑。

但是，语言繁殖已经开始，游戏已经开始。“相信”游戏，是语言运动或语言漂移的出发点。自觉或不自觉的相信，都无关紧要。即便是柏拉图的写作，也是基于相信这种信念的。关于“相信”，《理想国》里说得再明白不过了。又比如，最早的读者是相信《山海经》的故事中是有十个太阳的。太阳被大鸟驮着，或大鸟在太阳中飞翔。在圣经中，塑造了另一种文明的起点。鸟

1 叶廷芳主编：《卡夫卡全集》第五卷，黎奇、赵登荣译，第39页。

和鱼是第五天创造的。当天使向圣安娜报喜的时候，鸟儿突然出现了，它们开始在树上筑巢。可见，最早的创作与阅读对语言的误解，是一种必需的语言繁殖活动，这种误解一直持续到当代人对当代生活的虚构。

法国当代作家马塞尔·埃梅（Marcel Aymé，1902—1967）是一位不同寻常的作家，他也许是法国二十世纪最杰出的短篇小说家。

古老的叙述惯性使埃梅着迷，使他的创作摆脱了“现代”或“主义”的干扰，而又属于塞万提斯预示的“现代”和“卡夫卡主义”语言迷幻。自然，塞万提斯和卡夫卡是没有“主义”的，是他们的文学后人使他们有了“主义”。

埃梅要寻找小说语言更大的开放性，以及小说叙述方式更多的可能性。这是他在文体上比他的前辈莫泊桑（Guy de Maupassant，1850—1893）更迷人的地方。从小说《穿墙过壁》和《图法尔案件》看来，作为语言繁殖的虚构，是他找到的属于自己的一个出发点，一种语言无限繁殖的不归之途。

埃梅的虚构，有一种拔地而起的力量，养成了埃梅这棵大树枝繁叶茂的有意味的形式。

埃梅诗学有关语言繁殖的观念，在于虚构高于存在。这是一般的浪漫主义、现实主义或现代主义作家难以做到的。现代主义的观念也并非完全倾心于虚构的观念，这就像存在主义哲学仍然固守本体论一样。

现代作家或理论家们已经忘记，早在传奇时代，语言繁殖的虚构作为出发点，已经是小说创作的常识。只不过这种常识被文化积淀或人类雄心勃勃的妄想所遮蔽，被批评家、学者所破坏。毫无疑问，《穿墙过壁》和《图法尔案件》就是对语言繁殖之虚构的出发点和常识的昭示。阅读这样的小说，那种摆脱了“再现”“表现”“反映”“揭示”的轻松愉快，使我兴奋不已。

马塞尔·埃梅（1902—1967）

现代的法国是各种主义诞生的摇篮，是萨特（Jean-Paul Sartre，1905—1980）为现代人筑“墙”和加缪驱使痛苦的西西弗斯负重的地方。但在许多现代大师的文本中，我都感觉不到小说摆脱本体论和认识论纠缠的那种轻松和愉悦。

相比之下，埃梅却是一个异类。我几乎听见他像一个骑士一样把所有的语词都变成了金属般的马蹄声。事实是，语言一旦繁殖成自足、简单的表达方式，美感就如雨后春笋争相涌现。

我又想起了美国西部片的魅力。枪、牛仔、马、美人等，都是富有磁性的词汇。词汇创造了欢乐的形式，词汇的运动就是形式。这种运动是超越性的，它撕碎人的文化惰性和审美的意识形态惯性，为世人欢乐的阅读本性找到了“本”和“质”，恰如千里马找到了“驰骋”，骑手找到了锃亮的马鞍。

一切仍然从语言繁殖的虚构开始，从语言与世界之间的亲近与背离开始。弄清楚了这一点，埃梅就充满信心，就能挣脱某种存在物的牵挂，轻装前进。

《穿墙过壁》等小说的虚构，使小说从社会学批判、哲学批判、文化批判和心理批判的本体中破壁而出，使意义产生的起点重新确立。这种确立换一种说法就是“拆除”，只有拆除基石，旧墙才会倒塌。拆除意义产生的起点之目的，正是呼唤新的阅读意义滋生。一次语言繁殖的虚构，就是文本的一次新生。同样，也是作家的一次新生。因此，虚构使意义滋生的可能性变得无穷无尽，创造的生命力也因之永不衰竭。进一步说，一次符合审美天性法则的虚构，就是阅读意义的一次成功转向。阅读意义转向的重要性在于，它把语言繁殖的无端虚构变成了一种方法。以此为出发点，就超越了各种理论对写作的误导或干扰。

现在，让我们来听听《穿墙过壁》的故事。“在蒙马特尔区奥尔桑街75号乙门的四层楼上，住着一位不同凡响的男人，名叫迪蒂约尔。他具有一种独特的本领：穿墙过壁。他戴一副夹鼻眼镜，蓄一撮黑色山羊胡子，在登记注册部供职，任三等科员。”[1]



---

1　汪家荣编选：《法国二十世纪中短篇小说选》下册，陕西人民出版社，1985年，第479页。《穿墙过壁》一篇为史美珍译。

这位三等科员是在43岁那年才发现自己有穿墙过壁的本领的，但开始的时候，他觉得这种奇特的功能并不符合他的任何愿望，因此，反而使他有些不快。于是，他就去找医生治疗他的这种“疾病”。医生开给他了几包药粉，并告诫他增加活动量，勿使身体极度疲劳。可他并没有认真服药。因为技多不压身，穿墙过壁的本领在身上似乎也不碍事。

然而，既然作家埃梅让他的主人翁身怀绝技，他是一定会让他的主人翁大显身手的。这是语言繁殖的一种因果。就像契诃夫（Антон Павлович Чехов，1860—1904）说过的那样，在小说第一章的墙上挂着一支枪，在第三、四章就要放枪的，否则，那支枪就没有必要挂在墙上。这可以说是在不可知的故事发展中的一个可以有的因果联系，尽管这种因果联系被一些现代派作家所抵制。在现代小说中，墙上的枪可以一直挂着，不一定要开枪的。可事实上，世界和个人的存在，的确既有无序的一面，也有因果联系的一面，或许忽视任何一面都是一种偏执的认识。总之，语言在繁殖，在某个方向上，因果不可改。

迪蒂约尔后来之所以不得不使用自己的特异本领，是因为他们新来的办公室副主任对他多有刁难，甚至连他的夹鼻眼镜和黑色山羊胡子都看不顺眼，还有意把他视作一个令人生厌、不大正派的老东西。更让他难以容忍的是，他被打发到办公室隔壁一间昏暗简陋的小屋去工作。就这样，三等科员的本领终于有用武之地了。他的头钻进了小屋与副主任办公室隔开的夹墙，在墙上露出了一个可怕的脑袋。这个镶嵌在墙上的活脑袋使可恶的办公室副主任惊恐万状。墙上的人头还会经常骂人："先生，您是个流氓，是个没有教养的人，是个小厮。"[1]第二个星期，办公室副主任就被一辆救护车送进了疗养院。

语言在繁殖，因果不可改。埃梅先生的迪蒂约尔并不满足于做吓唬领导的"小文章"。他给自己起了个"加鲁－加鲁"的"笔名"，他要显露可怜的三等科员的大手笔了。此后，他开始出入银行、珠宝店、有钱人家的墙壁，制造震惊全国的偷盗事件。而当他羞怯地告诉同事们他就是加鲁－加鲁的时候，同事们却报以没完没了的哄堂大笑，拿他作为取乐的对象。这三等科员觉得，生活反而不如以前那么美好了。于是，"超人"加鲁－加鲁心甘情愿落入法网，让欺负他的人们睁大眼睛看看他究竟是不是加鲁－加鲁。他既然能出入银行的墙壁，自由地穿越监狱的高墙就更不成问题。整个社会的"墙"的体制都不能阻挡他，他是一个真正的穿越者。当世俗世界的所有墙壁都无法挡住他的时候，三等科员就把世人都变成了愚蠢的人。

出于永远无法满足的好奇和渴望，英雄的加鲁－加鲁要想去试试金字塔的墙壁到底有多厚，他似乎是要跟人类文化史的铜墙铁壁开个玩笑才过瘾。只可惜，埃梅不让他得逞。三等科员的远大志向最后被性爱的劳累和不慎吃错药所荒废。最终还是墙战胜





1 汪家荣编选:《法国二十世纪中短篇小说选》下册，第482页。

了他，他永远凝固在墙壁中无法脱身，成了墙中之囚。

在现代派文学中，“墙”成了一种人与人之间隔阂的本体的象征。在陀思妥耶夫斯基、卡夫卡、萨特等大师的作品中，冰冷的墙壁不但把人与人之间隔开、切割了自然时空和生存时空，而且，它成了文学构思和叙述萦纡的核心。墙是阅读语境和叙述语境之间的屏障和焦点，也是各种语境中痛苦和焦虑的沉重物质。象征在墙和墙中产生。《死屋手记》（陀思妥耶夫斯基）、《变形记》（卡夫卡）和短篇小说集《墙》（萨特）等都不例外。在萨特的《墙》这个小说集中，人生的荒诞性、恶心感、偶然性、难以妥协的隔阂等痛苦都化为具体的墙，墙是先于本质的存在，又在语言繁殖的虚构中成为本质。

痛苦和焦虑无边无际。恐怕没有人否认，在现代派艺术中，无具体意义的象征和隐喻（无论是整体的还是局部的），庶几是所有表达方式的缘起和归宿。在这种修辞方式确立之后，自然界和人世间的许多具体事物都改变了它们的传统寓意。

传统寓意崩溃，语言繁殖的物质性的象征观念展开，这种游戏，显然是知识人的观念，他们创造了另外一个人间，这个文化的海市蜃楼，与普通人的审美习惯划清了界限。

语言繁殖的动力催生了我。想到埃梅“穿墙过壁”而后被囚于墙中的悲剧，我突然虚构了笼罩着人类意志峰巅的一个乌云磨盘。沉重的、阴冷的乌云磨盘，压着曾经敞亮过的自然。但一切的发生，在语言之中。举凡发生在语言中的，也发生在某些人的灵魂之中。灵魂是一个个屏障之后的房间，里面或有江山日月的冷清图画，或空无一物。

作为象征之“墙”的层层壁立，使自然之人的生活远去。由于“墙”的内外两边都已经荒芜，因此，穿墙过壁也毫无意义。

语言繁殖的事实表明，现代文学并没有解决任何“穿越”的命题。就人类精神的境况看，所谓“现代性”的那种张狂的语言繁殖，或正在以失败告终。当然，埃梅“穿墙过壁”的游戏技艺是成功的，且仍然迷人。

埃梅的“穿墙过壁”既是个游戏，也是一件观念艺术作品。这个精巧的构思，把人物变成一个观念的人。这是观念借助人物形象表达的狂想，一个穿越现代与传统的象征符号，一曲智者和勇者的悲歌。

埃梅是法国的卡夫卡。尽管他在细节描写的迷幻性上，比卡夫卡稍逊一筹。卡夫卡随意一段文字都是整体，而其作品的整体全都是局部，永远是局部，这一点埃梅没有做到。但《穿墙过壁》一旦被埃梅写出来，他作为一位现代小说大师的存在就不可动摇。许多长篇小说尽管体制宏大，却不如埃梅一个短篇的穿越力量。好比鲁迅，有人觉得他没有写出一部长篇，是一个缺憾，这就好比说一个人没有一头牛的体量。

许多人知道萨特，但不知道埃梅。这说明埃梅与他的时代的阅读保持着距离，不像萨特那么亲近他们的时代。萨特是个明星，埃梅是个幽灵。

埃梅继承了拉伯雷和莫里哀的高卢式的讽刺传统，这一传统使他的小说在批判社会弊端和人性弱点的同时，仍然具有通脱、大度和欢乐的品质。而萨特的小说，更像是存在主义的故事化读本。存在自然高于本质，但语言的欢欣，却高于存在和本质，正如自由高于存在和本质。

与《穿墙过壁》一样，埃梅的《图法尔案件》等小说，也是观念艺术作品。观念艺术（Conceptual Art）也称为概念艺术。这种艺术既不是逻辑学的概念诠释，也不是哲学的观念演绎，而是赤裸裸的、直接的人或物的自在漂移。这种艺术将内在裹着的东西翻出来给人看，因此，人或物的形象，都不是普通视觉中的样子。

在《图法尔案件》中，一位著名的私人侦探经过推理，查出杀死一个富豪家十二条人命的凶手，竟是处心积虑搜刮民众的"国家"。把"国家"体制当作谋杀者，这种幻想表面上看来离奇，但事实上却能解读得合情合理。不过，埃梅并不因此成了一个"批判现实主义"者，他是超现实的。小说无论怎么写，还都是像人一样，游离在现实之外。因此，现实中的人与小说中人，其实都是超现实的存在者。

整体的现实是不可知的，那里面只有神和鬼的影子。

还是美国小说理论家伊恩·瓦特（Ian Watt，1917—1999）在《小说的兴起》一书中说得好："一个作者的技巧，不是表现在他使其词语与表现对象相一致的贴切程度上，而是表现在他的文体风格所反映的语言对其主题是否得体适当的文学敏感度上。”[1]埃梅超现实的狂想，追求的正是这种“文学的敏感度”。埃梅小说的敏感度，在于把离奇的人变得真实，而不是把真实的人变得离奇。换句话说，埃梅小说的语言漂移，是从离奇的人开始繁殖的。

卡夫卡说：“身在魔鬼之中仍然尊重魔鬼。”[2]或许这可以说是埃梅写作的一个理由。

2001年7月9日　喜鹊庐

2022年1月19日　燕庐修订

1 ［美］瓦特：《小说的兴起》，高原、董红钧译，生活·读书·新知三联书店，1992年，第23—24页。

2 叶廷芳主编：《卡夫卡全集》第五卷，黎奇、赵登荣译，第57页。

# 渡过海浪到灯塔去

我认为，在福音书的语言本身之中就存在着人性的局限，那是神性的光明在人的黑暗中，在人的残酷性中的碎裂。[1]

——别尔嘉耶夫《自我认知》

## 一、慌

阅读《到灯塔去》(1927)、《海浪》(1931)等作品，看见弗吉尼亚·伍尔夫小姐心中无边无际的寂寞。不是孤身远去的寂寞，而是“慌”。“慌”铺天盖地，从绿茵到荒野，如气流向天升腾，又自天而降。

“慌”是感觉的连绵。她和她感知的世界一直在漂浮。在一个透明的深渊下沉，又浮起。这个深渊可以比喻为海，但却不是海。

在那个深渊里，她要沉到哪里去？没有目的，没有终结，也

1 [俄] 别尔嘉耶夫:《自我认知——哲学自传的体验》，汪剑钊译，第253页。

没有人来打捞。

空无一物、动荡不安的“慌”，浪涛连天。

那雾霭中，海水旋转着磐石，如那“慌”的滚荡，从伍尔夫那里旋转到我这里。佛渡欢喜，小鸟渡食，伍尔夫渡来的是“慌”。伍尔夫的文字，为了控制“慌”而绵延生成。

## 二、光　晕[1]

“慌”从伍尔夫小姐那里渡过来，把我笼罩，犹如本雅明的一团“光晕”。伍尔夫的生和死，忧伤和不朽，都在那团旋转而至的光晕里。之所以“慌”，是不知道那团光晕会旋转到哪里去。

大作家被恍兮惚兮的光晕笼罩，成为文字的苦役，却享受着无端的笼罩之美。

大作家头顶光晕远去。阅读他们的作品，犹如看着他们的背影，期待着他们穿过身来。只要潜心阅读，他们就会转过身来。好作品的魅力，就是能渡作家归来。

伍尔夫转过身来说：“透过表象，生活似乎远非‘就是如此’。不妨短暂地考察一下一个普普通通的心灵在一个平平常常

1 “光晕”，德语Aura，本义圣像上的光辉之环，德国学者本雅明（Walter Benjamin，1892—1940）用于指艺术作品的神秘意蕴。“光晕”是二十世纪重要的文艺理论概念。

的日子里的经历。心灵接受了无以数计的印象——琐碎的、奇异古怪的、转眼即忘的或者用锋锐的钢刀铭刻在心的。它们来自四面八方，宛如无数的原子在不停地淋洒着。在它们坠落时，在它们形成了星期一或星期二的生活时，侧重点与昔日不同，重要的时刻也位于不同之处。所以，如果作家是个自由自在的人而不是个奴隶，如果他能随心所欲地写作，而不是替人捉刀，如果他作品的基础是他自己的情感而不是习俗传统，那么，哪里还会有这种约定俗成的情节、喜剧、悲剧、爱情或灾难，或许也不会学庞德街的裁缝那样缝纽扣。生活不是一副副整齐匀称地排着的眼镜，生活是一片明亮的光晕，是从意识的萌生到终结一直包围着我们的一个半透明的封套。”[1]

弗吉尼亚·伍尔夫（1882—1941）

1 引自伍尔夫《论现代小说》一文。参见［英］伍尔芙:《伍尔芙随笔集》，孔小炯、黄梅译，海天出版社，1993年，第192页。伍尔夫又译为伍尔芙。

这里已经有两个“光晕”。一个是生活的光晕；另一个是艺术的光晕。其实，还有一个光晕，那就是心灵结构里的光晕。当三个光晕游移而至，合而为一，就生成了第四个光晕，即神圣的光晕。作家、读者和作品，都需要神圣的光晕笼罩。

我被伍尔夫的光晕笼罩着奔跑，想从这光晕中逃离。

## 三、生活的背后一无所有

生活的背后没有一个“深度构造”的因果。这就是说，生活的背后没有本质。个人是孤立的、寂寞的。但个人不在生活的背后。个人就是生活本身。寂寞、孤独、无聊、绝望、欢欣等种种个人的感受，只有通过形象、意象和形式才能观察，也就是，只有通过一种类比的修辞关系才能被看到，因此，这些看不见、摸不着的语义范畴不在生活之中。如果寂寞、绝望之类的个人感受不是属于个人的，那么它们就只是普遍意义的概念或观念的，而概念或观念也不在生活之中。不在生活之中的东西，不能强加在小说里。这是现代文学的一个认知基础。不了解这一点，其他的免谈。

在小说中，要消解个人意志中的“寂寞心”，就要抓住生活的细节，抓住贴近个人的那些渺小的事物。伍尔夫名作《到灯塔去》的主角是拉姆齐夫人。伍尔夫写道：“拉姆齐夫人经常觉得，一个人为了使自己从孤独寂寞之中解脱出来，总是要勉强抓住某种琐碎的物事，某种声音，某种景象。她侧耳静听，此时万籁俱寂，板球赛已经结束，孩子们正在沐浴，只有大海的涛声不绝于耳。……她又看见了那灯光。她的审视带有某种讽刺意味，因为，当一个人从沉睡中醒来，他和周围物事的关系就改变了。她凝视那稳定的光芒、那冷酷无情的光芒，它和她如此相像……而那灯塔的光，使汹涌的波涛披上了银装，显得稍微明亮，当夕阳的余辉褪尽，大海也失去了它的蓝色，纯粹是柠檬色的海浪滚滚而来，它翻腾起伏，拍击海岸，浪花四溅；狂喜陶醉的光芒，在她眼中闪烁，纯洁喜悦的波涛，涌入她的心田，而她感觉到：这已经足够了，已经足够了。”[1]

在伍尔夫的笔下，拉姆齐夫人像许多人一样可怜。他们有敏锐的感觉，却因抓不住稍纵即逝的世界万象而惶恐。人是无法进入总体世界的，因此，人是惶恐的。为了自我掩饰或自我消解惶恐，人必须迷恋浮光掠影、海市蜃楼。拉姆齐夫人面对海对面灯塔那冷酷无情的光芒，只有将它变成“狂喜陶醉的光芒”才能安其心，才能稳住自己。

历史文化会虚构一个生活背后的世界，但在个人的寂寞生活中，生活的背后一无所有。

1 ［英］伍尔夫:《到灯塔去》，翟世镜译，上海译文出版社，2011年，第63页。

## 四、黑暗和光明的隐喻家族

“黑暗”和“光明”是传统文学中，某种粗俗文学常用的深度隐喻和沉重象征。它们是语言隐喻家族中的黑—白、明—暗表征。但如果从纯自然而然的观看而去描绘，作为视觉形象，世界既不是黑暗的，也不是光明的，这就好比它既不是黑夜的，也不是白天的。

世界是语词的，是语词的漂移。在纯正的现代小说中，黑暗和光明的隐喻宣布失效。在感觉系统里，让“黑”回到黑，让“暗”回到暗；让“光”回到光，让“明”回到明。让自然回到自然而然，让隐喻、象征回到无，让自然的有—无碰撞，生出原初“妙有”。让所谓生活和世界，从“零状态”重新展开，才是面向“真实”的世界之旅。这是普鲁斯特、乔伊斯的抱负，也是伍尔夫的抱负。所谓意识流，作为写作的方法和路径，无非是回归原初意识的漂移迁流。尽管这种回归，也是语言的回归。

“黑暗”与“光明”的传统隐喻，只是文学语言所有深度隐喻概念家族中的一对。正如“崇高”与“卑俗”、“美”与“丑”、“善”与“恶”之类概念，它们是文学之类比修辞中，语言深度隐喻家族的一部分，是某种价值观念、逻辑观念和审美观念对自然语言的强力渗透。作为口号式的理论前提，这种文学语言也讲“真实”，讲“爱”和“救赎”，但却充斥着居高临下的统摄和钳制。

那种真实，与普鲁斯特、乔伊斯、伍尔夫等现代小说家讲的真实是背反的。伍尔夫说："为了证明故事具有生活的逼真性所花费的大量劳动，不仅是一种浪费，而且还由于错置而导致晦暗和遮蔽住了思想的光芒。作者似乎不是出于自己的意志，而是由某个强悍蛮横的暴君控制着，在他的奴役下提供着故事情节、喜剧、悲剧、爱的情趣以及一种可能性的氛围——给所有的一切都完美无缺地抹上一层防腐的香油，如果他笔下的人物真的活了过来，他们将会发现自己从头到脚，没有一处不合此时此刻的风尚。暴君的旨意执行无误，小说也完成得恰到好处。但随着时间的流逝，越来越经常发生的是，有时我们在这类充斥着因循守旧的东西的书页面前，会产生一种片刻的怀疑，一种反抗的情绪：生活真的就是如此吗？小说就该这副模样吗？"[1]

如果隐喻家族的庞大概念群不退出，人们不能以自然语言的纯然表达方式观照世界，那么人们抓住的真实，永远只是概念或观念的真实，而这种真实，绝不是艺术的真实。

以概念或观念统摄文学艺术，必然使艺术堕落为非艺术。这一点，正是伍尔夫深恶痛绝，并要挽救的——弃概念书写，回归自然书写，是普鲁斯特、乔伊斯和伍尔夫意识流三巨头的诗学取向。

1 ［英］伍尔芙:《伍尔芙随笔集》，孔小炯、黄梅译，第191—192页。

## 五、自然而然看世界

伍尔夫看世界，是一种自然而然的观看方式。显然，这是反理性主义逻辑观看和反本质主义观看的方式。伍尔夫忠诚于自己的先天感觉，警惕被人类自身无端、莫名地引申出来的概念或观念所戕害。

前苏格拉底时代和中国先秦时代的哲人，他们看世界的方式，都是自然而然的观看，而不是超自然的观看。这种观看用老子的话来说，就是“道法自然”。自然观看，以尊重人的先天感觉、感知为前提，怀疑人是否有能力对超自然存在的认知。

近代以来，贝克莱（George Berkeley，1685—1753）和休谟（David Hume，1711—1776），是为自然观看提供哲学依据的伟大思想家。贝克莱说：“有气味，就是说我嗅到过它；有声音，就是说我听到过它；有颜色或形相，就是说我用视觉或触觉感知过它。这就是我用这一类说法所能够了解到的一切。因为所谓不思想的事物完全与它的被感知无关而有**绝对**的存在，那在我是完全不能了解的。它们的**存在**［esse］就是**被感知**［percipi］，它们不可能在心灵或感知它们的能思维的东西以外有任何存在。”[1]

而休谟则认为，客观事物即一簇印象，自我是一束知觉。世界不是因果链条的交叉组合。印象和知觉所能感知到的，即世界

1　北京大学哲学系外国哲学史教研室编译：《西方哲学原著选读》上卷，商务印书馆，1981年，第503页。

的、其他的，人一无所知。这种认识，与贝克莱的看法大体相同。休谟说："撇开这些形而上学家们不谈，我可以大胆地就其余的人们说，他们都只是那些以不能想像的速度互相接续着，并处于永远流动和运动之中的知觉的集合体，或一束知觉。我们的眼睛在眼窝内每转动一次，就不能不使我们的知觉有所变化。我们的思想比我们的视觉更是变化无常；我们的其他感官和官能都促进这种变化，灵魂也没有任何一种能力始终维持同一不变，哪怕只是一个刹那。心灵是一种舞台；各种知觉在这个舞台上接续不断地相继出现；这些知觉来回穿过，悠然逝去，混杂于无数种的状态和情况之中。恰当地说，在同一时间内，心灵是没有单纯性的，而在不同时间内，它也没有同一性，不论我有喜爱想像那种单纯性和同一性的多大的自然倾向。我们决不可因为拿舞台来比拟心灵，以致产生错误的想法。这里只有接续出现的知觉构成心灵；对于表演这些场景的那个地方，或对于构成这个地方的种种材料，我们连一点概念也没有。"[1]

灵魂是肉体的苦役，肉体也是灵魂的苦役。灵魂和肉体彼此嵌入对方，形成一体，这就是自然的生命。生命在被感知的范畴之内才能被说出来。

当人意识到世界存在，世界开始在感觉或感知印象中复活。一旦灵魂之眼睁开，事物同时到达。灵魂之眼就将事物统摄到它

1 ［英］休谟：《人性论》，关文运译，商务印书馆，1980年，第278—279页。

的视野之中。看见的，就是看见的。别的，不可知。

伍尔夫有一篇短小的散文，名曰《一个修道院的教堂》。我们来看看她是如何写具有深度隐喻和象征意味的“教堂”这个“存在”的：

> 从远处看，克里斯教堂就像一艘驰向大海的航船。围绕着它的所有土地都平坦如水，如果在阳光照耀之下，那里还会闪烁着河流或大海似的微光。因为，正如我们一靠近它而立即发现的那样，这个教堂几乎是位于水中央的一个岛屿。在我们进行这次远征时，太阳尚未露面，但是现在，整个空中都充满了光线，宛如苍穹中拉上了一道白色的幕布，太阳光在射下来时都被过滤成了纯色的白光。在地平线上有一条天空的缘线，犹如失去了光泽的银器，但舍此以外，在这道大幕上就再无缝隙了。克里斯教堂所在的小镇是一条狭狭的长街，一头微微升腾起来，而后在其顶端绽开出它的花朵：一个修道院的教堂。这个教堂是按着小型的总教堂样式建造起来的，或许是因为它相对无足轻重吧，它并没有从宗教的改革者和恢复者那儿受到多大的磨难。教堂内部的石砌部分已被磨蚀得发白了，还到处有着崩塌之处。但大多数地方那些凿痕还是像刚离开石匠之手那样地轮廓鲜明。大部分的雕刻都优美精致，而且如此完美无缺，以致人们都需要亲眼看到刻凿在上面的日期才会意识到这作品已有了三百多年的历

史了。但是这座古老的教堂最美丽的所有物——它有着许多既美丽又令人惊异的财宝——是从方塔上俯瞰时尽收眼底的视野。率先而来的是从你身下奔腾而出的教堂的尖椎，而后是两边的大海；正在你的脚下的则是像一条银链似的圈绕缠结在一起的斯图尔河和亚丰河。这个教堂是为数不多的几个没有选择地建立在山岗上的伟大教堂之一。流水就在它的脚下拍打迂回，看上去宛如一个大浪立即会吞没这片土地，冲垮那教堂的外墙。只有一衣带被羽毛状的宽叶香蒲染成暗褐色的平地把陆地与水分隔开来。往东看，尽是一马平川，而在那地平线上则是一道波动起伏着的阴影在标示着新福利斯特的领地。[1]

这就是伍尔夫看见的、知道的教堂。教堂的“财宝”，是通过某个视觉看见的自然，包括河流和海洋。看见的，就是看见的；看不“远”，也看不“深”。在这里，可见伍尔夫的文学视觉，就是一种自然而然的视觉经验。让人想起克劳德·莫奈（Oscar-Claude Monet，1840—1926）的《鲁昂大教堂》系列作品。莫奈在1892—1893年，面对着鲁昂大教堂画了三十余幅作品。这些作品没有“深度构造”的隐喻透视，只有色彩的光晕。看见的，就是看见的。这个原则，也可以说是印象主义绘画的一

1 ［英］伍尔芙：《伍尔夫随笔集》，孔小炯、黄梅译，第47—48页。

个基本原则。莫奈是这种艺术观看的发明者之一，伍尔夫也受印象主义绘画语言生成法则的影响。

## 六、想象的灯塔何以显露

如果有上帝，他可能也会“慌”。因为人们曾经虚构了他存在的深度，并试图去揭示这个藏在背后的深度。上帝是当真了的。

可现在，在意识流作家那里，他们只看见一些事物的形象、表象、象征符号；只看见一簇簇印象片段，一簇簇知觉形式。伍尔夫的写作方式，一方面是她的天才，一方面受到了她的姐夫克莱夫·贝尔（Clive Bell，1881—1964）和密友罗杰·弗莱（Roger Fry，1866—1934）等布鲁姆斯伯里团体（Bloomsbury Group）人物的影响。或者说是彼此影响。

从伍尔夫的创作上看，她受象征主义诗歌、印象主义绘画和形式主义诗学的影响是肯定的。因为她的创作和理论，就是建构这种诗学的一部分。伍尔夫与她姐姐，画家凡妮莎·贝尔（Vanessa Bell，1879—1961）是布鲁姆斯伯里团体的核心人物。贝尔1914年出版了他的形式主义艺术哲学名著《艺术》一书，在书中提出“艺术是有意味的形式”这个著名的诗学命题。追求“有意味的形式”而不是“内容”，就是伍尔夫小说诗学的出发点。

伍尔夫的《到灯塔去》，描写第一次世界大战前，在苏格兰的一个小岛上，拉姆齐教授一家和几个朋友在度假的时光片段。他们计划“到灯塔去”游玩，但由于天气原因没有成行。跨越大战之后，拉姆齐教授带着儿女、朋友回到那个小岛，那个他们曾经想要到灯塔去的地方。虽然拉姆齐教授终于带着长大了的儿女到了灯塔，但此时，已是物是人非。他们要去的地方，终于成了画家笔下的一片永恒的风景。

“到灯塔去”是小说的心灵主线，是小说语言往前推动的灵魂力量。海浪那边的灯塔，只有成为想象的灯塔、象征的灯塔，才能矗立在灵魂之中，灯塔的光芒也才能成为灵魂的光芒。就这一点而言，伍尔夫已经做到。换一种说法是，伍尔夫用一个“灯塔”统摄了一簇簇可以被感知的时光碎片，而人，所谓的人，只有在这一簇簇时光碎片中才可能被看见，对于其他的，我们仍然一无所知。

## 七、要看见事物才能安心

伍尔夫要看见事物才能安心。她需要具体的时空和不断显露的物事。仿佛她害怕黑暗，需要光来照亮自己。她渴望着被打捞。她自己打捞自己。

某个时刻，有一个灵感不期而遇：有一个物象出现了，那就是灯塔。灯塔的出现，一个具体的物事，便出现在灵魂中。通过灯塔，她看见了一簇光，一种照耀的形式。

灯塔使伍尔夫暂时摆脱黑暗席卷而来的恐惧。

不知来路，不知去向的惧恐，飘忽不定，隐藏在智者的心中。伍尔夫的恐惧不是来源于生和死，而是来源于有和无。有一无相互交替，如光影缠绵迷离。

一只可怜的青蛙，蹲在一片干枯的荷叶上，迷惘地看着那个无边无际、渐渐枯死下去的秋天不知何时终止。伍尔夫，她把握不住一个秋天般的整体的陷落，也不能让事物或所谓世界的整体在语言和身体中升华。"到灯塔去"，好渴望，好无聊。但还是要写"到灯塔去"，"到灯塔去"，的确无聊。

伍尔夫看见，岌岌可危的自己处在黑暗的边缘，将要被卷走。于是，她设置一座灯塔，稳住自己，而又照见自己从"慌"中解脱。

永恒在碎裂，万物的光不停地碎裂，以碎裂来抵御向黑暗陷落。

伍尔夫设置一座灯塔，建构一个小说文体，又评论它。她是光影中的西西弗斯。

通过小说，她并不想去把握世界的整体，她只要能看见事物清晰而又迷离地闪现，就已经足够。人和事物同时闪现。所谓"人生意义"，就是这种观看中的闪现。还有什么可说的。

所谓人生和人生意义，就是这种光影的变幻无常，就是无常。还有什么可说的。

在一个瞬间之前，或之后，一切都是有—无之间“零”的混沌。说过了，又怎么样。

## 八、生命要有所寄

个人，一只井底之蛙，世界若隐若现、虚无缥缈。谁能产生一种错觉，感觉世界万象透明如镜、一目了然，那个人肯定不在人间。在人间的个人，都在世界万象这口井里。

明智的怀疑论者，或深知个人的局限性的智者，都看见所谓世界，只能显现为表象，而不显现出本质。本质再现属于知识论，而不属于文学艺术问题。文学艺术想象一个世界，然后用语言虚构它。只有在想象力推动虚构展开的时刻，文学艺术中的世界才存在。

没有一棵拔地而起的蓬松大树能表达大地的存在；没有一群栖居的鸟儿能证明大树的诗意。井底之蛙梦想出井，在井外游，看见了世界那口深井。

此起彼伏、茫茫无际、支离破碎的表象折磨着伍尔夫的心智，给她带来“色”“象”的愉悦，也给人带来缤纷杂陈的、无意义的恐惧。多数时候，无意义的恐惧不是找不到存在的本质，而是生命一无所寄，但生命又要有所寄。寄在哪里？寄在能够感受到的音声形色里。

伍尔夫有一篇短文《果园里》，记录了生命在某一个瞬间的音声形色。看见了，听见了头顶四尺高的空中挂着的苹果，教堂塔尖的金羽，就足够了。

米兰达睡在果园里，躺在苹果树底下一张长椅上。她的书已经掉在草里，她的手指似乎还指着那句“Ce pays est vraiment un des coins du monde où lf rire des filles eclate le mieux...”仿佛她就在那儿睡着了。她手指上的猫眼石发绿，发玫瑰红，又发橘黄，当阳光滤过苹果树照到它们的时候。于是，微风一吹，她的紫衣起涟漪，像一朵花依附在茎头；草点头；一只白蝴蝶就在她的脸上扑来扑去。

她头上四尺高的空中挂着苹果。突然发一阵清越的喧响，仿佛是一些破铜锣打得又猛，又乱，又野蛮。这不过是正在合诵乘数表的学童，被教师喝住了，斥骂了一顿，又开始诵乘数表了。可是这个喧响经过米兰达头上四尺高的地方，穿过苹果树枝间，撞到牧牛人的小孩子，他正在摘篱笆上的黑莓，在他该上学的时候，使他的拇指在棘刺上刺破了。

接着有一声孤寂的号叫——悲哀，有人性，野蛮。老巴斯蕾，真的，是泥醉了。

于是苹果树顶上的叶子，平得像小鱼抵住了天蓝，离地三十尺，发一声凄凉愁惨的音调。这是教堂里的风琴奏“古今赞美歌”的一曲。声音飘出来，被一群在什么地方飞得极快的鸫鸟切碎了。米兰达睡在三十尺之下。

于是在苹果树和梨树顶上，离睡在果园里的米兰达三十尺高的地方，钟声得得，间歇的、迟钝的、教训的，因为教区里六个穷女人产后上教堂感恩，教区长谢天。

再上去一点，教堂塔顶上的金羽，尖声一叫，从南转东了。风向转了。它嗡嗡地响在旁的一切之上，下临树林、草场、丘陵，离睡在果园里的米兰达多少里。它刮前去，无目，无脑，遇不着任何能阻挡它的东西，直到转动了一下，它又转向南了。多少里之下，在一个像针眼一般大的地方，米兰达直站起来，大声地嚷："噢，我喝茶去怕太晚了！"[1]

## 九、灯塔与斑点

世世代代的人为了探索世界的"本质"，找到光怪陆离的"色""象"背后的那个真实或真理，找到牵制一切、约束一切的因果，他们费尽心力，却没有得到一个满意的答案。因为一切都在天光的开显与寂灭中，只显现在寂灭之前，而没有答案。休谟不相信有因果，因果都是人为的语言模型。

这就好比拉姆齐先生一家在小说中的显现，也就是在伍尔夫心中的显现。伍尔夫将拉姆齐先生一家，还有他们家的几个朋

1 于晓丹选编:《玫瑰树》，中国社会科学出版社，1993年，第290—291页。此文为卞之琳译。

友，安置在一个苏格兰小岛。他们在一起闲聊，在一起晚餐。可以说，除了闲聊，没有什么事情。他们只有一个愿望，第二天到灯塔去。伍尔夫找了个天气不好的理由，让他们没有去成。接着，伍尔夫让小说中的人与一战爆发关联在一起，使那一群人走散，使曾经温暖的海滨别墅荒凉。她让拉姆齐家的一个男孩在法国战场被炸死，一个女孩难产身亡。更重要的人物设置是，她让拉姆齐夫人也突然去世了，以死灭了夫人心中的“灯塔”。伍尔夫将“到灯塔去”这个愿望，既让死者带走，也让生者一直期待。最终，拉姆齐先生带着剩下的家庭成员和老朋友们，到了灯塔。但他们到达的，只是现实中的灯塔，一个物。其实那个象征的“灯塔”，他们并没有到达，任何人都无法到达。因此，“灯塔”仅仅只是一幅画中的一个笔触，一个印象主义的笔触，一个光斑。生命在记忆之中，就是笔触与光斑。仅此而已。

伍尔夫的笔触与光斑，是从一块块宁静的视觉平面上冒出来的，犹如水迹一样冒出。

伍尔夫曾经写过一篇小说，写“墙上的斑点”。那个斑点从墙上冒出来，好比“灯塔”，从海那边的黄昏冒出来。

有一天，小说中的“我”抬起头，第一次看见墙上有个斑点。开始时，“我”故意看不清，给想象留下一个空间。于是，这个斑点开始在语言中漂移。它可能是一个挂画的钉子留下的痕迹；可能是夏天残留下来的玫瑰花瓣；可能是一点淡淡的影子，像手能摸到的一个小小的古冢；可能是木块上的裂纹……伍尔夫写道：

> 不，不，什么也没有证明，什么也没有发现。假如我在此时此刻站起身来，弄明白墙上的斑点果真是——我们怎么说才好呢？——一只巨大的旧钉子的钉头，钉进墙里已经有两百年，直到现在，由于一代又一代女仆耐心的擦拭，钉子的顶端得以露出到油漆外面，正在一间墙壁雪白、炉火熊熊的房间里第一次看见现代的生活，我这样做又能得到些什么呢？[1]

小说结尾：墙上的斑点，原来是一只蜗牛。

可以回答：一个作家这样做，什么也不能得到。

“灯塔”与“斑点”，是语言漂移的两个“位点”。文学语言在这两个“位点”上繁殖。可以无穷无尽地繁殖，也可以在任何地方停下来。想象力可以奔涌无际，也可以在任何空白处戛然而止。

## 十、没有背景的人

在《到灯塔去》这部小说中，伍尔夫让拉姆齐教授心仪休谟，这自然是伍尔夫心仪休谟。休谟是英国经验主义走向怀疑论的一个结果。在休谟看世界的视觉中，因果关系完全失效。而从诗—蕴创造的角度看，休谟对世界的观看，是弃深度化的现代艺

1 李乃坤选编：《伍尔夫作品精粹》，河北教育出版社，1990年，第53页。

术的观看。

拉姆齐夫人这位包容一切的母亲，还有他们的儿子詹姆斯，他们的朋友，女画家莉丽，班克斯等，每个人似乎都没有自己置身其中的社会背景。他们都从小说中来，到小说中去；而不是从社会中来，到社会中去。

可是，他们都来源于一个个心灵的幽暗深处，一个“黑暗”地带，即自己意识活动的深渊。他们就从这个深渊中“赤身裸体”地出来。这是狄更斯（Charles Dickens，1812—1870）和巴尔扎克不能容忍的，他们一定觉得这种写法十分荒谬。传统小说人物的立体化，被现代小说的平面化取代，这种写作在传统作家看来是幼稚，而不是所谓“现代”。

这其实是两种真实观。当社会性的身份隐藏起来的时候，另一种真实又得以登场。现代小说家以为他们比狄更斯、巴尔扎克们更真实，因为他们的视觉是一种休谟式的视觉，他们不需要通过因果关系来虚构人物存在的深度。

“深度观看”肯定不是衡量小说好坏的视觉，但狄更斯、巴尔扎克们需要这个视觉，依赖这个视觉。

拉姆齐夫人解脱孤独、让生命获得声音、形象和意义的方式，与简·爱完全不同。简·爱的自我存在必须通过角色的转换，通过社会性价值的实现或他人的理解才能获得，而拉姆齐夫人的存在，是她的自我这个对于他人而言陌生的领地慢慢地打开。她只需要近处的一个窗，远处的一个灯塔，以及黄昏的几个人影，作为主人翁，她就进入了叙述的过程，且叙述在过程中已经完成。

伍尔夫写道："所有那些向外扩展、闪闪发光、音响杂然的存在和活动，都已烟消云散；现在，带着一种严肃的感觉，她退缩返回她的自我——一个楔形的黑暗的内核，某种他人所看不见的东西。虽然她正襟危坐，继续编织，正是在这种状态中，她感到了她的自我；而这个摆脱了羁绊的自我，是自由自在的，可以经历最奇特的冒险。当生命沉淀到心灵深处的瞬间，经验的领域似乎是广阔无垠的。她猜想，对每个人来说，总是存在着这种无限丰富的内心感觉；人人都是如此，她自己，莉丽，奥古斯都，卡迈克尔，都必定会感觉到：我们的幻影，这个你们借以认识我们的外表，简直是幼稚可笑的。在这外表之下，是一片黑暗，它蔓延伸展，深不可测；但是我们经常升浮到表面，正是通过那外表，你们看到了我们。"[1]

真实，是不可知的。海底有鱼群，你知道鱼在游，但你不知道鱼。

白天和黑夜，浮起来又沉下去。而我们，失去了自己的历史，也无力拥抱现在和未来。

1 ［英］伍尔夫：《到灯塔去》，翟世镜译，第60页。

## 十一、叙述比真实更重要

伍尔夫，叙述比真实更重要。有关世界，我们知道的，只是对世界的叙述。在这一点上，历史与小说相契合。

塑造自己的历史，洞察他人的存在，只有在叙述过程中才能完成。

人类总渴望有一个可靠的历史来寻找自己，窥视他人，事实上，是要创造自己，超越自己。而可靠的历史不可知。历史就是历史的叙述。叙述方式的不同，就有不同的历史的显现。

小说以虚构为叙述，却创造了无与伦比的历史真实。

现代小说家，无一例外地倾心于叙述问题，他们要撕破历史乌托邦的面纱。在他们的观念里，叙述的真实比营造历史乌托邦的真实更为重要。因为人的过去已经沉睡，只有语言能够觉醒。这是现代小说创作的出发点。

如果不知道现代小说的历史观和真实观，就无法阅读现代派小说。面对现代小说，一个满怀希望去揭示世界、社会、人生意义和本质的读者会发现，小说家已经不能为他找到他需要的东西。

阅读习惯导致了传统读者只能从"意义"之中去获取快感，而不习惯于从"无意义"当中发现欢乐。阅读习惯建构的标准一旦被粉碎，现代派小说就与世俗的阅读生活产生了障碍。这是现代小说越来越小众化、学院化的原因。群众的审美习惯一旦建立，一旦达成一种审美同盟，它就是坚不可摧的。

伍尔夫在《对于现代文学的印象》一文中说："一个现代人几乎不会不对这个事实感到震惊，那就是坐在同一张桌子两边的两位评论家竟会同时对一本书发表完全不同的意见。在右边的那位，把它称为英语散文的杰作；与此同时，在左边的那位，却把它看作一堆废纸，如果炉火未熄的话，应该付诸丙丁。然而，对于弥尔顿和济慈，这两位评论家却意见一致……这本发生争论的书，大约出版于两个月前，它既是对于英国文学的一项持久贡献，又是矫揉造作、平庸无奇的大杂烩。这就说明了他们如何意见分歧。"[1]

如是分歧，既来自阅读习惯，也来自对"真实"理解的不同。从习惯性的阅读视觉去看，《到灯塔去》就是一部糟糕透顶的作品。她笔下的人物似乎没有生活在现实社会当中，而是生活在意识活动的时空之中。但在传统小说那里，人物偶尔的意识活动，仅仅只是为了人物性格的丰满才有必要——心理活动是为塑造人物而设计的。在传统小说的观念里，衡量人物真实性的标准，主要看他们的社会角色——作为社会的细胞，在哪里寄生，在哪里溃烂，在哪里发家治富、建功立业，都必须符合现实性真实的原则，最好是通过肉眼能够看到，他们都套在典型环境

1 ［英］伍尔夫：《论小说与小说家》，瞿世镜译，上海译文出版社，2009年，第277页。

的闭环里。瞧，这个人物就是我们的邻居，我们对这位邻居既尊重又厌恶。或者，这个人虽然不是我们的邻居，但他却像鲁滨逊被抛在世界之外陷入了困境。这一困境作为象征，隐喻了我们的人生。

《到灯塔去》的人物不是社会动物，社会背景在人物中几乎被清洗干净。不过，如果我们耐心地阅读，充分理解伍尔夫关于什么是真实的见解，那么我们会发现，从文体实验的角度来看，《到灯塔去》又是一部最接近真实的杰作之一。

叙述比真实更重要，真实在于如何叙述。

## 十二、上帝之眼也看不深

伍尔夫小姐强调非个人化的创作方法，她认为个人化的写法既不能在广阔的空间中拓宽视野，又容易掺杂作者的观点而使作品缺乏独立存在的整体性和自律性。

非个人化的写法在《到灯塔去》中表现得十分充分。坚持这种写法虽然可以摆脱个人视觉的影响，但要达到小说整体的自足，实现一种无视觉障碍的立体结构的梦想，还得借助上帝的眼睛。

上帝站得高，看得远，没有视觉的盲区，没有时间和空间的遮蔽。在上帝的眼里，（如果他不打盹的话）任何怯懦的兔子、狡猾的狐狸或凶狠的豺狼，都无法掩饰其本性。只是上帝的法力比我们想象的要弱得多，再加上他并不爱管闲事，所以，人世间的善恶、苦难就没有定数，人的命运也就变得风雨飘摇，诡谲难测。

是的，非个人化，或者叫作客观主义的叙述，没有预设高高在上的上帝之眼，作品是无法洞见所有人物深藏不露的意识活动的。伍尔夫正是得到了上帝老爷子的青睐，借来了能窥视阴暗莫测、幻化无常的心理活动空间的“探照灯”，把苏格兰某岛屿上度假的拉姆齐先生一家及朋友们的意识活动都看得个清清楚楚。当然，上帝老爷子的眼睛发出来的光，肯定不是自然光，也不是能照见自然事物的人为之光。普通人熟悉的光只能照见事物的外表，而不能照见那永远封闭在“内部”的黑暗。而上帝的眼睛则不同，它能使相信或不相信他存在的人都暴露心机，甚或陷入尴尬的境地。就连不同颜色（红的、黑的、白的、花的）、飘忽不定的灵魂，或出于游戏的目的，他也能抓住它们不时玩耍，戏弄一番。

在阅读之初，我渴望通过伍尔夫特殊的眼光去发现“黑暗”之中的“物事”，想象着可能会发现什么样的特殊景观，看看是不是有一个什么样的本能或“核心”在推动着人们茫然失措地行走。可惜我很快就悲伤地发现，意识中流动的仍然只是我们熟悉的物事或人世间芸芸众生恍惚不安的表象。

灵魂深渊浮出语言层面的只有表象。

这就像一条河的流动一样，除了能看见水和水在流动，看见砂石或树桩从一个地方移动到另外一个地方，我们一无所获，不知道打开时间和空间，让一切无动于衷或滚滚向前的力量是什么。也不知道我能否获得那种推动一切的力量，把它引申到语言中来。

灵魂深渊浮出文本的只有语言。

因此，伍尔夫既启动上帝之眼去察看人的内心世界如影随形的万物，又在万物的表象幻景中遇到了观看的障碍。这是现代小说与传统小说在观看之维上的共通之处。这就说明，不管是哪种小说的观看方式，都只能是某一种观看模式的放大与扩展。

人类的语言就这么一点能力：上帝视觉把所有人看遍、看透，而人面对人的观看，又遇到了人与人之间无法沟通的壁垒。

上帝之眼无处不在，却也看不深。

上帝之眼到语言为止。

## 十三、四种时间

不过，我还是获得了四种时间的说法，仅仅是说法：宇宙时间、时钟时间、内心时间和文本时间。宇宙时间是混沌，是一切的"在"。宇宙时间只在人的想象中显现，而不能分割。时间的分割必须有参照物，宇宙的显现是自身的显现，没有参照物。因为它是想象着的整体的混沌存在。但宇宙时间并非像我们想象的时间那样，作为生命被赋予了"出生""衰老"或"死亡"。这种生命过程的赋予，只能是局部发生的，比如春、夏、秋、冬这几个人能感知到的局部时间范畴。

宇宙本身自在运转，一种与人无关的“物自体”的运转。人可以想象它是存在的，但对它一无所知。宇宙时间的显现不奔向目标，目标是有具体方向的。方向是人的想象。宇宙时间没有具体的方向，因为宇宙时间没有起点，也没有终点。宇宙时间也创造自身的历史，但那是宇宙的自然史而非心灵史。对人而言，作为整体的自然史和心灵史都不能穷尽。人没有能力穷尽自然，因为人就在自然之中。宇宙时间既不是客观的，也不是主观的。它不在主—客单方或二元关系中存在。在人可以想象它存在，但想象力不能抵达。是故，我们也可以说，宇宙时间并不存在，或不可知，就像康德说物自体不可知是一个道理。

时钟时间即纪年时间。但是，时钟时间不是对宇宙时间的划分。因为时钟时间有参照物，它与物与物之间变化有关。时钟时间就是人类的时间。

更重要的是，时钟时间是一种人为的划分，它是在人的历史时间和物物变化的时间彼此映照过程中产生的。时钟时间有个自己的起点，尽管这个起点不是一成不变。时钟时间的过程充满着人文内涵，建立了以人的存在为中心的时间秩序。

在时钟时间中，人看见了自己的面貌，演化着自身光怪陆离的历史，创造了人之为人的时间心灵和时间价值。正是对时钟时间的划分，人成了万物的尺度。尽管多数情况下，那种种“尺度”纯属虚构。

时钟时间被伍尔夫看作客观的。的确，时钟时间各个齿轮的转动，总是不能以个人的意志为转移。个人的生命不可能伴随着人创造的整个历史——任何人也不知道这一历史的全貌。本真的历史才有全貌，但永不可知。可知的历史，是一些语言的逻辑模块，或逻辑套路，是言说。个人是时钟时间那一个个金色齿轮上落下来的一粒粒尘埃。

伍尔夫认为，有一个与客观的时钟时间相对应的主观的内心时间。这种看法并非伍尔夫独创，但她的小说则要为寻找内心时间而不懈努力。《到灯塔去》《海浪》等小说的杰出之处，就在于这些小说以对内心时间的描述或创造内心时间为其内涵，她使时钟时间在人生中的统治地位发生动摇。内心时间无穷无尽地繁殖和裂变，深不可测，难以形，难以色，难以描绘。人可以在瞬间，在日出日落时分经历一生。

时钟时间在《到灯塔去》《海浪》中仅仅只是一个背景，似乎只是为了说明，在苏格兰某个岛屿上度假的这几个人，在任何地方的几个人，并没有离开他们的社会和历史太远。他们的角色仍然是人而不是物。从大众的阅读习惯来看，这些小说几乎可以说是为文学史而写作的诸多现代小说中的几部，或几个与人有关的叙述片段。现代小说在文体上的革新性，说明了表达方式的不同，就需要付出消弭部分读者阅读兴趣的代价。现代小说创新的主要代价，就是失去了大部分传统读者。现代小说是一种基于内心观看的游戏，它们展开了最迷人的真实，但这种真实是那种哲学意义上的真实。

这就是说，现代小说的表达方式，往往是以文本时间来确立的。《尤利西斯》《追忆似水年华》《等待戈多》《到灯塔去》《海浪》等这些为文学史和文学史家创作的小说无不如此。

## 十四、从时钟时空到文本时空的漂移

由此看到，现代小说的一个重要特征，就是文本空间与文本时间联结成的文本时空的独立存在。文本时空是文学语言之家。这在传统小说那里已然如此，但到了现代作家才被发现。没有文本时空，语言就无法运动。伟大的文学，是文学语言无障碍的漂移迁流。也可以说是语词运动的时空推动着文本时空，也就是文学时空的漂移迁流。

与传统小说相比，这里所说的文本时空的独立存在，就是对受到时钟时间和时钟空间控制的传统小说的超越。时钟时间和时钟空间联结成时钟时空。时钟时空是传统小说的语言之家。

在传统小说中，比如巴尔扎克的小说《高老头》，环境描写或心理描写的详略，都受到事件和情节的控制。事件和情节的发展又深受时钟时空的左右——这是“反映论”或“决定论”的基石。

无论巴尔扎克还是狄更斯，时钟时空的转化，是必须通过某种恰当的方式交代清楚的，否则，小说昭示的历史性的稳定性的叙述模块，就会不复存在。

这一切，当然也被上帝之眼看得清清楚楚。上帝高高在上，他不打盹，不走神。他看着人间的种种游戏，看着人对种种游戏的痴迷。上帝没有时空，若人让上帝有时空，他就是各种时空的语言运动本身。上帝既是自然的存在，也是超自然的存在。

在伍尔夫的阅读范围之内，忠于时钟时空的英国“当代”作家莫过于威尔斯（Herbert George Wells，1866—1946）、贝内特（Arnold Bennett，1867—1931）和高尔斯华绥（John Galsworthy，1867—1933）三位小说家。特别是贝内特先生，伍尔夫在《论现代小说》中说，他“是技艺超群的能工巧匠”，“他写起书来鬼斧神工、结构紧凑，即使是最吹毛求疵的评论家们，也感到无懈可击、无隙可乘。甚至在窗扉之间都密不透风，在板壁上也缝隙全无。然而——如果生命却拒绝在这样的屋子里逗留，那可又怎么办?”[1]伍尔夫评论道:“当贝内特先生拿着他无比精良的器械走过来捕捉生活之时，他的方向也就偏离了一二英寸？结果，生活却溜走了。”[2]伍尔夫的“生活”概念，与贝内特的“生活”是不同的。

显然，伍尔夫说的“非个人化”“作者退出小说”的创作，不是主张对现实生活或历史的所谓客观描写，而是要创造一种超越个人视觉的真实，从而矫正来自传统习惯的那种以描写时钟时空为最高真实的观念。（当然，从叙述方式来看，所谓个人化或非个人化仅仅只隔着一张白纸，如果我想把它给捅破了，也是很容易的。）在伍尔夫看来，人不仅生活在历史当中，多数时候，

1 ［英］伍尔夫:《论小说与小说家》，翟世镜译，第5页。

2 同上，第6页。

他们活在自己的内心时空之中。当人沉入“黑暗”，失去时钟时空或当时钟时空发生错觉，人就在另一个遥远的孤立无援的世界中自我敞亮。或者说，人的自我敞亮，是人游离于语言创造的各种时空之中的一种错觉；人的自我敞亮既不是真实的存在，也不是非真实的存在。因此，人存在的孤独和荒诞的根源，就成了现代文学探索的主要命题。

让我们领略T. S. 艾略特著名诗作《普鲁弗洛克的情歌》中的名句：

那我就会成为一对兽爪
急急掠过沉默的海底。[1]

我在哪里？我“急急掠过沉默的海底”，只是掠过，掠过沉默的海底。其实，我根本没有掠过海底，大海也从未沉默。

## 十五、时间的诞生

任何一个作家，都要创造时间和随时间诞生的空间。时间是思维运动的方式，空间随之而生。因此，在一个作品中，时间的诞生尤为重要。一个作品的推进，首先是文本时间，而后生成文

1　紫芹选编：《T. S. 艾略特诗选》，查良铮、赵毅衡等译，第6页。

本时空。

“到灯塔去”是这部小说一个简单的线索。但写完第一部和第二部，那群人都还没能到灯塔去。这里就潜藏着一个时间展开的布局问题。特别是第一章《窗》，占整个小说的十分之六，但只写了一个下午和黄昏的时光。而第二章《岁月流逝》不到整部书的十分之一，却跨越十年时间。第三章《灯塔》，也只占全书的十分之三。

“到灯塔去”的愿望难以实现，表面的理由只因为天气不好。这一理由十分简单，属于生活常识。但是，人生无常，变幻莫测，一切似乎都在生活常识之中被生活淹没。

“明天会下雨，不能到灯塔去了。”这句话在第一部《窗》中反复说出，成为这部分的主要叙述逻辑和叙述旋律。这种旋律从“窗”这个视觉中看到、听见，同时获得想象和判断。文本时间和内心时间在这种旋律中产生，也在这种旋律中寂灭。“窗”既是拉姆齐夫人客厅的窗，同时也是心灵之窗，这两个“窗”的互相映照，甚至合而为一，以使文本时间和内心时间几乎难以分辨。

我可以断定，一般的读者不会喜欢阅读《到灯塔去》这样的作品，就像他们不喜欢读《追忆似水年华》和《尤利西斯》。因为他们熟悉的文本时间观念，是在故事、人物、情节的激荡过程中展开的，是文本时间对时钟时间的模仿。

自然，在现代小说中，与时钟时间同时隐去的，是人物的背景和透视，以及故事按部就班的发展线索和起伏的情节。

现代主义还没有培养起有足够耐心的读者，来适应几乎只有文本时间和内心时间而没有时钟时间的作品。

更让普通读者难以适应的是，现代叙事作品还模糊了与韵文的界限。诗、散文、小说和评论的文体风貌，会同时出现在一个作品中，这要求读者花费更多的智力才能去接近一个作品，而仅仅靠阅读的惯性、阅读期待轻而易举地对真善美、假丑恶进行判断的阅读方式，已经失效。

作品的文本时间从作家下笔写第一个字开始。

作家一旦使用语言，就开始虚构世界。文本时间是虚构的时间。无论哪一种时间，它们一旦进入语言漂移的时刻，就失去了真实。

命名和描述是必然的，虚构也是必然的。

言说不可停下。语言比喻或引申所谓客观世界的事实在人类生活中早已开始。

命名和言说，就意味着各种时间之间的转换。比如文本时间与时钟时间的联姻，或文本时间与内心时间的合欢。

《到灯塔去》的第二章《岁月流逝》之所以在整部小说中只占十分之一的篇幅，显然是文体时间结构的一种策略。小说主角已经退场。昔日的温馨、忧伤之美已不复存在。这里的时间是断壁残垣，荆棘丛生，是一个女仆的内心观看。伍尔夫让拉姆齐先生一家和朋友们度假的地方，变成一种诗-蕴的存在。在这里，诗-蕴的蓬勃溢出，才与整部小说的时间关系相协调。

事物是诗-蕴的事物。事物从伍尔夫的心中涌出，不断地创造了她的内心。在她的诗学里，层出不穷的物事以诗-蕴闪现，就是时间的诞生。

**海风，光线：**

客厅里、餐厅里或楼梯上，没有一丝动静。只有从那阵海风的躯体上分离出来的一些空气，它们穿过生锈的铰链和吸饱了海水潮气而膨胀的木板（那幢屋子毕竟破旧不堪了），偷偷地绕过墙角，闯进了屋里……

一些不规则的光线，从没有被云朵遮住的星星、漂泊的船只或那座灯塔发射出来，苍白地投射到楼梯或地席上，指引着那几股小小的空气爬上了楼梯，在卧室门口探头探脑。但是在这儿，它们肯定必须止步。其他一切都会烟消云散，躺在这儿的东西却持久不变。你可以告诉那些悄悄溜过的光线和到处摸索的空气（它们自己正在呼吸，并且向床上俯视）：这儿的东西你们可碰不得，也毁不了。它们似乎有着轻如羽毛的手指，并且像羽毛般轻柔持久，它们疲乏地像幽灵一般地俯视床上那闭着的眼睛、松弛的手指，然后，他们倦怠地折起它们的长袍消失了。它们就这样探头探脑地、挨挨擦擦地来到了楼梯的窗口，来到了仆人的卧室，来到了顶楼的小屋；它们又下楼去了，使餐厅桌上的苹果变得颜色苍白，抚摩着玫瑰的花瓣，试试画架上的图画，扫过那张地席，把一点儿沙土吹落到地上。最后，它们终于停息，大家一道止步、聚集、叹气；它们大家一起发出一阵无名的悲叹，使厨房里的一扇门发出了回响：它霍然洞开，但什么也没放进来，又砰的一声关上了。

［这时，正在阅读维吉尔的卡迈克尔先生吹熄了他的蜡烛。已是午夜时分。］[1]

**黑夜，秋天，沙滩：**

黑夜的来临是周而复始、循环不休的。冬天储存了大量的黑夜，用它永不疲倦的手指，等量地、平均地分配安排它们。它们延得更长，它们变得更黑。在有些夜晚，清晰可见的行星，像闪亮的金盘高悬在空中。秋天的树木尽管已经枝叶凋零，它们像破烂的旗帜，在幽暗阴冷的的教堂地窖里闪光，在那儿，雕刻在大理石书页上的金字，描述了人们如何在战争中死去，尸骨如何在印度的沙土中发白、燃烧。秋天的树木在黄色的月光下微微闪亮，那收获季节的月光，使劳动的精力充沛旺盛，使割过麦子的田埂显得光滑平整，并且带着波涛拍击海岸，使它染上一片蓝色。

神圣的上帝现在似乎被人类的忏悔和劳动所感动，他拉开了帷幕，展现出幕后独一无二、截然不同的东西：直立的野兔，退潮的海浪，颠簸的小船；如果我们理应受到报偿的话，它们应该永远属于我们……

现在，这些夜晚充满了寒风和毁灭：树干的摇晃弯曲；叶片到处纷飞，直到它们沾满了草坪、填满了沟壑、堵塞了

1 ［英］伍尔夫：《到灯塔去》，翟世镜译，第123—124页。

水管、布满了潮湿的小径。大海中波涛叠起，浪花四溅。如果有哪位失眠者幻想他可能在海滩上找到他心中疑问的答案，找到一个人来分享他的孤独，他会掀开被子，独自到沙滩上去徘徊，但他却找不到那非常机敏、随时准备伺候他的倩影，来把这夜晚变得井然有序，使这个世界反映出心灵的航向。[1]

**夏日：**

夏日炎炎，海风又派遣它的密探前来侦察这幢屋子。苍蝇在充满阳光的房间里结了一张网；镜子旁长出了野草，在晚上有节奏地轻轻叩击着窗扉。夜幕降临之时，那灯塔的光柱，过去曾经威严地在黑暗中投射在地毯上，勾勒出它的图案轮廓，现在带着和月光混杂在一起的更为柔和的春光，轻轻地溜进来，好像它在爱抚着万物，悄悄地徘徊观望；它又亲切地回来了。[2]

时间在语言繁殖过程中转换，新的时间诞生。这种浪涛汹涌、一泻千里的诗-蕴繁殖，不是创造典型环境而为小说中人物服务的。诗-蕴繁殖本身就是叙述的形式和骨架。

1 ［英］伍尔夫:《到灯塔去》，翟世镜译，第124—125页。

2 同上，第129页。

文本中时间的诞生和诗－蕴的诞生同步被发现，语言虚构世界而又创造世界的特性已经被发现。文本中的世界是由语言繁殖出来的。

## 十六、语言凝聚的能量

“到灯塔去”的那个“愿望”，是一种语言传播出来的能量，在众多人心中传递。那座“灯塔”，也是语言凝聚的能量，以其形象注入人心，将人串起来。

犹似海浪，语言漂移的能量，凝聚为许多语词。

犹似浪花，语言漂移的能量，把语词推出来。

窗，黄昏，灯塔，拉姆齐夫人，（拉姆齐夫人给守塔人的孩子编织的）袜子，（拉姆齐夫人的）死亡，拉姆齐先生，儿子詹姆斯，女画家莉丽，海湾……都是语言能量的凝聚。

比如灯塔，语言的能量凝聚为灯塔，语言的灯塔，时间的灯塔，个人的灯塔，一群人的灯塔等无数个灯塔。

语言能量的传递，使灯塔生出灯塔。

语言无穷无尽地凝聚和繁殖。灯塔上的光芒，夜晚的呼吸般闪烁。

詹姆斯望着灯塔。他能够看见那些粉刷成白色的岩石；那座灯塔，僵硬笔直地屹立着；他能看见塔上画着黑白的线条；他能看见塔上有几扇窗户；他甚至还能看见晒在岩石上的衣服。这就是那座朝思暮想的灯塔啊，对吗？

不，那另一座也是灯塔。因为，没有任何事物简简单单地就是一件东西。那另外一座灯塔也是真实的。有时候，隔着海湾，几乎看不见它。在薄暮时分，他举目远眺，就能看到那只眼睛忽睁忽闭，那灯光似乎一直照到他们身边，照到他们坐着的凉爽、快活的花园里。[1]

灯塔伴随着詹姆斯的成长。灯塔凝聚的生命能量，是詹姆斯生命的一部分。灯塔是他的生命之塔。

女画家莉丽，也一直在画着她的灯塔。小说结尾，她放下手中的画笔想道："我终于画出了在我心头萦回多年的幻景。"[2] 从实景入幻景，就是语言能量的传递、繁殖和造型。

灯塔繁殖灯塔。此时此刻，伍尔夫文本里灯塔的光晕，与朝阳出山的光晕合而为一，生出"时间之塔"。山顶，老鹰的影子飞翔；山下，红光奔流满谷。

我也曾创造过一座《时间之塔》，让一只蝴蝶和一个春天的蝴蝶飞出迷离之境：



1 ［英］伍尔夫：《到灯塔去》，翟世镜译，第180页。



2 同上，第202页。

现在先看一朵花蕊中的蝴蝶
再去看一个春天的蝴蝶
永恒的蝴蝶，瞬间的蝴蝶
它刚刚吸干了花蕊中的露滴
飞出花瓣的虚无

永恒的蝴蝶，瞬间的蝴蝶
心甘情愿飞向时间之塔
飞向刀口一样锋利的金色齿轮[1]

## 十七、《海浪》里的能量漩涡

伍尔夫的《海浪》这篇小说，比《到灯塔去》更富有文体性的创造。可以说，《海浪》是现代小说史上最有文体魅力的小说之一，是文体实验的一个高峰。《海浪》深受《尤利西斯》的影响。乔伊斯的《尤利西斯》写都柏林小人物布鲁姆1904年6月16日这天24小时的生活，而《海浪》在小说章节的时钟时间跨度上，只写了从日出到日落的一个白昼，但却在生命过程和内心时间里写完了他们的人生。

《海浪》的六个“平涂”的人物，以各自的内心独白凝聚成

1 李森:《李森诗选1988—2006》，第198页。

自己的能量，又将各自的语言能量放射出来。他们每个人都是一个涌动的海浪，浪起浪落，浪生浪灭，浪浪相涌，互相推动。他们一直都在谈论一个共同的朋友珀西瓦尔，这个人一直没有在小说中出场，却是六个角色能量凝聚的海底漩涡。

《海浪》里的珀西瓦尔仿佛是一个能量源，就好比《到灯塔去》里的灯塔。他是个英雄，也是个概念或说法。

伍尔夫的小说其实是一种独白哲学，尽管这种哲学不做判断，而只是独白。

小说应该是审美游戏，但意识流小说，是审美游戏与智力游戏的结合。

在《海浪》里，比《到灯塔去》走得更远的是，故事和情节的取缔。其实，从传统小说的人物塑造模式看，《海浪》里就没有那种人物。《海浪》里只有几个名字：伯纳德、苏珊、奈维尔、珍妮、路易斯，再加上那位始终没有出场的人物珀西瓦尔。他们是独白哲学中的概念，是语言繁殖的原生词汇。

## 十八、看见和听见

伍尔夫是一位小说哲学家。独白哲学，属于人类古老的、不仅仅是英国的经验主义传统。人如何感知世界？佛哲学思想中有六个感知世界的门径：眼，耳，鼻，舌，身，意。“看”与“听”是最重要的两个方便法门。

《海浪》的独白一开场，六个人物就同时出场。他们独白，都是“看见”和“听见”。且有四个人是“看见”，只有两个人是“听见”。“看”是第一感知门径，占了六个人启动生命感知方式的三分之二：

“我看见一个圆环，”伯纳德说，“悬挂在我的头顶上。它浮在一圈光晕中，不停地颤动着。”

“我看见一片淡黄色，”苏珊说，“蔓延开来，最后跟一道紫色的纹带连在一起。”

“我听见一种声音，”罗达说，“啾啾啾，唧唧唧；啾唧啾唧；一会儿升高，一会儿降低。”

“我看见一只圆球，”奈维尔说，“在连绵广阔的山峦衬托下就像一颗水珠似的悬垂着。”

“我看见一条绯红色的丝带，”珍妮说，“上面编织着金灿灿的丝线。”

“我听见有个东西在蹬脚，”路易斯说。“一头巨兽的脚上着锁链。它在蹬脚，不停地蹬呀，蹬呀。”

“瞧阳台角落里的那张蜘蛛网，”伯纳德说。“上面黏着一粒粒水珠，那是点点白色的光。”[1]



1 ［英］伍尔夫:《海浪》，曹元勇译，上海译文出版社，2000年，第2页。

尽管伍尔夫要让伯纳德这个人物先出场，（结尾的收场也是他）但六个人的出场，是不分先后的。有关这一点，从“看见”和“听见”，即可看出来。读者可以将他们说的话替换一下，就发现，其实那些独白言语从谁的嘴里说出来，都是可以的。

受文本因果逻辑的影响，几乎所有小说都要按文本编排的顺序阅读，唯独《海浪》这部小说可以从结尾反方向阅读，或者从其中的任何一个地方朝着不同的方向阅读。这就好比听巴赫的大提琴曲，无始亦无终地听，那是一种生命无缘无故被听的复调奏鸣。

## 十九、琴弦与乐章

有人认为，《海浪》的六个人，像一个管弦乐队的六种乐器。或者更形象地说，《海浪》这部小说就是一把六弦琴。六个人，六根弦，三男三女，阴阳平衡，弹出从日出到日落的乐章。制作琴的人，弹琴的人，都是伍尔夫。乐曲似是复调，又不是复调，只是不停地弹着。其实，乐曲就是不停的拍打的海浪。上一浪，似下一浪，但上一浪，已不是下一浪。这是赫拉克利特曾经看见过、听见过的、涌动那条河的波浪。

《海浪》的每一章前，都有一段序曲。其实，没有章名，每个序曲就是一个楔子。每个序曲的起始，是一句话，说明一日之中太阳的时间刻度，以及万物存在的状态。此依次列后：

太阳尚未升起。

太阳正在升起。

太阳升起来了。

升起来的太阳已不再留连那绿色的床褥，它所投射的闪烁不定的光线映透了那些水涔涔的宝石，它展露出自己的面容，垂直地俯瞰着波涛起伏的海面。

太阳已经高悬中天。

太阳已经偏移中天。

现在天空中的太阳已经落得更低了。

太阳正在西沉。

现在太阳已经沉落。

海浪拍岸声声碎。[1]

整部小说，十个楔子，十个序曲。最后一个序曲，就是一句话——“海浪拍岸声声碎”。后边再没有了对白，留下一片想象的大海，一个巨大的空白。

从伯纳德“我看见一个圆环”开始，到“海浪拍岸声声碎”终曲（其实没有终曲），六个人一起出场，而只有伯纳德一个人散场谢幕。这种文本设置当然是悲心的，苦心苦情的悲心。伯纳德最后的独白，一个人的独白，整整占了一章。伯纳德的那种孤

1 选用曹元勇《海浪》译文。

独感，让人恐惧。在经验之外，大海是一座坟墓。伯纳德要向死亡挑战，表达生命的渴望。

伯纳德绵延不绝的独白，最后说：

> 而且浪潮也正在我的身上涌起。它昂着头，拱着背，翻腾而起。我又感觉到一种簇新的欲望，犹如某种东西从我心中升了起来，就像一匹骄傲的骏马，骑手先用马刺一催，随即又紧紧地勒住马头。现在，我骑在你背上，当我们挺直身子，在这段跑道上跃跃欲试的时候，我们望见那正在朝着我们迎面冲来的是什么敌人啊？那是死亡。死亡就是那个敌人。我跃马横枪朝着死亡冲了过去，我的头发迎着风向后飘拂，如同一个年轻人，如同当年在印度驰骋的珀西瓦尔那样。我用马刺策马疾驰。死亡啊，我要朝着你猛扑过去，决不屈服，决不投降！[1]

这是一场语言中向死而生的渴望，只属于语言繁殖的游戏范畴。对于人的精神存在的孤独，语言可以驱动不同的观察角度去言说，去引领孤独者如浪奔涌，但语言终不能抵达孤独。这就是生命全部的伤悲。

2022月1月26日　燕庐



1 ［英］伍尔夫:《海浪》，曹元勇译，第260页。

# 生活的别处一无所有

## 一、成为昆德拉的人物

米兰·昆德拉（Milan Kundera，1929—　）的长篇小说《生活在别处》展现了三个主题：青春、爱情、革命。从西欧、北美批评家的角度看，这三个主题呈现在一个诗人角色身上也许有点隔膜，但在二十世纪东欧或以东的某些国度，这三个主题生成一类人物的荒诞生活世界，是这些国家经历所谓现代性的重要观察点。卡夫卡写的K.和萨姆沙的人生，是自古以来难以破荒诞之局的人生，而昆德拉写的诗人雅罗米尔的人生，则是一种现实中难以破欲望之局的人生。人为什么会堕落，为什么会变成概念的人，为什么无法逃脱权力意志?

《生活在别处》显露的诗学命题最显而易见之处是，青春、爱情、革命三个宏大的主题，三个有崇高意味的概念，彼此绑架并渗透，共同塑造了一个邪恶的诗人，一种恶的抒情。这一点，昆德拉在该书序言中说得很清楚：

> 我亲眼目睹了“由刽子手和诗人联合统治”的这个时代。

……

请别认为雅罗米尔是一个低劣的诗人！这是对他的一生廉价的解释！雅罗米尔是一个有天分的诗人，富有想象力和激情。他是一个敏感的年轻人。当然，他也是一个邪恶的人。但他的邪恶同样潜在地存在于我们每个人身上。在我的身上。在你的身上。在兰波身上。在雪莱身上。在雨果身上。在所有时代所有制度下的每个年轻人身上。雅罗米尔不是特定时代的产物。特定时代只是照亮了隐藏着的另一面，使不同环境下只会处于潜伏状态的某种东西释放出来。[1]

这部小说只有雅罗米尔一个有名字的人物，其他的人物都是影子。昆德拉移动的视线只有一个清晰的焦点，其他的人都是虚化的。生活都是片段与片段的连接。人物在片段的生活中不需要立体感，只需要影子如鬼魂漂移。写小说，若每个人物都需要透视，那么那种带着深度透视奔跑的写法，的确是太累了。

昆德拉也在奔跑，跟着牵动一簇影子的人奔跑。

作为读者，我们只需要跟随着主人翁雅罗米尔走，从他的人生道路走过，这就是阅读，就是接受作者的放逐。当我们耐心地走过去，像赤脚沿着一个弓形的沙滩，边走边看着海，而我们这

1 ［捷克］昆德拉:《生活在别处》序言，景凯旋、景黎明译，作家出版社，1991年，第2—3页。

些跟随者，不知不觉就消失在支离破碎的生活幻象之中。其实，作为革命世纪的二十世纪的许多大人物、小人物，都消失在了雅罗米尔这个形象之中，成了他的看似客观而美丽实则是邪恶的一部分。许多人都成为雅罗米尔，这是现代人的青春、爱情、革命的宿命。

## 二、体内的金字塔之毁

昆德拉制造的小说语境不断地滋生着诗性，滋生着人存在的美与恶，但仿佛又难以捉摸，就像来路被席卷一切的黄昏所遮蔽，留下的只是“无”的空白和“有”的虚静。一切蓬勃生发，而终归于零。作为读者，人们陷入了存在于生活世界中的恐惧。首先在滚滚而来的岁月黄昏中消失的，在毫无觉察中无声无息地倒塌的，是我们体内的价值观的金字塔。这座金字塔就是我们的历史隆起的象征物。我们像一群忙碌的蚂蚁在我们体内的塔上爬着，即使爬到了塔尖的蚂蚁，也还是在上面来回爬着。我们总以为这个塔的坚固程度是无可质疑的，不管人们怎么在上面爬来爬去，它还是一座金字塔。因为我们作为历史中的或历史叙述的角色，一直在建造坚固的灵魂之塔。同时，我们不停地在我们的体内攀爬那个虚构的金字塔，直到将它爬成一个岌岌可危的蚂蚁窝、一堆灰土。人们最高兴的是，自己建筑的历史之塔，终于被他们爬成了一个蚁窝。这就是雅罗米尔们的命运。人不害怕荒诞，就害怕没有这堆荒诞的灰土。

比如人垒砌的荣誉，是一堆灰土。一个疯狂的诗人渴求荣誉，渴望赞美，把自己绑架在抒情意志上，形成一种疾病。昆德拉写道：

> 在这期间，雅罗米尔是那样热烈地渴求荣誉！他像所有诗人那样渴望着它。**啊荣誉，你巨大的神威，愿你伟大的名字鼓舞我，愿我的诗歌征服你**，维克多·雨果祈祷。**我是一名诗人，我是一名伟大的诗人，总有一天我将受到全世界的爱戴；重要的是，反复提醒自己这一点，祈祷我未完成的不朽之作**，伊希·奥登自我安慰。
>
> 对赞美的过分渴望不会给诗人的才能抹黑（数学家或建筑师也许会如此）；相反，它正是抒情气质的精髓部分，它实际上给抒情诗人下了定义：凡是把自己的自画像展示给世界，希望由于他的诗而突出在画面上的那些脸会受到爱戴和崇拜的人，就是诗人。[1]

## 三、历史的内裤装束

昆德拉让雅罗米尔这位波希米亚极权时代的诗人在攀登自己





1 ［捷克］昆德拉：《生活在别处》，景凯旋、景黎明译，第201页。

的历史高峰的时候，与爱情相遇，以爱情的展开忘记历史，又让所谓历史“身着内裤的装束”，奚落“历史”一番。这是青春、爱情、革命交融的一种激情表现——身体变成了一个激情的可怕本体，一种被激情濡染的特殊灵肉。

所谓激情本体，其实是一个感知模型。人创造了各种感知模型，然后被它牢牢控制。

像许多现代主义先驱小说家一样，昆德拉继承了他们把小说当哲学来写的传统。这种写法将作家的“意见”强硬置入小说中，使概念、观念与人物、事件互相撞击，将描述与评述结合为一体。试看，昆德拉才把一个姑娘安排与雅罗米尔独处，用了一个“……”之后，他就马上评论道：

> 两个人将成为情人的故事是永恒的，它几乎使我们忘记了历史。叙述这样的爱情故事是多么叫人愉快！忘记浸蚀我们短暂生命的那个怪物（就像水泥逐渐浸蚀会使纪念碑倒塌一样）是多么叫人快活。忘记历史是多么叫人快乐。[1]

昆德拉通告我们忘记历史的快乐，就又迫不及待地让历史来敲门。他接着上述一段文字评论道：

1 ［捷克］昆德拉：《生活在别处》，景凯旋、景黎明译，第226页。

历史在敲门，要进入我们的故事。它的到来不是身着秘密警察的装束，也不是身着一场突然革命的装束。历史的进场不会总是富有戏剧性的，它常常像污浊的洗碗水一样渗入日常生活。在我们的故事里，历史的入场是身着内裤的装束。[1]

的确，昆德拉发现的历史与史书中的略有不同。这种历史与激情相互绑架。连作家的写作，也被激情绑架。自然，这样的历史与我们观念中要捍卫的那个历史相比，显得十分可笑，但它却比那个要捍卫的历史更加真实。当然，这里所谓的真实，也是一种感知模型的真实。

无论是一本正经的历史还是可笑的历史，里面都装着激情这个魔鬼。一个魔鬼繁殖出无数个魔鬼。激情是一种暗物质，它穿透人的灵魂，让人发狂。

历史身着伪装，身着内裤的装束，或一丝不挂，都是通过语言获取的一种感知模型。

## 四、昆德拉被捉弄

历史似乎是严肃的，而历史中人是可笑的；历史似乎是可笑的，而历史中人是严肃的；可笑的人以严肃的方式生活在世界



1 ［捷克］昆德拉：《生活在别处》，景凯旋、景黎明译，第226—227页。

中；可笑的人创造了可笑的感知世界的模型；“人一思索，上帝就发笑”[1]。诸如此类的悖谬的表达方式，与其说是一种“昆德拉式的幽默”，不如说是一种上帝的幽默。因为这种幽默背后，似乎有一个被某种意志控制着的力量在戏耍人类，甚至戏耍存在本身。上帝的幽默捉弄历史中人和现实中人，“昆德拉式的幽默”捉弄小说中的人物，历史中人、现实中人和小说中人联合捉弄一本正经的写作者昆德拉，形成一个幽默的存在闭环。

最幽默的昆德拉，是被写作捉弄的昆德拉。

小说家被他们塑造的人物捉弄。

写作者的写作，都很幽默。

在昆德拉那里，这种幽默，不仅是对他置身其中的极权社会的消解，更是对一种人类存在方式和感知模式的审视。正如《生活在别处》的翻译者景凯旋在译后记中说的：

> 小说中有一个绝妙的象征更为清楚地表明了这种思想的实质，在幼年的雅罗米尔画笔下，出现在画面上的人一个个都顶着狗头。这也许是尚属天真的孩子继皇帝的新衣之后又一个最伟大的发现。对于这种类似于超现实主义画家笔下的狗头人身形象，我们在十年文革满街走着的游行人群中已经司空见惯了，只有上帝和孩子才会忍不住笑起来。

1　昆德拉引用过的犹太谚语。

毋庸置疑，《生活在别处》不是一部纯然写实主义的作品。昆德拉在这部小说中灌注了他对人类激情的怀疑和对现代愚昧的探索。他所感兴趣的不是人物的个性，而是人物的共性。正如他在序言中所说，这是一部“诗歌批评”的小说。他的目的在于总结各个时代诗人们的表演和作用（包括像诗人一样怀有激情的所有知识分子），为他们写照，为兰波，雪莱，莱蒙托夫，马雅可夫斯基，艾吕雅，叶赛宁以及现代许多捷克诗人写照。[1]

## 五、“生活在别处”的幻觉

“生活在别处”是法国天才诗人兰波（Arthur Rimbaud，1854—1891）的一句名言。所谓“生活在别处”，好比“诗和远方”，是个语言感知世界的幻觉。昆德拉在小说中写道：“在昨天和今天之间没有真正的区别，新世界实际上是一个幻觉。”[2]不仅新世界是个幻觉，所谓旧世界，也是个幻觉。

幻觉无处不在。人生的目标是一种幻觉。人被幻觉牵引着预设人生目标，进入一个个误区。激情和偏执，理想主义，都在推动着人进入生活世界的误区。

1 ［捷克］昆德拉：《生活在别处》译后记，景凯旋、景黎明译，第301页。

2 同上，第222页。

雅罗米尔们心甘情愿地进入人生的误区。他们愚蠢吗？他们一点都不愚蠢。他们很聪明，人人都在计算和算计，为了奔向一个幻觉的目标而计算和算计。雅罗米尔们既是人，又是鬼。他们利用理想主义奔向一个幻觉，在此过程中满足自己的欲望，以表达善的目标。

为什么善的目标总是被利用，因为它们都是一个个美丽的幻觉。幻觉本身是不需要证明的。幻觉本身就是幻觉。

## 六、语言繁殖不知所云

昆德拉在处理一个时代的语言垃圾。他要写一部属于“诗歌批评”的小说，用“抒情态度”写他们时代的“青春”。说白了，那种青青的抒情状态，就是一堆语言的繁殖。除了语言，人们一无所有。某些语言在灵魂之中，犹如蛆虫在腐尸中蠕动。至于语言对心理的伤害，也只有在语言和行为中才能看出来。而那种抒情语言一旦从上帝视觉和历史时间中去看，立马变得非常幽默。人类自己幽默自己。人在语言中最大的幽默，首先是语言的不知所云，是语言蛆虫蠕动的不知所云。人类繁殖了无端的语言，使自身变得更加幽默。在《诗人在逃跑》一章里，昆德拉让雅罗米尔正在向他的同事口述标语，而他口述的那些标语，恰恰是二十年后巴黎大学和楠泰尔大学的墙上那些乱涂的标语：

**梦想就是现实**，其中一面旗帜上宣称。另一面旗帜写着：**做现实主义者——没有不可能的事**。另一面：**我们决定永久的幸福**。另一面：**取消教会**。（雅罗米尔对这幅标语特别感到自豪。几个简捷的词否定了两千年的历史。）又一面：**不给自由的敌人自由**！以及：**给想象以权力**！以及：**让半心半意的人灭亡**！以及：**在政治、家庭、爱情中进行革命**！

他的同事正在描画这些字母，雅罗米尔像一个语词的大元帅，高傲地在他们中间走来走去。他很高兴人们需要他，他的语词才能终于找到了一个用途。他知道，诗歌已经死亡（**艺术已经死亡**，巴黎大学的一堵墙上写着），但是，它的死亡是为了作为旗帜上宣传鼓动的口号，作为城市墙上的标语从坟墓里重新站起来（**诗歌在大街上**，奥德翁[1]的一堵墙上写着）。[2]

什么叫“我们决定永久的幸福”，什么叫“让半心半意的人灭亡”，什么叫“诗歌在大街上”……这种空洞的表达式、空洞的观念，是语言中的语词和句子繁殖过程中对自然人的背叛。语言有时候是个美人，有时候是个恶魔。多数时候，语言的繁殖是非理性的。它自已繁殖，不知所云，而以为有所云。它像一种暗物质，穿透所有人。



1 奥德翁为巴黎一剧院名。

2 ［捷克］昆德拉：《生活在别处》，景凯旋、景黎明译，第162页。

## 七、昆德拉穿越语言的荆棘丛以自救

作家写作，就是穿越语言的荆棘丛。为了推动叙述，昆德拉不得不使用一个特定的极权时代的话语。小说写那个时代，不能绕开那个时代的流行语言。昆德拉进入支撑着那个生活世界的话语体系，去寻找他的人物。由于小说是虚构，因而小说中的人不可能是一个生活中具体的人。小说中的人物只能是某类人的共同特征的组合。小说家像一个牧马人，骑着一匹马放牧。

作为诗人的雅罗米尔，就是作家自己的化身。他被一种特殊的革命时代的语言垃圾围剿，他跟随着时代语言的运动，保持着一种抒情态度，但他暴露无遗，体无完肤。他总是被语言垃圾控制着的话语体系所引领，进入一个语言繁殖着的、不断扩大的乌托邦误区。文学的本真价值，文学亘古不变的朴拙之美，就是在不断翻滚的语言垃圾中被消解殆尽的。对文学的本真价值和朴拙之美的消解，与对“人”存在的消解就是一回事。

昆德拉穿越语言的荆棘丛，利用语言垃圾以自救。他展现语言垃圾，就是要把自己渡过去。渡过去，渡去生活的别处，就是他的诗学。

## 八、枪手的抒情模式

在现实这个乌托邦“白夜”中，年轻的诗人并不知道自己陷得有多深，即便知道，他还是会陷得那么深。理想主义的臆想作为一种暴力，总是俘虏一代又一代青年，而年轻诗人是老谋深算的理想主义最喜欢俘虏的对象。理想主义权力意志无处不在，他有时是一个个具体的人，但又不仅仅是一个个具体的人。具体的人只是变态的理想主义"臆想控"们的使者，这样的使者像子弹一样代表着枪穿透一切肉体和灵魂，直到让人折服，让一个时代折服，让一个个被引领进入乌托邦生活误区的、富有生命激情的青年昆德拉成持枪者。

枪手的思维就是子弹的思维，雅罗米尔正是一个时代的枪手。他的逻辑是，"要么一切，要么全无，生存或是死亡！"[1]他的爱情逻辑是，"你必须属于我，如果我想要，你就得死在刑架上"[2]。这就是这位波希米亚激进主义青年的思维方式。无论对待爱情、对待朋友还是对待自己，他都采取了这样的方式。在这个极端抒情模式中，雅罗米尔出卖自己的女朋友就是一种正常的逻辑。这个抒情模式是：枪、枪手、子弹和靶子，彼此都在寻找着对方，寻找着枪声。

按照意识形态"子弹的思维"，自认为代表着正义的青年诗人雅罗米尔顺理成章地到安全部告发了他的女友红头发姑娘的兄弟——一个无法忍受时代的折磨想逃离所谓国家的人。自以为怀

1 ［捷克］昆德拉：《生活在别处》，景凯旋、景黎明译，第246页。

2 同上，第254页。

着崇高目的的告密行为，使自己的女友也受到牵连而被逮捕。然而，他并不因此而忏悔，只是想象这位他曾借她发泄青春冲动和性欲的姑娘在被带走后的情景："他突然想到，就在此时此刻，他的女友肯定正被一群男人围住——警察，审讯员，看守。他们可以随心所欲地处置她。观看她换上囚衣，透过单人牢房的窗子窥视她坐在桶上小便。"[1]显然，这种想象也完全出自"子弹的思维"控制着的人性的自私。雅罗米尔这个混蛋真正关心的，是革命和诗歌二者的一致性。青春和爱情也要无条件地为革命和诗歌服务。波希米亚的浪漫传统获得了一种可怕的表现自己的抒情方式。

在十九世纪或二十世纪分娩的雅罗米尔式的人们，真的以为自己的所作所为是在创造着历史的光荣与梦想的。昆德拉这样创造他笔下的告密者：在告了密，他的女友被逮之后，"他感觉比以前任何时候都好。他的头脑里充满了诗歌，他在桌前坐下。不，爱情和责任不是两个对立的概念，他对自己说。那是用一种曲解的、旧的方式来看待这个问题。要么爱情要么责任，要么爱情要么革命——不，不，没有这样两难的处境。他并不因为爱情对他无足轻重才使他的女友面临危险——恰恰相反，他想实现一个人们会比以前更加相爱的世界。……这种牺牲，是我们时代惟

1 ［捷克］昆德拉：《生活在别处》，景凯旋、景黎明译，第254页。

一真正的悲剧，是值得写出一首伟大诗歌的！”[1]雅罗米尔要写的伟大诗歌，就是既与他钟情的那个激进主义的时代语境相适应，同时又为另一个尚在想象中的乌托邦的语境服务的诗歌。这样的诗歌已不仅仅局限于具体的文本，它已经成为雅罗米尔的生命形式——子弹离开枪口飞向目标的形式。我仿佛看见鲜血在远方流，而雅罗米尔的胸口也在流污浊之血，因为他也是子弹飞向的远方。

## 九、无奈的忏悔与粉饰

诗人的语言天赋又使他时时反省自己。这种矛盾的心理同样表现在对语言的态度和选择上。因为从本质上来说，选择语言就是选择诗。诗是语言的决定。在这里，雅罗米尔的忏悔和控制着雅罗米尔的作者昆德拉的忏悔几乎难以分辨。让我们来听听昆德拉和他的影子雅罗米尔的倾诉，以及评论：

啊，要简单，绝对简单，简单得像一首民歌，一个孩子的游戏，一道潺潺的溪水，一位红头发的姑娘！

啊要回到永恒之美的源泉，热爱简单的词语，例如**星星，歌曲和云雀**——甚至“啊”这个词，这个被蔑视被嘲笑的单词！

1 ［捷克］昆德拉:《生活在别处》，景凯旋、景黎明译，第255页。

雅罗米尔也受到某些动词的诱惑，尤其是那些描写简单动作的词：**走，跑**，特别是**漂**和**飞**，在一首庆祝列宁周年纪念的诗中，他写道，一根苹果树枝被投到小溪里，树枝一直漂流到列宁的家乡。没有一条捷克的河流到俄国，但诗歌是一块神奇的土地，在那里河水可以改道。在另一首诗中，他写道，世界很快就会自由得像**松树的芳香漂浮在山顶上**。在另一首诗中，他唤起茉莉的芳香，这香味变得如此强烈，以至变成了一艘看不见的帆船，在空中航行。他想象自己在这艘芳香四溢的船上，向远方飘去，一直飘到马赛。根据一篇报纸上的文章，马赛的码头工人正在罢工，雅罗米尔希望作为一个同志和兄弟加入到他们中间去。

他的诗歌也充满了所有运动方式中最有诗意的东西，**翅膀，夜晚随着翅膀，轻轻地拍打而搏动**。渴求，悲伤，甚至仇恨都有翅膀。当然，时间在不变地沿着它那**带翅膀的路行进**。[1]

也就在这里，我们可以思考，天性敏感的诗人与陷入某种不可逆转的生活误区的民众的区别。诗人似乎是被上帝从人群中选择出来加以捉弄的人。因此，诗人要在生活中承担更多。昆德拉创造的这位诗人既是时代生活鞭挞的奴隶，同时，又要承担着改变自己命运的责任。换句话说，这样的责任他不得不承担，甚至

1 ［捷克］昆德拉:《生活在别处》，景凯旋、景黎明译，第180—181页。

不得不代替芸芸众生去承担。诗使诗人浮出水面。诗也使诗人最先沉到海底。在某种意义上，诗修正了无意义的生活境况，而诗也借此粉饰了人类悲哀的精神史。

## 十、蜘蛛网般轻飘的人脸

当然，诗不仅仅给无意义的生活带来意义的苦恼或美的欢乐，它往往也唤醒了诗人对意义和无意义的难以澄清的恐慌。“雅罗米尔有时做噩梦：他梦见他必须举起一些非常轻的物体——茶杯，调羹，羽毛——但他举不动。物体愈轻，他就变得愈虚弱，**他沉到它的轻下**。他常常颤抖着醒过来，满脸大汗。我们相信，这些梦同他那秀气的脸有关，这张脸像蜘蛛网一样轻飘——他徒劳地想把这张网拭去。”[1]雅罗米尔人与鬼的两重性使小说具有了丰富性（这是写作的伎俩之一），这样写，也给因无知而激进的诗人的生命附着了一点人味的血肉。当然，我们也完全可以认为，这是昆德拉为自己失落的青春辩护。可以肯定，昆德拉的青春岁月就是那个短命的雅罗米尔的样子。雅罗米尔在做噩梦，其实就是昆德拉在做噩梦。因为有鬼附体，所以人们可以通过语言类比的修辞，看见一张蜘蛛网的人脸在人世间飘，这个比喻的肉身就是蜘蛛。



1 ［捷克］昆德拉:《生活在别处》，景凯旋、景黎明译，第86页。

# 十一、逃跑者

为了表现诗人的偏执，使诗人短暂的人生富有戏剧性，昆德拉专门用一章的篇幅来安排雅罗米尔逃跑。“逃跑”被爱情（青春）、诗歌和革命的谎言所牵引，但奔向的目标却是“别处”。“生活在别处”，兰波的这句名言，被激进时代的法国学生写在巴黎大学的墙上。昆德拉将激进的诗人与法国大学激进的学生相比拟，是为了追溯激进主义的来源。的确，法国大革命无疑是现代激进主义的滥觞。

为了寻找生活的“别处”，或者说是浅薄的某种浪漫主义抒情的“远方”，昆德拉还把雪莱的形象也拿来支持自己的主人翁的逃跑。言下之意，连雪莱都要追求“别处”，那么生活的“此处”还有什么可以留恋的。这一点可以算是昆德拉对他的主人翁的帮助。昆德拉是脆弱的，他不得不帮助他的影子，让影子在精神饥渴的荒漠里投下一片阴凉。

与诗人雅罗米尔的存在相关，他的母亲玛曼陷入了另外一个误区，另外一种偏执。当儿子和母亲陷入的两种生活误区发生冲突的时候，桀骜不驯的儿子就要摆脱母亲的控制。表现母子之间的矛盾是欧洲文学的传统。这实际上是两种生活误区引申的两种生活信念的冲突。也就是说，玛曼陷入的生活误区成了儿子逃跑的一个出发点，因为玛曼是雅罗米尔在现实生活中最直接、最亲近的相关者。因之，玛曼也成了维系庸常生活秩序的一个象征。

昆德拉在《小说的艺术》一书中写道："我记得我在开始写这本小说时，我把记在我的日记本上的这个定义作为工作的假设：'诗人是一个在母亲的引导下在世界面前极力炫耀自己的青年，然而他没有能力进入那个世界。'"[1]作者在写作之初就隐隐感觉到了雅罗米尔的逃跑，而在写作过程中，语言的运动使他不得不让诗人逃跑。而现实中的昆德拉也是一个逃跑者。

对于雅罗米尔来说，诗歌无疑是从"此处"通往"别处"的桥梁。在这一点上，母亲和儿子对诗的理解完全不同。母亲希望儿子成为优秀的诗人，是为了给自己置身其中的世界——自己的生活误区注入情感和意义，以此来换取人生的虚荣和安慰无聊的慌张；而儿子则为亲近一个荒谬的不存在的世界写作，好比一只可怜的乌鸦，充当现世和冥界的传声筒。

母亲和儿子两人都有自己的梦想。两人都把自己的梦想和自己对现实的理解联系在一起。都有自己理解的生活的"别处"、生活的"远方"。然而人类的生活史表明，无论什么时候，一旦"此处"的生活被怀疑、被心烦意乱的"生活者"抛弃，人类的精神世界就会山崩地裂。因为"别处"根本就不存在。我们无处可逃。

抵达生活的"别处"，是要靠梦想来实现的。一但梦想被付

1 ［捷克］昆德拉:《小说的艺术》，孟湄译，生活·读书·新知三联书店，1992年，第30页。

诸行动，那么“梦想就是现实”。因此，在“政治、家庭、爱情中进行革命”也就成为梦想者的必然选择。甚至在雅罗米尔和他的激进主义青年同伴们那里，连做爱也成了联系现实和梦想的一部分。“**我愈是作爱，我就愈想干革命——我愈是干革命，我就愈想作爱。**”[1]

一个用自己的生命和意志寻求“生活在别处”的人，就像一个在白天寻找自己支离破碎的梦境的人。他看到的，总是世界的幻象。他衡量世界的方式不是用睿智和可靠的理性，而是用一面想象的白日梦的镜子。他因恐惧而黑透的心灵空间只有靠梦幻的镜子才能照耀。梦似乎拯救了他，成全了他，但他却不能不为这样的梦境去死，否则，支撑梦境的那面镜子的破碎是多么让人失望。昆德拉也不得不让他去死：“假如一个诗人走错一步，迈出他的镜子领域，他就将毁灭。”[2]

昆德拉让他的青春的自我“死得非常体面”。在让他青春的自我毁灭的时候，他毫不谦逊地比附了一伙著名诗人。好像只有请这些大诗人出场，才能使脆弱的忏悔具有意义。“只有真正的诗人才知道在装着镜子的诗歌之屋里是多么孤独。远处的枪炮声透过窗子依稀可闻，心中渴望着奔向广阔的世界：莱蒙托夫正在扣上他军服的纽扣；拜伦正在把一只左轮枪放进他床头柜的抽屉

1 ［捷克］昆德拉：《生活在别处》，景凯旋、景黎明译，第169页。

2 同上，第274页。

里；沃尔克在他的诗里正在与大众手挽手前进；哈拉斯正在激昂地发出押韵的诅咒；马雅可夫斯基正踩在他自己的歌喉上，一场光荣的战斗正在镜子里激烈进行。”[1]不仅是这些显赫的人物，昆德拉还想到了普希金：“又传来了马蹄声，车轮辗轧声：这是普希金，拿着手枪，朝一场决斗驶去。”[2]还有叶赛林、勃洛克、荷尔德林、奥登、布勒东等也隐隐约约地被他的镜子照见。

昆德拉写下了他的时代，他也曾在那个刽子手和诗人联合统治的时代抒过情，犹似一条泥鳅，潜藏于污泥浊水。“我们选择那个时代并不是因为我们对它本身感兴趣，而是因为那个时代提供了一个捕捉兰波和莱蒙托夫、抒情诗和青春的绝妙圈套。”[3]这种开脱的解释并非没有道理，但同时也说明他的忏悔并不彻底，从现代社会的价值准则来看，昆德拉的忏悔也值得怀疑。

读昆德拉的小说，我感觉到，他对捷克民族以及人类悲哀的生存境况缺乏应有的思想担当和批判。他的“诗歌之屋”里装着镜子，通过镜子，他做好了记录，然后他逃跑。换句话说，他是逃跑者，而不是反思者。

2022年2月1日　明光河边



1 ［捷克］昆德拉：《生活在别处》，景凯旋、景黎明译，第274页。

2 同上，第274页。

3 同上，第3页。

# 概念写作的话语传播

## 一、隐喻程序的安装

还是从一只鸟说起，这只鸟就是海燕。在《我们应该向高尔基道歉》一文中，我写下了高尔基（Максим Горький，1868—1936）的“海燕”与“我们”少时的灵魂被文学隐喻[1]塑造的关系：

> 少时在课本上读高尔基的《海燕》，在教师煽情的解释下，曾经激动过一番。教师天真而又恶意地打击《海燕》中的海鸥、海鸭和企鹅，理由是这些鸟是一些胆小怕事的鸟。“在这一群水鸟身上，我们看到了革命风暴前惶恐不安、悲观失望、企图向敌人妥协投降的资产阶级政客和小市民的丑恶灵魂。”这里的“我们”，就是革命者，或自己把自己列入革命者行列的人士。显然，老师说的“我们”，是包括我的。于是，我暗暗高兴，感到非常放心，因为我已经属于海燕的

1 从修辞方式看，这里使用的“隐喻”概念，也可视为“象征”概念。隐喻是有深度构造内涵象征，象征是符码化、形式化的隐喻。

一伙，虽然走路还像丑小鸭一样摇摆，身上的羽毛也还没有长出来，但“高傲地飞翔”的愿望，是已经有了的。[1]

这就是说，“我们”刚上语文课，灵魂就已经被安装上了某种“隐喻程序”。“海燕”之类的鸟隐喻什么，“海鸥”“海鸭”“企鹅”之类鸟又隐喻什么，都是教科书写作者们事先预定了的。自然，文学作品中的事物会生发各种隐喻，隐喻是诗-蕴生成的一种路径，但问题是作为学生的“我们”，是没有权力通过自己的天赋才能蕴成个人的隐喻去阅读的。“我们”没有使用隐喻的权力。文学教科书中的隐喻以及它们组成的“隐喻系统”既然定好了，“我们”就只有接受、背诵，甚至代代相传即可。这等于说，别人已经替你咀嚼了作品，你只需要吞咽。你，个人，永远无须长大，只要接受隐喻营养配方的喂养。

当然，老师们的文学心灵也是事先就被安装上了隐喻程序的，老师只是隐喻系统的宣传员，或隐喻程序员，而不是教师。教科书和老师手上握有的教学参考资料，就是“隐喻程序包”。程序包里有标准答案，小考、大考，各种考试，都须照此标准答案作答。隐喻系统既跟学生的升学、老师的“利好”紧密相关，它也就在教育活动、学术活动，乃至各种文体的写作

1 李森:《荒诞而迷人的游戏——二十世纪西方文学大师、经典作品重读》，学林出版社，2004年，第139页。

中铺展开来。

从语文课、文学课的作文写作、课文阐释来看，所谓学得好的学生，即隐喻程序安装顺利、程序打开应用流畅自如的学生。学生学得好不好，是隐喻程序员和隐喻程序系统在评价，而不是具有健康心灵和心智的教师在评价。

## 二、“我们”是谁？

读《海燕》之类的作品，不是“我”在读，而是“我们”在读。“我们”是谁？有人见过“我们”这个人吗？肯定没有见过，因为“我们”是个概念，或者说，是个有关人的“概念包”。将“我们”置入个人的灵魂空间中，并占据个人的灵魂空间，就成功地替换了“我”。

当读《海燕》的时候，“我们”要么选择“海燕”的一伙，要么选择“海鸥”的一帮，但事实上，谁也不敢选择后者。“我们”，必须跟随着属于我们自己的象征和隐喻走，这才是安全的。你不属于“我们”，那你就只有属于“他们”。“我们”“他们”，都是抽象出来的隐喻或象征的所指，而不是具体的个人。说到底，“我们”是个所指幻象，是个内涵空洞的概念闭环；“我们”没有生命，却像旋涡一样将个体生命吞噬；“我们”总是作为一种概念暴力被使用。

## 三、概念人与概念鸟

“我们”是概念人，“海燕”“海鸥”等是概念鸟。具体的人和具体的鸟只有概念化之后，才能互换位置，比如将“我们”“高光”的一伙换成“海燕”，将“他们”“灰暗”的一帮换成“海鸥”。通过概念置换创作的作品，严格说不能算艺术，如果说是艺术，只能是概念艺术/观念艺术（Conceptual Art）。概念艺术是批评家和所谓的艺术家合谋的一种对艺术的观看方式，而不是本真的艺术。有一点是肯定的，通过概念置换的创作，与具体的人和具体的事物没有直接的关系，因为自然而然存在的人和事物中，根本没有人们疯狂地繁殖出来的那些概念。当人成为“概念动物”，人就失去了艺术。

英国诗人济慈有个著名的命题：“美即是真，真即是美。”（Beauty truth, truth beauty.）济慈说的“真”，就是自然而然的存在、无遮蔽的显现。

概念人和概念鸟在文学艺术创作和解读活动中大行其道，是人、语言和艺术的多重堕落。

## 四、爱与恨的魔咒隐喻

与此同时，仇恨隐喻强制埋进了“我们”心中。“我们”在光天化日之下，在一无所知的情况下就安装上了隐喻包。带着隐喻包认知世界，阅读文章，就等于箍上了爱与恨的魔咒。这个魔咒当然不是高尔基的一篇《海燕》就能安装上去的，参与安装的汉语新文学作家比比皆是。比如鲁迅和茅盾等就是能熟练安装隐喻象征魔咒的作家。鲁迅的散文诗集《野草》就安装了这样的魔咒。在《野草》的序言即《题辞》中，鲁迅的写作构建了一个二元“背反概念”系统，短短一文，有十对背反概念生成：沉默与开口；充实与空虚；死亡与存活；静穆与大笑（歌唱）；明与暗；生与死；过去与未来；友与仇；人与兽；爱者与不爱者。这种二元背反概念写作，将人的善—恶、美—丑认知强制性地划分为两个对立的范畴，将认知中的灵魂的完整性、自然性存在强制撕裂。茅盾的《子夜》《白杨礼赞》等，杨朔的《泰山极顶》《荔枝蜜》等，都是魔咒隐喻置入的典型作品。

爱与恨的魔咒不是基于爱，而是基于恨。仇恨的隐喻魔咒利用一切自然界的事物，来制作隐喻包。在仇恨的逻辑中，从“胆小怕事”到“坏”，从“坏”到罪恶，隐喻包总是不断升级，非此即彼的隐喻两端不断升级，直到一端虚拟正义，一端虚拟罪恶。这就是此种隐喻文学的逻辑结构。当一个民族的语言被如此粗暴地使用的时候，民族的审美心灵和心智就被这种隐喻认知接管了。

## 五、“剩余”的隐喻

法国哲学家让·波德里亚（Jean Baudrillard，1929—2007）用经济学的“剩余”概念来讨论诗歌。他认为：**“好诗就是没有**

**剩余的诗**，就是把调动起来声音材料全部耗尽的诗，相反，坏诗（或者根本不是诗的诗）则是有剩余的诗……”他认为，“**这个剩余就是价值**……”“人们积累的就是这个剩余，拿来投机的就是这个剩余……”[1]在对“剩余”的讨论中，波德里亚还用了“废料”“残渣”等概念。事实正是如此，在文学创作和批评中，概念人总是滥用语言的“剩余价值”制造语言的“废料”和“残渣”，使“剩余”的“废料”和“残渣”系统化地灌输到人们的认知方式中，“以死亡语言的全部抽象力量压在我们身上”，去制造隐喻的诗学共同体，以实现隐喻的繁殖和传播。所以，像高尔基《海燕》《鹰之歌》之类作品的创作，实际上是一种个人的语言才能被使用（滥用）的集体创作。个人是艺术隐喻的执笔者和代言人。

《海燕》这首散文诗大约写于1901年，是短篇动物小说《春之旋律》的高调尾声部分。《春之旋律》与此前写的《鹰之歌》等作品一脉相承，都是高尔基利用自然界的事物隐喻、象征现实人生的著名篇章。《春之旋律》的小说主体部分，写了麻雀、乌鸦、公鸽子、母鸽子、大公鸡、灰雀、金翅雀几种鸟禽在“春天来临”时的对话。高尔基让每种动物讲人的话，让它们各就各位，各自象征不同类型的人——自由派的、保守派的、反动派的、自私自利的、胆小怕事的等。一言以蔽之，高尔基写这些动



1 ［法］波德里亚：《象征交换与死亡》，车槿山译，译林出版社，2012年，第276页。

物的目的，就是要让它们与人呼唤位置。

的确，在《鹰之歌》《春之旋律》这样的作品中，剩余的隐喻引申为一种集体认知，一种正—反、美—丑、进步—落后、善—恶、勇敢—懦弱等二元背反结构认知。海燕对海鸭企鹅，鹰对蛇等，具体的动物被浪漫主义式的高调抒情赋予了“剩余价值”，成为了“隐喻耗材”。

在1901年前后沙皇专制统治下的俄国，高尔基这般简单化的文学话语体系的建构，直接将“革命”和“不革命”作为总体象征的两极，展现出了一种“有剩余的诗”的强力创作模式。高尔基的文学，是十九世纪末以来世界文学中隐喻象征模式的代表。

## 六、隐喻制造者的恐慌

高尔基制造的“剩余”的隐喻将自己裹挟进去，笼罩在权力意志繁殖的隐喻牢笼之中。

他的文学被体制化，名声也被体制化，那近乎可怕的荣耀达到了登峰造极的地步。不过，高尔基的可贵之处，是一直保持着头脑清醒，他没有在被利用的同时反过来利用体制去扮演文学的化身。据《我们》的作者扎米亚京（Евгений Иванович Замятин，1884—1937）回忆：

那一时期，高尔基周围不乏阿谀奉承之士。其中一人在

"100卷"（高尔基提议出版契柯夫以来100卷俄国作家的优秀作品）编辑部会议上热情地列举高尔基的作品，对每一部作品极尽赞誉之词。高尔基向下望着，生气地扯着胡子。当这位献媚者提到他的一部早期作品——著名的散文诗《海燕》时，高尔基打断了他的话："您大概在开玩笑吧。我甚至一想到这篇东西就难为情，这是一篇非常糟糕的东西。"在提到高尔基的几部剧作时，一些人又开始大加恭维。高尔基又插言道："对不起，先生们，你们谈到的这位作者——是个蹩脚的剧作家：除了一部剧作《在底层》，其他所有作品，我认为不值一提……"[1]

是时，许多人都要求拜见高尔基，目的在于想"吻教皇的鞋"。高尔基对这些朝圣者十分厌烦，总是尽快地把他们打发走。

扎米亚京说：

他忿忿地向我讲了这样一位来访者："他看着我，就像是望着一个浑身挂满奖章的大傻瓜。"[2]

高尔基对自己的作品和巨大的荣誉采取谨慎的甚至是自嘲的

1 ［俄］扎米亚京：《明天》，闫洪波译，东方出版社，2000年，第280页。

2 同上，第283页。

态度，说明他内心对艺术精神的敬畏，也说明他的恐慌和痛苦。事实上，他对“拉普”的批判，就是对那个被利用的高尔基的批判。他赞扬的作家，都是“拉普”作家们最痛恨的。1926年，高尔基在致谢尔盖耶夫-岑斯基的信中认为，当时俄国只有岑斯基、普里什文和恰佩金三位“一流作家”，而他自己比他们就差得多。过了六年之后的1932年，在高尔基的策划下，使政府颁布命令，承认“拉普”的活动“阻碍着苏联文学的发展”，宣布“拉普”解体。这一时期，高尔基住在莫斯科郊外，与斯大林住得很近。斯大林经常到高尔基家“做客”，与高尔基交谈。扎米亚京说：

> 我以为，如果我说得没错，那么苏联政府政治上许多“过火”问题的纠正以及专制状态逐渐缓解，都是这些友好交谈的结果。高尔基的这一作用只有在以后的什么时候会被肯定。[1]

## 七、“母亲”与“国家”的隐喻

讲到高尔基的文学，不得不提他的长篇小说《母亲》。《母亲》是高尔基的代表作，几乎成为高尔基的代名词。换句话说，

1 ［俄］扎米亚京：《明天》，闫洪波译，第285页。

如果高尔基没有这部作品，那么他的命运将会是另外一种状况。据说，“无产阶级的文学”就是靠这部作品奠基的。《母亲》构思于1902年，完成于1906年，小说根据高尔基故乡尼日尼·诺夫戈罗德附近工人区索尔莫夫的工人运动，并整合1905年革命运动的经验和故事写成。主人翁巴威尔和他的母亲尼洛夫娜的原型，是1902年参加过索尔莫夫游行的扎洛莫夫和他的母亲基利洛夫娜。据说，扎洛莫夫当时才15岁，工厂里有人动员他参加“活动”，他让动员的人给他一个考虑的时间，因为这个事情风险太大，他需要考验一下自己的意志，看看自己能否在被捕时经受得住酷刑的折磨。由于他考验自己的方式十分残酷和独特，事情便很快传播开来。15岁的扎洛莫夫用别针刺进自己的指甲，用沸水烫手，用钻子钻进自己的腿里一寸半深。残酷的自我摧残的结果表明，他能忍受任何痛苦，于是，他参加了地下组织。在小说写作中，高尔基采用了“原型”活动的许多真实细节，比如散发传单时把传单藏在木桶底下等，但他没有采用人物原型残酷地自我摧残等真实细节，因为他不愿意看到一个反对沙皇专制统治的人物，在选择“革命”的人生道路之前出现犹豫不决的样子。高尔基要按照自己的想象，让巴威尔成长为俄国新一代人的希望。这种对典型人物寄予的希望，同样表现在巴威尔母亲尼洛夫娜身上。母亲尼洛夫娜几乎是在一夜之间成长起来的，尽管为了丰富人物的形象，有时高尔基也让“母亲”对专制统治产生恐惧，但高尔基的创作目的，是要让“母亲”勇往直前地反抗沙皇专制统治，且永不回头。就这样，觉悟了的“母亲”成了他想象中的那个俄国的隐喻和象征。

高尔基清楚，他的这部小说要做的，是要区分“母亲”象征的俄国与沙皇统治的“国家”，他借巴威尔的口说：

> 他们把一部分人和另一部分人对立起来，用恐怖和愚昧无知来蒙着他们的眼睛，缚住他们的手脚，压榨他们，讹诈他们，互相践踏，互相殴打。把人变成枪械，当作棍棒，当作石头，而说：“这是国家！……。”[1]

沙皇的这个“国家”，压迫着有血有肉的那个俄国的肉体和灵魂。于是，勇敢的“母亲”和她的“儿子”要做的，自然是要推翻那个“国家”。这是《母亲》的现实主义的叙述逻辑，也是它的主旋律。“革命的”和“反动的”两种力量对比，使这部小说产生了仇恨的气氛和意识形态对峙的紧张感。

## 八、概念写作的话语传播途径

以非此即彼的思想渗入文本的“革命写作”必然是“概念写作”，因为这种写作的途径，是利用具体的形象抽象出整体性的

1 ［苏］高尔基:《母亲》，仰熙译，花山文艺出版社，1995年，第164页。

概念（观念），其写作的目的是概念传播而不是艺术的诗-蕴生发。艺术或与概念有关，但艺术绝对不是对概念的表达或分有。由于《母亲》的写作太概念化，其艺术魅力必然深受损害。小说完成后不久，高尔基从艺术的角度自省，就发现了这个毛病，但这样的现实主义恰恰是"革命写作"所需要的。《母亲》处理现实问题的简单化、概念化，正是革命的现实主义和革命的浪漫主义的写作逻辑，是"革命写作"的法宝。所以，《母亲》成了革命文学的杰作。高尔基曾回忆他某次与列宁谈到《母亲》时，两人不同的态度：

> 我说我是赶忙地写成这本书的，但是还没有来得及说明为什么赶忙，列宁就赞成地点了一点头，自己把这个原因说明了，我赶忙得很好，这是一本必需的书，很多的工人都是不自觉地、自发地参加了革命运动，现在他们读一读《母亲》，一定会得到很大的益处。
>
> "一本非常及时的书。"这是他对我的唯一的然而极其珍贵的赞语。接着他郑重其事地询问我：《母亲》是否译成外国文，俄国和美国的检查机关把这本书删改了多少；等到他知道了作者在被通缉的时候，他首先皱着眉毛，接着把头仰起，闭上眼睛，发出一种异乎寻常的大笑。[1]

1 汪介之编：《高尔基自传》，戈宝权、孟昌等译，江苏文艺出版社，1998年，第260—261页。

列宁异乎寻常的笑声里暗含着不言自明的意思。作为常识，列宁知道文学与宣传的区别，而作为革命者，他最希望的莫过于文学尽快地进入宣传阵地。

处理文学与“革命”的关系，是高尔基的一个难题，也是“革命写作”的难题，涉及爱与恨、理性与情感、正义与邪恶、罪与罚等一系列关乎“价值观写作”“主题写作”的重大诗学命题。

高尔基处理文学与革命的话语传播路径，是具有广场传播效应的控诉和批判。他的文本就是一个广场，他的人物在广场上为他代言。

他让走上了“革命道路”的“母亲”尼洛夫娜的脑海里，“得出一个奇怪的印象”：

> 最残酷最频繁地欺骗人民的、最狡猾的人民的敌人，是一些小小的、突撅着肚子的、红脸膛的小人，这些人都是没有良心的，残酷、贪婪而狡猾的家伙。当他们自己觉得在沙皇的统治之下难以生存的时候，他们就唆使劳苦大众起来反抗沙皇政权，但是，当人民起来从皇帝手里夺取了政权之后，他们就又用欺瞒的手段把政权抓到自己手里，而把人民大众赶到狗窝里去。一旦人民大众和他们抗争，他们就把人民大众成千上万地杀掉。[1]

1 ［苏］高尔基：《母亲》，仰熙译，第146页。

他让“儿子”巴威尔在法庭上演讲：

> 我严正声明，在我们看来，专制政治不是束缚我们国家的惟一的锁链，它只是我们应该为人民除去的最初的一个锁链……[1]

高尔基的“控诉和批判”文体作为革命文学主题生成的有效途径，在二十世纪世界革命文学创作领域影响深远，甚至编织成某种隐喻安装程序，通过创作和理论的特殊诗教平台，有效地置入了人的心灵和心智。

2022年3月4日　燕庐



1 ［苏］高尔基:《母亲》，仰熙译，第413页。

# 批评，写作及其幻象

## ——与罗兰·巴特交谈

### 一、幻象即人

在二十世纪众多的批评家中，法国人罗兰·巴特（Roland Barthes，1915—1980）是一位开创性的人物。他不仅是一位批评家和理论家，更是一位卓越的文体作家。因兼具原创的批评、理论和创作三种禀赋，且在写作实践上独树一帜，成就非凡，他的贡献堪与古典人物如布封（Buffon，1707—1788）者媲美，甚至远远高过了布封这位法兰西院士。

对许多专家学者而言，巴特是一个学派、一种学说的代表。专家学者们用专业的长镜头观察他，从不同视角点评他的理论，找到“结构主义”“符号学”“解构主义”的各种标签。仅仅从一种学术或思想的分类看，这些标签当然是贴得恰好的。

然而，对我来说，学术或思想标签以及“中药铺”式的分类，没有太大的意义。我钟情于巴特，是因为在他的意志时空里，我看到了自己的影子在梦游。同时，在我的意志时空里，他亦如水落石出，常常浮现。

巴特是被语言照亮的物质，是照亮的过程和照亮本身。或者说，他本人就是**亮**。**亮**是**在**。**在**，没有来源和目的，就已经**在着**。从这个角度观看，巴特的思想、文本、品性已经融为一体，并且与我个人的存在彼此照见。这种只有自己能体会到的人与人、心智与心智的会通，是诗学感知力的对观与交谈。

我与罗兰·巴特的交谈是在**幻象**层面进行的。**幻象**是什么？是写作的过程及其语言结构的时空蕴成、开显的一切，是区别于对象世界的那个语言创造的世界。人是写作者，在**幻象**创造的过程中，幻象即人。人制造幻象并在**幻象**中存在，是人区别于其他**物**的标志。

巴特与我一起创作、交谈的这个幻象层面，处在形而上和形而下之间、主体与客体之间、阅读和写作之间的一个中间地带，仿佛言语在心灵和世界之间所处的地带。这个地带没有本体论、认识论、先验论、意义决定论、庸俗社会学和各种“主义”的影响。

我们在语言中进行对话，推动隐秘的幻象世界之间的碰撞与交流。幻象世界的交流与现实中人与人之间的交流的不同之处，在于幻象世界中的交流是一种生命意志的能量释放与接收。这种交流是在语言的漂移迁流中进行的。

每一个语词都是一个能量包，能量包之间的连接和对冲产生能量。

写作之所以吸引我，有一个理由是我能跟巴特这样的人对话，在对话中发现自己的存在，且看清自己受生物本身存在局限的遮蔽到底有多深；写作之所以吸引我，另一个理由是这门技艺能经营幻象，使幻象漂移迁流，把我渡向幻象的远方，尽管远方一无所有。

写作的意义产生于写作创造出来的那个幻象的建构，终止于幻象的破灭。从这点看，我们就能理解为什么写作对一个优秀的作家来说是一项持久的活动，而不止于一部作品的完稿、一个工程的竣工。写作犹如呼吸，犹如行走；写作是生命意志的活动。

巴特与我在对话时都需要维护创造幻象的纯粹性，亦即交谈（写作）本身的纯粹性，否则，对话就不能成立。如果谁以怀揣着真理的教授、牧师角色自居，像学院派的批评家那样去教导写作，去展示他们的权威、真理、蹩脚逻辑套路，那么谁就会立即从这个幻象地面掉进各种“论”或“主义”的深坑。我们俩谁都害怕掉下去，因此谁都很谦卑。所谓谦卑，就是谁都不敢离开写作者的位置。稍微不专心，好不容易才把事物的混沌撕开了的一条小缝，马上就看不见了。像一块巨大的圆石上的一滴水，从上面往下滚，瞬间就丢失了自己。

此刻，巴特先生又一次跟我说：“结构主义是什么？它既不是一种学派，也不是（至少现在还不是）一种运动，因为通常与该词有关的大多数作者丝毫感觉不到他们之间有什么学说或论争联系。它勉强是个词汇：**结构**是一个已经过时的用语（最早出自解剖学和语法学），如今已经极为陈旧：所有的社会科学都在求助于这个词，对它的使用已经无法区分任何人……”（《结构主义活动》）[1]我闭上眼睛沉默了一会儿，想想巴特的“结构主义”。想想**结构**与**幻象**，结构与想象力活动的关系。我越来越感到幻象与人之所以为人存在的隐秘关联。这时，窗外有一只小狗突然叫了起来。谁家的小狗？原来是一位教什么哲学原理的教授喂养的，好像它的叫声也是有几个“主义”似的。这只狗影响了我与巴特先生的对话，使我的心境波动了一下，但我还是强制自己恢复了平静。

我与巴特先生的交谈不是一次两次了，我理解他说的意思，即所谓结构主义，只不过是取决于个人想象力的，或确切地讲，取决于个人的**想象活动**，就是个人内心感受结构的方式。而这个感受结构的**想象活动**之状态、过程、时空，就是我与巴特先生交谈的**幻象层面**。

幻象层面是个带有点理论色彩的说法，其实，幻象层面只有幻象。这里，幻象是全部，但不是稳定不变的。由于想象活动和写作活动（两者通常是一回事）的驱使，幻象恰如河道中的流水，按照想象中看见的河流的方式在流。想象中的这条河流，即使对象就是长江或黄河，它也不是其中任何一条河流。它只是**幻象**。它是赫拉克利特的河流，赫拉克利特的波涛和流水。

1 ［法］巴特：《罗兰·巴特随笔选》，怀宇译，百花文艺出版社，1995年，第291页。

因此，任何先入为主地赋予对象的意义或对象本身积淀着的历史文化等意义，都是与幻象无关的——除非这诸多“意义”在幻象形成时进行了灵魂的、语言的重新言说，重新创造，在写作力量的推动下蕴成了语言漂移迁流之水、波浪或鱼群。

我跟巴特说，先生，我们交谈的“对象”，即**事物层面**，从审美的角度说，我们是不知道它们的，至少不知道他们的本体——美和丑有一个自在的本体吗？比如说一个人，一块石头，我们可以说，能看清他们有美或丑的本性么？当然是看不清的，不可知的。这些对象甚至与我们毫无关系，犹似一个草原上的两块石头，彼此都在着，但毫无关联。

巴特先生说，但是，我们知道这些对象能产生的幻象——一种交谈或写作的文本，一种过程及其它们在我们的心中翅膀之影般飞过的痕迹——两人心中的痕迹也是不相同的——幻象是自我观看的、飞翔的连绵。

我说，当然啦，交谈本身也是写作，因为交谈建立的**话语幻象**已经超越了事物“原来”的对象了。在交谈中，文本已经开始书写。

他说，文本和幻象关系密切，文本和幻象有时合而为一，因为他们都在交谈或写作中书写，彼此生成。巴特引了他曾经在《结构主义活动》一文中书写过的一段话：

任何结构主义活动的目的，不论其是自省的或是诗学的，都在于重新建构一种“对象”，以便在重建之中表现这种对象发挥作用的规律（即各种“功能”）。因此，结构实际上是对象的**幻象**，而且是有指向和联系的幻想，因为被模仿的对象显示出在自然的对象中难以看见或者难以理解的某种东西。结构的人抓住现实、分解现实，然后又重新组合现实；表面上看，这是微不足道的事（这一点使某些人认为结构主义的研究工作“没有意义、没有趣味、没有教益”等）。然而，从另一种观点看，这微不足道之处正是关键所在；因为在结构主义活动的两种对象或两种时间之间，出现了**新东西**，这种新东西完全不是一般的可理解的东西：幻象，便是补加到对象上的理解力，而这种增加具有一种人类学的价值，从这个意义上讲，这种增加的部分就是人本身，就是他的历史、他的处境、他的自由和自然对人的精神的抵抗本身。[1]

我对巴特先生说，对**幻象**的界定，是您的诗学的核心内容之一。这牵扯到写作的创造性问题，或者说，我们写作者创造**意义**的问题。

这时，窗外那条狗又叫了，我只有起身去关窗子，然而窗子并不很隔音，关窗之后那狗仍然在叫。那个教哲学原理的教授



1 ［法］巴特：《罗兰·巴特随笔选》，怀宇译，第293页。

还牵着小狗在院子中转着圈圈，这给狗的叫声又产生了某种“主义”似的隐喻。人和狗是相互溶解的两簇幻象。“主义”幻象一旦浮现在我的脑海里，就影响我的思考，成为横七竖八的逻辑教条。

我跟巴特先生说了我的痛苦。我看见他莞尔一笑，然后接着说，事实上，哲学原理教授传授的“主义”，的确也是**幻象**，是写作者创造的幻象之一，任何满载逻辑套路的主义都如此。比如黑格尔这样的“逻辑控”，他的“绝对精神”，就是个巨大的“幻象包”。

这下，我终于明白了，原来，芸芸众生并不知道实情，他们还以为自己掌握真理武器呢！我恍然大悟，仿佛圣洁的天光突然照彻了我那阴云密布的心灵空间。

我说，真理即幻象。真理是在写作中显现的，而不是先验的，也不是自然的，更不是人为的。因为人一旦思考存在，一旦使用逻辑和语言，幻象的漂移迁流之旅就启动了也。

巴特点点头，他叫我想想埃菲尔铁塔。于是，这座象征法国精神的铁塔，开始耸立在我的心中。

## 二、埃菲尔铁塔

现在，我继续与罗兰·巴特交谈。我们谈到了埃菲尔铁塔。瞬间，在我们的心中，都耸立着埃菲尔铁塔的形象。

我说，巴特先生，通过与您交谈，我对事物与心灵之间的幻象界开始着迷，这与我建立的形而上与形而下之间对话的诗学思想有很多相似之处。

我经常谈论您的散文《埃菲尔铁塔》。我以为，这篇作品不仅体现了您的诗学思想，更重要的是，它是一篇美妙的散文。

在我看来，文体的选择是十分重要的，许多学院化的批评家将文章写得千篇一律、枯燥无味，通读他们的文章，看不出个人品性、个人才气，以及个人进入世界的入口或存在的方式。于是我常常怀疑，当今批评家的心灵和心智，是否已经被语言的魔鬼捆绑着送进了所谓学术的坟墓。

因此，可以说，那些僵死的学院化的批评家作为批评者是不存在的，或者说是没有人的征象的。批评魔鬼们所做的事情，最多相当于一台白痴手机，安装了许多过时的APP。我注意到，巴特先生在点头。他抽着雪茄，我抽着云烟。两种不同的烟味混合在一起。

巴特说，现在，在巴黎的所有象征物当中，卢浮宫，巴黎圣母院，凯旋门，等等，没有哪一个像埃菲尔铁塔那样，为巴黎创造了那么多的意义，以至于在象征的层面上，铁塔直接就等于巴黎，甚至法兰西。这就是**幻象**本身的力量，它与事物发生某种关系，但却改变了事物，创造了新的事物。

一句话，铁塔在超越了作为物的存在障碍并变为现代性象征符号之后，在它的巨大的幻象被创造之后，完成了作为巴黎象征物、法兰西象征物的过程。

年复一年，日复一日，旅行者从世界各地来到巴黎，从某种意义上说，他们都是向着铁塔而来的，他们来看各自心中的幻象。他们来看看铁塔，然后又带着自己的激情和梦想离去。他们留下了幻象，也带走了幻象。在人们离去的时候，有人会发现，他的旅行观念也改变了：对于旅行者，伟大的建筑物或许永远是一个谜，但这个谜不需要有谜底。幻象是直观的。尽管这座塔没有谜底，但人们还是要参观这座高塔："一群参观者进入一处建筑物，在里边结队蜿蜒而行，然后又重新出现在外面，他们就像是新教徒，为了进入参与者状态，必须在入教教堂内走完一条黑暗而生疏的路。旅游习惯就如同宗教仪礼一样，入内是一种仪式功能。在这一点上，此处的铁塔是一种反常的对象：人们不能入内，因为确定它的，是其长瘦的形式和支撑它的材料——在空空荡荡之中如何谈入内呢？怎么能够参观一条线呢？然而不容置疑的是，铁塔还是被参观了。"[1]（《埃菲尔铁塔》）

我说，巴特先生，也许意义产生的秘密就在于此。意义在幻象之中，而幻象即人。我在许多文章中都书写过：意义产生于混沌或虚无，产生于无意义。混沌、虚无、意义、无意义，都是幻象。其实这一点，就是我们交谈的最重要的出发点。您建构的**幻象**说，正是抽空了**意义**的各种历史文化背景，各种先验的主观臆

1 ［法］巴特：《罗兰·巴特随笔选》，怀宇译，第348页。

断，各种实用目的之后，才使这一说法变得不同凡响的。看来，**幻象**的意义就在于它的无理由的开放性、无本质的自在性里。

从根本上说，**幻象观看**是反理论的，至少反那种科学主义的框框套套，那种鸟笼式的逻辑体系。

世界上的知识“鸟笼”、理论“鸟笼”已经多如牛毛，要把这些关鸟的笼子一个个拆除，不是当下人的力量所能及的。因为多数人的灵魂已经套进了鸟笼，已经陷入了智障黑洞。

不过，有一点还是值得注意，当我们拆除一些鸟笼的时候，是不是能防止我们的愚蠢习惯性地又去编制了新的鸟笼！要防止这种事情发生，就要时时刻刻警惕着。自己不编鸟笼，也要小心别钻进别人的鸟笼。

历史上的各种事件就是如此：拆除旧笼子的时候痛快淋漓，而建设新鸟笼的时候，更不遗余力，唯恐建得不牢。由于重建新鸟笼时吸取了旧鸟笼存在的破绽，新建的鸟笼总是更加坚不可摧。人类的心灵和心智的自由就是如此备受摧残的。

人类创造的语言幻象，有时充当奴仆的面目，有时则是富有意志的主子，而笼中和笼外之**人**常常是失魂落魄、无家可归的。当鸟笼的语言幻象满天飞，要来套**人**的时候，**人**只有落荒而逃，其实无处可逃。因此，我们必须常常反省自己，回到意义诞生的起点，回到**人**无蔽和自性状态中去。

巴特说，是啊，李森先生。从埃菲尔铁塔的设计、建筑，到它成为巴黎甚至法国的象征这个过程的历史经验来看，任何急功近利的、装满“意义”的造物，都不可能滋生出不朽的象征意义来的。所谓不朽的象征意义，是永恒的诗-蕴漂移的**幻象**。幻象的连绵漂移，就是永恒。永恒也是个幻象。幻象是没有实用功能的。我在《埃菲尔铁塔》中是这样书写的：

> 实用从来都只会掩盖意义。因此，我们可以在人的身上谈论一种真正的巴别塔（圣经中挪亚的子孙没有建成的通天塔）情结：巴别塔本应用于与上帝的沟通，然而它却是一种梦幻，在众多深层蕴涵之中，它只触及神学设想；这种超脱有用性保护而腾空升起的伟大梦幻，最终成为画家们所表现的无数巴别塔所能意味的东西；就好像艺术功能在于揭示对象的深在无用性一样，同样，铁塔也很快摆脱使之诞生的科学考虑（铁塔是否真有用在此无关紧要）而开始人类的伟大梦幻，在这种梦幻里，无数活动的意义混成一团：于是，铁塔获得了使其活跃在人类想象中的固有的无用性。起初，由于搞一种空的塔楼的念头被认为是反常的，所以人们想把它变成一种“科学圣殿”；但是，那样做仅仅是一种隐喻；实际上，铁塔什么都不是，它所实现的是建筑物的某种零度状态，它不参与任何神圣的东西，甚至也不参与艺术；我们不能把铁塔当作博物馆来参观：铁塔中无任何可值得看的。不过，这座空的建筑物每年都接待比卢浮宫多两倍的游客，而

比巴黎最大的电影院接待的人更多。[1]

我说，尊敬的巴特先生，我很喜欢您说的“零度状态”。好像您在《写作的零度》一书中说过，在古典主义言语活动中，语词总是受各种关系、各种被设想的意义所支配，这种意义牵着语词的鼻子走，走到一个个意义适得其所的目标上去，而在现代文学中，各种关系只不过是语词的扩张，语词本身就是“住所”，或者说，语词本身的结构就是目的。

这样说，幻象界的层面，实际上就是语词的层面。

对于一个作家来说，言语结构形成了文本的幻象，这种结构的展开，就像游戏一样，玩法层出不穷。可以从一个迷宫进入另一个迷宫，然后就出现了两种情况，要么从迷宫中出来，要么永远被迷宫困住，永远不能脱身。

可以下这样一个结论：现代作家或思想家中，那些伟大的人物都是能在言语的迷宫中进出自如的，而被语言或自己的言语捉弄的写作者，则不能破壁而出，还以为创造了自己特立独行、独步千古的风格。殊不知，风格即幻象。

忽然间，我又想起了曾经与之交谈的另外一位思想家路德维希·维特根斯坦。要理解维特根斯坦的“语言游戏说”，也必

1 ［法］巴特:《罗兰·巴特随笔选》，怀宇译，第340—341页。

须到达语言或言语的层面，然后，抽空这一层面的历史、文化或思想、意义背景，最后，从“零度状态”出发，才能从语言“博弈”的游戏过程中获得美感或“快乐”——“文本的愉悦”。理解了这一点，就不难理解巴特先生使用的能指、所指、符号、结构、中性等概念。索绪尔（Ferdinand de Saussure，1857—1913）是这条思想之水的伟大源头之一，这水流进了巴特先生的心灵和心智，变得更加澄澈透明，就连我这样的东方写作者，也沾溉良多。

巴特先生说，感谢你把我与维特根斯坦联系起来，还有索绪尔，他们都是伟大的哲人，而我只是一个写作者，一个在文本、雪茄、服饰或性的暧昧状态中寻找快乐的人。当然，你也可以说，我的兴趣和爱好就是我的写作——我就像一个骚动不安的语词那样时刻在寻找我的位置。比如说，“埃菲尔铁塔”这个词，它与那座真实的铁塔有什么关系呢？实际上，这个词与铁塔的关系是游离的，它们彼此永远陌生。在这个意义上讲，我就是“埃菲尔铁塔”这个词。我创造了我的埃菲尔铁塔。我**结构**，同时也**解构**了埃菲尔铁塔。我就是写作，写作就是我；我就是埃菲尔铁塔，埃菲尔铁塔就是我。我说过，“铁塔就是目光”，不管是肉眼的目光，还是心灵的目光。总之，它是目光。它与人对视，彼此都在消费对方。“铁塔不是痕迹，不是纪念物，简言之，不是文化，准确地讲，它是对于一种人性的直接消费，因为这种人性已由把它转换成空间的人的目光自然化了。”[1]

我说，我非英雄，但与英雄所见略同。以铁塔为例，写作本身的意义和写作对象的意义（思想）都是在写作过程中生成的，而不是固有的。严格地说，那些绞尽脑汁去挖掘固有意义的写作者，实际上并不是真正的写作者。因为，在那种方式的写作中，写作者强烈的功利性和目的性已经把写作本身消解了，与此同时，也消解了写作者。于是，个人的言语变成了工具，个人的心灵和心智成了工具驱使的奴隶。

巴特先生陷入了沉思，他似乎在凝视着铁塔，想着莫泊桑。这位伟大的短篇小说家曾经常在铁塔餐厅中用午餐，常说：“这是巴黎唯一看不见铁塔的地方。”[2]或许，莫泊桑想过埃菲尔，想着想着，就被这位伟大的建筑师制造的幻象改变了。因为，连当初的反对者莫泊桑也进入了埃菲尔创作的伟大幻象中。

法国大革命，是“革命的现代性”的一种形式；在法国大革命一百周年之际改变了巴黎的埃菲尔铁塔，是艺术现代性的另一种形式。当初，人们纷纷反对这个不是用石头，而是用钢铁铸就的庞然大物，这个“黑色的烟囱”“男性的生殖器官”。然而，现在不同了。这个怪物渐渐地吸空了巴黎旧有的意义，重新书写了巴黎的秩序和节奏，创造了巴黎新的能指——一种高耸的



1 ［法］巴特：《罗兰·巴特随笔选》，怀宇译，第342页。



2 同上，第336页。

声音和形象。

我也在想着铁塔，想着埃菲尔。我想，在造型艺术中，能指永远比所指重要。比如说建筑艺术，建筑材料被建筑师赋予了某种秩序，造就了某种美、某种时代的精神，可建筑材料永远不会囿于一种秩序，更不会囿于某个时代或某种美。材料作为物质是自在的、自由的。

材料可以创造过去的历史文化，也可以创造未来的历史文化。语言也是如此，它在言语中找到了自己的生命，找到了作家或芸芸众生，创造了人和人的梦幻泡影，甚至人的思想、感情和人的品质，也决定于语言–言语流转、激荡的创造。

在巴特那里，语言的概念当然是符号的概念。行为、服饰、兴趣、爱好、雪茄等都在“书写”着人的存在。而人的所谓本质，就是人漂移而存在的样子。

我们都为铁塔沉思了一会儿之后，巴特先生开始说话了。我仿佛觉得是他的雪茄在说话。一个绅士，总有自己的词汇。罗兰·巴特从埃菲尔铁塔出来，又溶解在塔内。

> 铁塔吸引意义，就像避雷器吸引雷电一样；对于所有喜欢明确意指的人来讲，铁塔扮演着一个有魅力的角色，即纯粹能指的角色，也即一种形式的角色——在这种形式上，人们可以不停地加上意义（即他们任意地从自己的知识、梦幻及其历史中提取的意义），而不需这种意义是否曾经完善或

确定：对于明天的人们来讲，谁能说出铁塔会成为什么呢？但是，可以肯定，它总会是某种东西，是人们中的某种东西。目光，对象，象征，它是各种功能的无休止的循环，这种循环使它总是成为埃菲尔铁塔之外和超出埃菲尔铁塔的东西。[1]

## 三、批评与麻雀

这次我与巴特先生交谈是在早晨。太阳刚出来，窗台上飞来了几只麻雀。我告诉巴特先生，这些可爱的麻雀是来吃草籽的，我亲手种的草结出的草籽。本来，我的那几个花盆中种的是栀子花，可是花没有长好，草倒是疯长起来。花被草欺死。可谓种花得草，种草得鸟。我因此有些快乐。

草和鸟的出现，在我的方寸世界里，带来了新秩序。事物一进入心灵和心智，写作就已开始。与此同时，当我们关注新秩序生成的元语言状态时，批评和写作就是一回事。

无疑，种花得草，种草得鸟的结构与秩序的揭示，就是**批评**。**批评**这个词只有在**写作**过程中，才是有意义的。写作就是目的。写作不是一种被利用的、瞄准目的的武器。

看来巴特对我的说法很满意。似乎那几只麻雀正在他的写作

1 ［法］巴特:《罗兰·巴特随笔选》，怀宇译，第338—339页。

中变成语词，而这个语词之所以会飞来飞去，是因为它们的声音和形象（能指），它们来吃草籽这个不言自明的目的。

单纯的、不言自明的目的不是所指，恰恰是能指的质地和能量。有了这个质地和能量，麻雀（能指）才有飞的形象、方向，以及旋律和自在之美。

巴特先生思考了一下，引了自己在《批评》一文中说过的一段话：

> 当然，批评是一种深刻的（甚至是显示清晰的）阅读，它在作品中发现某种可理解的东西，在这一点上，它确实在辨认一种解释并具有这种解释的特性。然而，它所揭示的，不能是一个所指（因为这个所指不停地后退，直退到主体的真空之中），而仅仅是一些象征符号链和一些同形的关系：它有权赋予作品的“意思”，最终只不过是构成作品的那些象征符号的一种新的翻新。在一位批评家从马拉美的鸟和屏风中提取某种普通的“意思”，如往返之意、潜在之意时，他并不是在指明意象的最后真理，而仅仅是指明一种新的意象，并且这种新意象本身也是中断的。批评不是翻译，而是一种迂回说法。它不能企图找出作品的“实质内容”，因为这种实质内容就是主体本身，也就是说是一种不在场：任何隐喻都是一种无实质内容的符号，而象征过程以其丰富的变化所指明的，正是所指的这种远景：批评家只能继续作品的

隐喻，而不是压缩它们。[1]

我说，真正的批评是语言自由地从文本漂移，是一种带有专业特征的阅读。这种阅读是批评家自己的阅读，一种主体幻象的漂移，而不是代替读者思考的那种阅读。真正可靠的阅读是作品生命力勃发的条件，否则，即使是某部作品被预设为“伟大的”，也可以视其不存在。比如说《红楼梦》，你没有阅读，你能说它对于你是存在的吗？或许它作为一个词是存在的，你认识这个词，但这个词对你没有意义。麻雀，如果不是今天早晨的麻雀，不是我窗台上吃草籽的麻雀，不是我与巴特先生您正在交谈时，出现在我的方寸世界中的麻雀，那么这的词对我又有什么意义呢！

正如所有抽象的东西一样，抽象的麻雀是概念，而不是事物。

创作呈现事物，批评凝聚概念。批评和创作通过语言，在写作的时刻穿越。

批评就好比是挠痒，您同意我这个比喻吗，巴特先生？我听见他正在倾听，于是我继续发言。往往那些不合目的性的批评，反而能挠到痒处。相反，那种自以为是的滔滔宏论，那种动不动就要把握世界、统摄人生的体系——关于挠痒的各种方法、目的、意义等，总是觉得大而无当，苍白无力，甚至滑稽可笑。然



1 ［法］巴特:《罗兰·巴特随笔选》，怀宇译，第143页。

而，要能挠到**痒处**，起码有两点是不可或缺的：一点是必须时刻警惕理论对个人心智的遮蔽；另一点是，批评必须是写作，而不是对写作的真理判断或指导。认识到这两点至关重要。我想，这两点，巴特先生都是做到了的。这也是我喜欢先生您的主要原因。《埃菲尔铁塔》正是批评和写作合而为一的典范，还有《恋人絮语》等。像《埃菲尔铁塔》《恋人絮语》《文本的愉悦》《写作的零度》等散文，如果在学院派控制的大学或研究机构中，是不能算研究成果的。因为它们不符合“论”“论文”“研究”的教条文体。

巴特听见我又提到《埃菲尔铁塔》，有点激动。他朗诵了《埃菲尔铁塔》的最后一段：

> 铁塔作为目光、对象和象征，它是人为其安排的一切，而这一切又都是无限的。作为被看和外看的景致，作为无用和不可取代的建筑物，作为熟识的世界和勇敢的象征，作为一个世纪的见证和永远是新奇的高塔，作为无法模仿但却无限被复制的对象，铁塔是向所有时间、所有意象和所有意义开放的一种纯粹符号，它是不受阻碍的隐喻；人通过铁塔而实践想象力的伟大功能即自由，因为任何历史，不论多么黑暗，都不曾剥夺人的这种自由。[1]

1 ［法］巴特:《罗兰·巴特随笔选》，怀宇译，第364页。

我说，不管是您个人的那座铁塔，还是埃菲尔的那座铁塔，都是伟大的。但是，巴特先生，我们还是回到“零度状态”吧，再谈那座铁塔，小心**所指**的**意义**抢占了**能指**的**幻象**。在您的世界中，恐怕那些僵化的、已经“退休”的**所指**（即教条主义者）是不会罢休的。所指绑架了人，成为某种人。顽固不化的所指，作为一种根深蒂固的文化意识形态，他们首先要来抢夺的是您的文本中**作者**的位置。抢到了作者的位置，就等于抢到了“主语”，主语是什么？就是发号施令者，就是开真理批发总店和分店的那些“作者”。因此，您创作了著名的《作者的死亡》，埋葬了“作者”，成全了读者。您说过：

> **作者**一经远离，试图“破译”一个文本也就完全无用了。赋予文本一位**作者**，便是强加给文本一种卡槽，这上一个所指的能力，这是在关闭写作。[1]

长期以来，我们的文艺理论干的正是无聊的“破译”工作。批评家成了作者和作品的奴仆。奴仆之所以当奴仆，若不是智障，就是为“稻粱谋”。奴仆多数顶着教授或博士头衔，成批地被生产出来，形成了一个“稻粱谋共同体”。文艺批评的“稻粱谋共同体”是一个巨大的“套名套利”平台。天才的文体家，犹



1 ［法］巴特：《罗兰・巴特随笔选》，怀宇译，第306页。

如巴特先生者若在现在的这平台上，肯定是要出局的。

传统的批评家、“破译”者，几乎都在不约而同地寻找**作者**。似乎只要一找到**作者**这个“后台老板”，文本的意义就会昭然若揭。这种“揭示”总是带有“模仿说”“反映论”的色彩。好像只要方法得当，一个文本就会被批评的手术刀解剖得游刃有余，反映得明明白白。可事实是，从来也没有哪一位批评家找到过一部名著的**作者**，有谁找到过荷马或维吉尔，找到过屈原或曹雪芹!

换个说法。许多批评家、文学史家是以“挖掘论”而出名的。许多文学教头最喜欢教人如何如何“挖掘”主题、深度、广度，几乎所有“文学苗子”迫于“稻粱谋共同体”的权力，都必须跟着“挖”，一代接一代地“挖”。到最后，有的人才发现，“挖掘之处”，一无所有。而有的人，永远不会有此发现。因为他们“挖”到了“意义”(所指)，如获至宝。

巴特说:“批评不是科学；科学探讨意思，批评生产意思。正像有人说过的那样，批评在科学与阅读之间占有中介的位置；它赋予阅读的纯粹言语一种语言，它赋予构成作品和被科学所探讨的神话语言一种言语(为许多言语中的一种)。批评对于作品的关系，是一种意思对于形式的关系。”[1](《批评》)

我说，巴特先生，您还说过，**文本**(Texte)的意思就是**织**

1 [法]巴特:《罗兰·巴特随笔选》，怀宇译，第137页。

**物**（Tissu），而**文论**也可以叫作**织物论**。这与您的符号学信念有很大的关系。您还说过，**文学**一词今后最好叫**写作**，这一点很有意义。**文学**是一个名词，而**写作**既可以是一个名词，也可以是一个动词。这些词当然是约定俗成的。可怕的是，这些词的上面都附着上了许多所指的语义，使语词凝固成了概念。这是应该清理的，为此，您的写作有时是解构主义的。通过确立**写作**的动词，或其**谓词**地位，解构文学这个沉重的**主词**。

这一切，都是您的写作给二十世纪带来的思想礼物。当然，巴特先生，我也认为您的批评不是什么真理，因为文学抽空了幻象过程的那种真理本来就不存在。口口声声说自己拥有文学真理的人，不是概念疯子就是逻辑暴徒。在文学等诸领域，如果有哪几个词最喜欢玩弄芸芸众生、玩弄读者，那么，**文学真理**这个混账概念，肯定是首先要澄清的。

不过，**真理**这个词的存在仍然有其意义。它就像我们站在旷野之中，尽情地远眺，看见的那个天边，那个虚实、有无之间的盲点。它随着我们站立的位置的移动而移动。我们知道并可以说出那个"天边"，但我们永远不能到达，因为人站立的位置永远有一个天边。正是这样，人的观看才充满了意义。只是这个意义是诗-蕴的生成，而不是所指的确立。

这时，窗外花台上又飞来了几只麻雀。麻雀们交谈着，跳上跳下地在吃着草籽。而我还在与巴特先生交谈，写着交谈的词句。我在想，也许，麻雀们唧唧喳喳的声音是与我有关的。也许它们中的一两只，正在研究我。它们以我作为案例，研究人类的行为，并且还有一个异想天开的计划：把我从语言的幻象中解救出来。

麻雀们不知道罗兰·巴特，也看不见我的方寸世界里，还有一个灵魂与我在一起。麻雀们看不到我的心灵，我对它们也一无所知。但是，在我与巴特交谈的这个早晨，它们是在场的，在写作的语言结构或语言幻象中。

我有点悲哀。人与人之间，人与物之间，永远有一个陌生的距离，不能缩短，也不能超越。那么就让幻象填满那个空间，如水上波纹、山间白练，渡我，如来如去。

批评与作品，作者与读者，这些关系之间，同样有一个永远只能望而却步的陌生地带。正因为有这个陌生地带的存在，批评与写作之间才能保持各自的独立性。它们都是写作，有时它们是一体，但却各自创造自己无限的可能。

2003年3月5日　喜鹊庐

2022年2月8日　明光河边修订

# 孤立的人

在爱尔兰的民间传说里，有一个吝啬鬼叫杰克。此人由于吝啬，死后不能进入天堂。不能进入天堂也没有关系，毕竟还有地狱可去。但可怜的是，他又因捉弄、取笑魔鬼撒旦，被魔鬼挡在地狱门外。又有一说，他进入地狱后，又被逐出，回到人间。

无论什么因由，无路可逃的鬼魂杰克只能混迹于人世间，成为人世间的游魂。这个鬼与其他鬼的不同之处，是他四处游荡时必须提着灯笼，见到人类，就躲藏在人类之中，变为人类的一员，或干脆进入人体，化为人性中的一部分。看来，杰克不但害怕黑暗，而且对人类还充满了眷恋。

杰克提着灯笼游荡的一个潜在隐喻，是他并没有放弃追求光明。自古以来，任何一个版本的地狱和天堂，都需要“光”显现“明”的照耀，否则，连魔鬼自己也看不清自己和他们的同类。

不知从何时开始，提着灯笼游荡的杰克成了一个可怜甚至可爱的形象。在万圣节里，提着萝卜灯或南瓜灯夜游的人们，都从防范魔鬼杰克者成了亲近杰克的人。所以，杰克事实上就在我们中间。在我们每个人的身上，何尝不潜藏着一个魔鬼游魂。

杰克，既是“人”这个复杂内涵中的一个象征，那么，杰克是谁创作的呢？是我们所有人。在每年的万圣节上，每人都参与了杰克的创作，年复一年地创作。人们之所以从厌恶、恐惧杰克，进而到游戏杰克，正是杰克身上有一种普遍的人性。

想到杰克附体于人的这个事实，我要假想一个人，这个人是个孤立的人。他看不见个别的、栩栩如生的事物，听不见单个心灵滋生的声音，他只属于某个自闭的系统，也没有具体个人的人格。显然，这个人是个非人，非人也可以姑且称为人，是因为他有一个人的形象，这个形象还会走路，甚至混迹于各种江湖，消耗自然和社会财富。一言以蔽之，他在我们中间，跨越了时空，混迹于人世。

那么，这个“形象”何以存在呢？一个没有个人的直观视觉、没有个人独立的听觉、没有个人的触觉、没有言语的“形象”，有行动着的精神性吗？

我想起了美国当代小说家理查德·耶茨（Richard Yates，1926—1992）的短篇小说集《十一种孤独》中的第一个孤独《南瓜灯博士》。这篇小说写了一个转学到新学校的小学生文森特·萨贝拉的故事。尽管班主任普赖斯小姐对他付出了巨大的爱，想尽各种方法，让他融入新的班集体，结识新的朋友，但文森特还是无法冰释由于贫穷、自卑和从小缺乏家庭之爱而产生的自闭的灵魂壁垒。

读者能体会到，在小学生文森特的心灵中，没有一扇窗户向普适性的人间情怀敞开，那看似冷静的外表下面，却沸腾着焦虑、战栗、恐惧、敌视以及撒谎的惴惴不安。为了表现自己，他不停地撒谎。比如，他说也像其他同学一样，看过正在放映的恐怖片《杰凯尔博士和海德先生》，误把片名说成《南瓜灯博士和海德先生》，引起全班哄堂大笑。他因之而得了个“南瓜灯博士”的绰号。

普赖斯小姐对他的爱仍然温润而耐心，不过，那种爱的人性教化对他却毫无价值。他以恶行来报复了这种温蔼之爱，在学校的墙壁上偷偷地画了一个裸体的女人——“大大的乳房，硬而小的乳头，线条简洁的腰部，中间一点是肚脐，宽宽的臀部、大腿，中间是三角地带，狂乱地画了阴毛。在画的下面，他写上标题：‘普赖斯小姐。’”[1]画完后，他看了一会儿，回家了。这是故事的结尾。

耶茨在此将“杰克”（Jack）、“杰凯尔”（Jekyll）和“南瓜灯”（Jack-o-lantern）的音与义巧妙互喻，把读者引向万圣节上人们游戏的那个人间幽灵。

文森特即杰克。具体地说，文森特或杰克，已经不是一个个体的人，而是一个“类人”，一个孤立的人。一个“类”，随时都在借助一个又一个个体行走于世间。说到底，像杰克或文森特这样的人，只是一个“人形”。多少次，我想听这个“人形”的声音，我的听觉失败了。但我并不是什么声音都听不见，我总是



1 ［美］耶茨：《十一种孤独》，陈新宇译，上海译文出版社，2010年，第20页。

自以为听见了一个黑暗的固体黏糊在一个黑透的深渊之中。一个像实心球一样的黑色固体，它又没有重量，会是个什么球呢？

孤立“人形”的存在，对于精神性的人来说，是个巨大的障碍。可是，孤立“人形”自身没有障碍。障碍不知道自己是个障碍。“行尸走肉”这个说法，是对孤立人的形象描述。

孤立的人，既是一个“类”，那就是概念化的人。用哲学的语言来说，是共相的人而非殊相的人。一个思想堕落的时代，是孤立的人行走江湖的时代。比如各种人间生存体系中的多数人，就是共相的人，他们在各种生存体系的层面上，没有具体人的性质，因此，也就没有鲜活的人性。

共相（抽象）的人，是善的对立面——恶的一个形式。对于鲜活的人性而言，最大的恶不是单一的、个别的恶，而是“整体”的恶，即共相的恶、“类”的恶。“整体”的声音和形象，仿佛铁锤的重、刀锋的寒冷、滚滚车轮的不可阻挡。从哲学角度看，共相人也可以用“一”（The One）来指称。

在共相的人即孤立的人控制人世的体系中，由于没有个人言语，也就没有文明的创造。对于这种人而言，本真的善没有意义，因为本真的善即个人的行动。

“整体”的恶，并不知道自身是恶。“整体”的恶如果知道自身是恶，那么善的反省已经发生。只有鲜活的个体，才有善和恶的反省。杰克，文森特，等等，都没有反省的能力，因为他们没有自我。

善与恶的评判是最不确定的。善以恶行，恶以善行，随时都在发生。

希特勒及其他的党卫军战士是共相的人，他们都是大大小小的行为艺术家。在共相的人控制人世的各个世代，个别的人只是人世间集体行为书写的陌生配角。个人行动甚至被取消。最大的恶，最正义的恶，取消个人行动。

在任何正义的恶面前，具体的个人是失聪的。任何正义的恶，都是孤立人的恶，共相的恶。

我们既然听不见孤立的人发自人性的声音，因此，对这种共相人的倾听也是无效的。

然而，作家和读者都在试图倾听，或者他们一直都在努力创作一个个可以倾听的角色。鬼魂杰克的创作者在努力，文森特·萨贝拉的创作者理查德·耶茨也在努力。对上帝和诸神的创作，是作家这种努力的一个个极端的例证。

上帝和诸神的创作，是孤立的人即共相人的创作。尽管表现的角色从古到今一直在转化，并赋予时代的特征，但这种“类人”、“整体人”、共相人、孤立人的创作努力，一直没有改变。

孤立人的创作超越了任何艺术流派。在任何艺术流派中，都有典型的孤立人的存在。人们往往记住的是孤立的人，而非单个的人。

这是语言的概括性、抽象性特质决定吗？是的，语言，这个陌生的尤物，永远远离自在的世界。

在契诃夫的小说中，奥楚蔑洛夫这个被喻为“变色龙”的警官和将军家的劣等狗，即一个“类”的“人”和“类”的“狗”。奥楚蔑洛夫是一个“打狗要看主人”的警官，而将军家的狗，是因“狗”以“主”贵，两者都是恶的象征。警官与狗，在此的隐喻内涵可以互换，是“类”的隐喻的共性交叉。

作为“整体”的恶是可怕的，它无处不在，它与本真的人和行动之善进行对抗，它的存在本身就是对抗。

不过，人们一使用语言，似乎都有表现“整体”的渴望，哪怕是个假想的“整体”。

写作之所以喜欢对“类人”的表现，就是因为这个“类人”能代表本真个人出场。

孤立人的威胁永远存在着。天才作家是创造孤立人（类人）的动物。他们编织一个笼子，罩着孤立人，也罩着自己。因此，在文学中创作一个个孤立人的形象，本来就是人类自身言说自身的悲催之举。

人类最天才的孤立角色创造，是上帝和诸神的创作。

爱尔兰剧作家塞缪尔·贝克特（Samuel Beckett，1906—1989）的两幕剧《等待戈多》（1952年用法文发表，1953年首演）既创作了“戈多”（Godot），可喻为上帝这个“类人”的共相（Godot的前三个字母即英文的“上帝”），也创作了“等待”这个行为的事态“共相”。“等待”和“戈多”，都是“整体”的概括。

我们需要概括者——抽象者，我们的语言这个恶魔需要概括，于是有了上帝和神的类人格。从上帝到耶稣，是“普遍性”的、“整体”的神向具体的神的亲近；从耶稣到上帝，是具体的神向“整体”之神的仰望。圣父（上帝）、圣子（耶稣）、圣灵（神）三位一体（Three Persons in One）。我们总得要在现实世界中找到一个个具体的人物来承受苦难，以表达存在的神秘性与我们有关。

在《等待戈多》这个戏剧中，戈多是上帝，永远也等不到，正所谓“希望迟迟不来，苦死了等的人”；永恒的“等待”是“神”的“等待”或“神”的谓述，是一种基于人之行为的、绵延的精神感念状态；两个流浪汉爱斯特拉冈和弗拉季米尔即“耶稣”，是上帝、神和人的具象符号。如果没有上帝和神这两个位格，似乎人这个位格就只有个躯壳。因此，人既要等待，又要到诗和远方去。而可怕的是，人既到达不了诗和远方，也不能等来什么。“等待”无效。《等待戈多》直到剧终，两个流浪汉也走不出等待的那个人间“地狱”：

> **弗拉季米尔：**嗯？咱们走不走？
>
> **爱斯特拉冈：**好的，咱们走吧。
>
> 他们站着不动。[1]

1 ［爱尔兰］贝克特、［法］尤内斯库：《荒诞派戏剧选》，施咸荣等译，外国文学出版社，1983年，第125页。

我们又来看看第一幕中两个流浪汉的对答：

**弗拉季米尔：** 你读过《圣经》没有？

**爱斯特拉冈：**《圣经》……（他想了想）我想必看过一两眼。

**弗拉季米尔：** 你还记得《福音书》吗？

**爱斯特拉冈：** 我只记得圣地的地图。都是彩色图。非常好看。死海是青灰色的。我一看到那图，心里就直痒痒。这是咱们俩该去的地方，我老这么说，这是咱们该去度蜜月的地方。咱们可以游泳。咱们可以得到幸福。

**弗拉季米尔：** 你真该当诗人的。

**爱斯特拉冈：** 我当过诗人。（指了指身上的破衣服）这还不明显？（沉默）[1]

《等待戈多》是荒诞派的经典。批评家们之所以命名这个戏剧为荒诞派，是以某种存在之不荒诞为前提的。可事实是，不荒诞即荒诞，荒诞即真实。《红楼梦》也是个荒诞剧，其中有副对联云："假作真时真亦假，无为有处有还无。"贾代善、贾政、贾宝玉、贾雨村、甄士隐，人世间的荒唐事，都是一把辛酸泪。可荒诞者并不知荒诞，因此，荒诞是没有"辛酸泪"的。泪流，是

1 ［爱尔兰］贝克特、［法］尤内斯库：《荒诞派戏剧选》，施咸荣等译，第9页。

人文主义的荒诞；无泪可流，是荒诞之荒诞。

塞缪尔·贝克特创作荒诞“类人”的功夫当然了得，然而在西方现代主义文学这个创作语境中，他也并非是独立的一个孤证。作家创作孤立的人的这种功夫，是彼此熏染的。古往今来的艺术书写都不列外。神话中诸神谱系的创作，衍生为柏拉图各级理念的创作，柏拉图洞穴隐喻中被缚者的创作，衍生为耶稣所象征的人之苦难的创作，耶稣复活升天的创作，又回到了神的共相隐喻的创作。神不死，即孤立的人不死。玉皇大帝、世俗皇帝和他们的神性或神性附体的创作，都是一码事情，都为了寻找抽象的共相人而乐此不疲。神死了，孤立的人还是不死。

英国著名戏剧批评家阿诺德·P. 欣奇利夫（Arnold P. Hinchliff）在其《论荒诞派》一书中说：“批评家们都得出了同样的结论，他们从文学上而不是从哲学上追溯了贝克特的承继渊源，并且发现他的主人公是从陀思妥耶夫斯基和卡夫卡那儿发展而来的——例如，卡夫卡的小说《变形记》中的格雷戈尔·萨姆莎真的缩变为一只虫子，成了他担心自己所是的东西。陀思妥耶夫斯基的‘地下人’变成了卡夫卡的虫子，最后，又变成了贝克特的反主人公……贝克特拒斥学问，并且把语言看作是我们不能了解自己身在何处或者身为何物的原因之一，看作是一个不可逾越的障碍。”[1]



1 ［英］欣奇利夫:《论荒诞派》，李永辉译，昆仑出版社，1992年，第96—97页。

每一部杰出的作品，都试图塑造不同类型的孤立者，以此来展现作者自己破解人世荒诞迷梦的能力。不同角色类型塑造的尝试，是一个个重要的方式，在小说和戏剧中尤其如此。法国新小说家阿兰·罗伯-格里耶（Alain Robbe-Grillet，1922—2008）曾写下他曾经看到《等待戈多》主人公时的惊讶：

> 戏剧中的人物通常不过是扮演一个角色而已，就像我们周围所有那些正试图逃避自己生活的人所做的那样。但是，在贝克特的剧中，那两个流浪汉好像就是呆在舞台上，没有角色可扮演。
>
> 他们在那儿；所以他们必须对自己的存在做出解释。但他们似乎并不依靠事先准备好的并熟记在心的台词。他们必须即兴发挥。他们是自由的。
>
> 当然，他们不是在任何事情上都能运用这种自由的。正如他们没有什么东西要背诵一样，他们也没有什么东西要即兴发挥。他们的谈话没有贯穿始终的线索，因而变成了荒诞无稽的只言片语：无意识的交谈、俏皮话、全都有点甫起即伏的虚张声势的争论。他们漫无目的地东扯西拉，无所不谈。他们唯一不能想做就做的事情是离开舞台，不再呆在那儿：他们必须呆在那儿，因为他们在等待戈多。[1]

1　转引自［英］欣奇利夫：《论荒诞派》，李永辉译，第100—101页。

人们对这个戏剧的论述汗牛充栋。“反主人公”的两个流浪汉角色，实际上也并没有摆脱创作者创作孤立人的叙述圈套。贝克特的“等待”既是“类人”的行为，也就是主人公之“典型”。在古典文学向现代文学过渡的历程中，我们极力消解了巴尔扎克式的典型环境和典型人物，而我们又创作了新的典型环境和典型人物。更确切地说，我们已经转换了种种叙述方式，极力消解典型环境，抹平典型人物，但我们消解或抹平的是小说或戏剧的情节或人物性格，却又孤注一掷地创作了新的“类人”，也即新的典型人。詹姆斯·乔伊斯在《尤利西斯》中创作的主人公布鲁姆的名气，并不比巴尔扎克创作的欧也妮·葛朗台、列夫·托尔斯泰在《安娜·卡列尼娜》中创作的列文之类人物逊色。乔伊斯的崇拜者们，已经把每年的6月16日变成了“布鲁姆日”。崇拜者在“布鲁姆日”狂欢的时刻，他们就是布鲁姆，同时也是乔伊斯和“布鲁姆”对他们的再创作。

葛朗台、列文、布鲁姆和贝克特的流浪汉，都是一个孤立的人，即“类人”或共相人的象征。在此，文学流派和文学史“取消”了，只留下孤立人的时间书写。

作品中所有孤立的人，同时也是作者这个孤立的人的创作者。正如阿Q、孔乙己创作了鲁迅，翠翠创作了沈从文，华威先生创作了张天翼，信徒们创作了耶稣、乔达摩·悉达多。写作者最大的雄心，就是渴望被读者创作，不管是渴望被一个心仪的人创作，还是被芸芸众生创作。

自古以来的创作者，在冥冥之中总想被孤立，而成象征，而成英雄，而成“王”。

可是，除了孤立者的创作或被创作，艺术还有什么样的磁性可以撼动世人的铁石心肠？

艺术已没有什么新鲜事可言。

2012年5月6日　喜鹊庐

2022年2月18日　燕庐修订

# 史蒂文斯，蓝色吉他与黑鸟

事物都像我想象的那样，
它们都说它们在蓝色吉他上。

——史蒂文斯《弹蓝色吉他的人》[1]

我常悲哀地想着，对于世界，我究竟知道些什么？一只鸟、一把吉他、一个草莓，它们出现时，我能说我看得清它们吗？我跟它们有关系吗？当这样的思考进入知性思考范畴，世界并没有清晰起来，反而越来越混沌。

于是，我开始怀疑“看见的世界”，怀疑眼中事物的直观表象。

世界在人的心中，不可能有一个同一的、整体的感性直观。人没有能力去确立一个描绘“世界是什么”的感性系统。当然，那些逻辑严密的知性系统，也是一帘帘梦幻泡影。

世界上有的只是单个的自我，没有整体的自我。

世界也只有从个体出发的感性直观，而没有关于世界整体

1 ［美］史蒂文斯:《史蒂文斯诗集》，西蒙、水琴译，国际文化出版公司，1989年，第90页。

华莱士·史蒂文斯（1879—1955）

的、抽象的感性直观。

在各种各样雄心勃勃的、总想放之四海而皆准的感知系统中，似乎存在一个与自在世界一致的感性世界，但所有对这个自在世界的感性描述以及逻辑描述，都必然失败。

有人认为眼前的东西真实可靠。但是，当他以各种表达形式把自己看清的事物传达给他人时，事物立刻就变成了虚构或虚幻的事物。

有个不言自明的道理：个人不能代替他人看见或看清事物，

只有通过表达形式的虚构，才能把人们彼此看见或看清的东西连在一起。

真实和虚构是同一个事物的两面。只有通过观看的虚构，才能使具体事物从语言中浮现出来。

真实和虚构的图景互相映照，合二为一，进入心灵的秩序，成为艺术形式。

比如，当一只鸟、一把吉他、一个草莓在语言中显露，它们就虚构了自身，在语言中画出了虚幻的图式。

美国伟大诗人华莱士·史蒂文斯（Wallace Stevens，1879—1955）有诗句：

> 只有富人们还记得昔日，
> 费城阿潘尼恩斯园中
> 蜘蛛吃过的草莓。
>
> ——《昔日费城拱廊》第一段

> 昔日阿潘尼恩斯园中的草莓……
> 现在看来有点像画上去的。
> 山峰剥落残旧，显然是赝品。
>
> ——《昔日费城拱廊》结尾一段[1]





1 ［美］史蒂文斯：《史蒂文斯诗集》，西蒙、水琴译，第107—108页。

在知性的另一端，人的知性，使知识系统建立。柏拉图、亚里士多德、康德、黑格尔这等思想怪物，以其思想运行穷尽智慧，也没有获得世界的真实。他们多数时候被困在语言之中难以破局。

知识论系统是知性逻辑的画地为牢，是语言的逻辑模块，而不可能是真实世界的本质。真实世界或许存在，但语言不能抵达。

康德说，物自体不可知。此可以引申为“世界自体”或“自在世界”不可知。

哲学史是各种知识论系统纠缠不清的历史，而不是世界本质的表达史。没有哪只鸟的叫声最动听，也没有哪个怪物的思想能将“自在世界”变成可知世界，统摄天地古今世道人心而为一。他们的哲思犹如史蒂文斯的诗句：

> 我弹不出完整的世界，
> 虽然我用尽了力量。
>
> ——《弹蓝色吉他的人》[1]

在面对自在世界的时候，思维、语言或符号只能追问而不能抵达。因为自我已经从世界中分离出来，自我永远不能回到自在世界去，自我也看不清自在世界的整体，对自在世界的整体永远

1 ［美］史蒂文斯:《史蒂文斯诗集》，西蒙、水琴译，第73页。

一无所知。

自我只能看见自在世界的表象，而且还是局部的表象，单个的表象。这个自我，也只能是另外的自我的表象。

人的视觉永远是局部的。自在世界的整体，就是在观察中退却的那个绵延的无限。当然，也可以说是在观察中虚构的那个绵延的无限。比如大海，从史蒂文斯的蓝色吉他上弹出。然而，史蒂文斯弹出的只是与大海有关的事物。更确切地说，史蒂文斯弹出的也不是任何事物，而是一堆词汇。就连这些词汇，都找不到蓝色吉他的声音。读者也找不到那个弹奏蓝色吉他的人。从事物的形象到语言的表象，旋律黏着支离破碎的词汇。

海水冲白了屋顶。
大海在冬天的空气中漂流。

北方创造了大海。
大海在纷落的雪中。

这片阴郁是大海的黑暗。
地理学家和哲学家，

请注意。如果不是因为那盐水杯，
不是因为屋檐上的冰柱——

大海不过是嘲弄的形式。
一座座冰山嘲笑

不能成为自己的恶魔，
它四处游荡，改换变幻的风景。

——《弹蓝色吉他的人》[1]

面对事物、语词、不知所之的人，面对不可知的自在世界、自我的痛苦，在于自我不可破解的孤立，正如那个弹蓝色吉他的人，站立在事物之外。

休谟只能抓住印象；康德像面壁一样面对物自体；克尔凯郭尔陷入焦虑；史蒂文斯弹不动蓝色吉他……所有人对我的帮助，只能是自我之间的遥相呼应。

自我创造知识系统，可知识系统是通约性的，它离自我更加遥远。蓝色吉他既弹不动自我，弹不动事物，也弹不动知识。

一个自我，亲近另一个自我；一个物与另一个物，一个词与另一个词，都好像移动一堵墙去就另一堵墙。

通过知性逻辑创造的世界，既不可能作为真实的世界，也不可能在自在世界中被检验。

但不管我对知性逻辑创造的知识系统如何持怀疑态度，知性

1 ［美］史蒂文斯:《史蒂文斯诗集》，西蒙、水琴译，第88—89页。

逻辑还是创造了人类的哲学和思想的历史——尽管在我的心中，了解纠缠不清的逻辑模块并不比看清一只鸟、一把吉他或一个草莓更重要。

听蓝色吉他，我必须发现人，看清纷纷转身离去的人，看清自我究竟存在于什么样的幻象或光晕之中。史蒂文斯和我，有着同样的处境：

在石狮子面前
我是琵琶里的狮子。

——《弹蓝色吉他的人》[1]

看清事物的形象和表象都是艰难的。有两种直观：感性直观和知性直观。它们可以帮助自我探索自在世界及其事物表象的不同道路。

一般来说，知性直观以哲学方式探索自在世界；感性直观以艺术方式探索自在世界。

在人类的整个艺术史中，作为语言艺术最高形式的诗歌，在感性直观这条探索自在世界的途径中走得最远，它能使灵魂达到更大的自由。比如，它能使一个乐器和一个人互相弹奏。

就杰出的诗人和杰出的读者而言，就弹奏者和被弹奏者而



1 ［美］史蒂文斯：《史蒂文斯诗集》，西蒙、水琴译，第84页。

言，诗是连接自我与表象的最适当的方式。

哲学创造了人的思想；诗创造了人。

当然，诗连接自我与自在世界，但诗也不能反映自在世界。反映论认为艺术能反映自在世界，这是个玩笑。一个玩笑开得太久，就变成了一本正经的知识。

知识背离诗，诗背离知识，是一回事。

诗有自己自足的形式，以显现灵魂的自由。

对于某些诗人来说，诗自足的形式来自感性直观对事物的蕴成，相对而言，知性直观被悬置或隐为背景；对于某些诗人来说（特别是反映论诗人），诗的形式就是知性直观，因为这样的诗人期望并相信诗能通过逻辑套路反映自在世界，这类诗人写诗，是为了讲述某个道理。事实上，多数诗人都是“讲道理”的诗人。

史蒂文斯是另类诗人。史蒂文斯式的诗人能够综合感性与知性，以此超越感性直观与知性直观摄取自在世界万事万物的雄心。然而，必须指出，史蒂文斯的这种综合和超越，不会到达某个诗之外的本体，而是到达诗自身——种种处于形而上和形而下之间漂移迁流的音声形色。

史蒂文斯的诗，是在诗自身内循环往复的诗-蕴能量，犹如蓝色吉他上的音乐，起于弹奏，终了弹奏。

诗是一首诗的主题，

这首诗始于此，

终于此，两者之间，
始与终之间，事实上

有一种空虚，
本来的事物。至少我们这么说。

这些是分开的吗？这是不是
诗的空虚，获得

真实的表象，太阳的绿，
云朵的红，感觉的大地，思想的天空？

就是这些获取。或许是放出，
达成宇宙永恒的交流。

——《弹蓝色吉他的人》[1]

阅读《弹蓝色吉他的人》，我们接着给诗人定位。自古的优秀诗人有三种：第一种是“形而下诗人”；第二种是“形而上诗人”；第三种是“形而中[2]诗人”。

1 ［美］史蒂文斯：《史蒂文斯诗集》，西蒙、水琴译，第85—86页。

2 “形而中”是李森语言漂移说艺术哲学中的一个重要概念，它作为一个范畴，处于形而上和形而下之间的语言漂移层面。

形而下诗人迷恋具体事物，以感性直观对应的具体事物蕴成诗，这种诗人又可称为“事物诗人”。形而上诗人迷恋观念，以知性直观对应的观念蕴成诗，这种诗人又可称为观念诗人（或概念诗人）。形而中诗人迷恋语言，以语言漂移的能量蕴成诗，这种诗人又可称为漂移诗人（或纯粹诗人）。

自然，史蒂文斯属于形而中诗人。他的语词和诗句，穿越于形而上和形而下之间。他被称为“诗人中的诗人”足以说明，他的诗本身就是诗艺。

史蒂文斯的伟大之处，在于他的作品的诗论、诗艺和诗三者和合为一。这是可被称为“诗人中的诗人”的标准。“诗人中的诗人”是诗人的典范。

我们来看《观察黑鸟的十三种方式》。

**第一种方式：**

周围，二十座雪山，
唯一动弹的
是黑鸟的眼睛[1]

在第一种方式中，观察者建立了一个语言生成事物的秩序。这个秩序的建立，以建构一个时空的图景为基础。黑鸟成为图景

1 ［美］史蒂文斯:《史蒂文斯诗集》，西蒙、水琴译，第46页。

的中心，以二十座雪山环绕。黑鸟的眼睛，是中心的中心，是秩序稳定和旋转的能量之源。由此，黑鸟的眼睛有着巨大的驱动力，使二十座雪山在周围隆起。黑鸟的眼睛是“唯一”，唯此“唯一”，凝聚为“一”的能量。仿佛老子《道德经》第四十二章所言：“道生一，一生二，二生三，三生万物。万物负阴而抱阳，冲气以为和。”观察黑鸟的第一种方式蕴成的这种能量，虽万千风物浮动而不能生发。

由此，观察者和诗人合而为一，图式和诗的界限合二为一。这就是自然和人心的合目的性的和谐。那么，在“二十座雪山”之外是什么呢？那便是宇宙的浩渺无垠，是被悬搁了的不可知的自在自然。

黑鸟也作为观察者，在观察者和读者的对面、在没有地名的远方，观察着我们。

“黑鸟在观察我们”，这种虚构在审美中是可能的。黑鸟与我们在语言中相遇，建构了一种反观秩序。黑鸟、诗人和读者，彼此都在对方的目的性之中。

史蒂文斯观察黑鸟的十三种方式之间，几乎没有外在的逻辑联系。每一种观察方式就是重新唤醒诗-蕴的一种旋律。各种旋律都围绕着黑鸟，但各种旋律之间都是独立的。

观察黑鸟的各种可能性变成不同的图式，十三个星座同时闪现。

在二十世纪的诗歌史上，史蒂文斯的黑鸟进入了永恒的存在。

**第二种方式：**

我有三种思想
像一棵树
栖着三只黑鸟。[1]

思想作为名词或概念，是抽象的知性形式。说得具体些，所谓思想，通常是某种逻辑模块。三种思想，是三种逻辑模块。这三种思想具体是什么，需要有具体事物的形象导出，否则就不能蕴成诗。

广义而言，在诗中，抽象的思想必须类比为具体的事物，诗才能生成，因此，史蒂文斯将“我”类比为“一棵树”，将“三种思想”类比为“三只黑鸟”。

基于诗的类比一般有两种：一是将抽象的概念或观念蕴成具象或事物；二是将知性观看化成直观观看。

诗不是思想，而是形象的漂移。

思想背离诗与诗背离思想，是一回事。

具体事物的形象高度凝聚，就蕴成了象征。

象征储存着形象凝聚的诗-蕴能量，在阅读中释放出来。这种能量的释放不会抽空象征符号，反而给象征符号以能量补充。

在语言中，象征也是一种形象的图式。

1 ［美］史蒂文斯:《史蒂文斯诗集》，西蒙、水琴译，第46页。

思想虽然不是形象和图式，但思想需要形象和图式的直观开显。

这就是形而上的观念通过形而下的事物而得以显露。于此，思想不再混沌，黑鸟也不再虚无。“我”也与“一棵树”合而为一，被树的形象所取代。“我”与“树”在彼此映照时刻，在“无端的虚妄”中诞生。

**第三种方式：**

黑鸟在秋风中盘旋。

它是哑剧的一小部分。[1]

史蒂文斯让不同的事物结合在一起，使之产生审美的陌生感。在这种观察方式中，他把黑鸟的盘旋与哑剧结合，又让这种结合出现在“秋风”这个巨大的时空浮动的“剧场”里。

“黑鸟”“秋风”“哑剧”“一小部分”，都是观察点，而不属于“主词”和“谓词”之间的逻辑判断。一个观察点的移动，生成另一个观察点。不同的观察点之间，有巨大的空隙，或者说，它们之间没有必然的逻辑链接。但正因为如此，不同的事物之间才能形成审美的彼此对观。这种观察点的平行对观的关系，同时





1 ［美］史蒂文斯：《史蒂文斯诗集》，西蒙、水琴译，第46页。

存在于史蒂文斯的十三种观察方式之间，也存在于他的几乎所有诗中。肉眼与灵魂之眼的对观，事物与事物的对观，都是平行移动的。

自在的世界，是一个正在表演哑剧的剧场。每个观察点，都是哑剧的一小部分。

第三种观察方式虽然只有两句，但足以显示史蒂文斯诗歌巨大的表现力量。

《首都的裸体》一诗也只有两句：

> 先生，赤裸关系到最深层的原子。
> 如果那点都还隐藏着，臀部还有什么用呢？[1]

这首诗的四个观察点是："赤裸""原子""隐藏"和"臀部"。同样，在观察点的移动过程中，"先生"的感官对"赤裸""臀部"隐秘的情欲被消解，一种让人出乎意料的消解。

在史蒂文斯的诗学中，任何事物或观念都在寻找诗。事物在诗中彼此映照，各得其所。

普通诗人的写作，是依附在庸常的文化和价值层面上的写作，是讲道理或摄取意义的写作，他们有诗意生成的套路。比如

1 ［美］史蒂文斯：《史蒂文斯诗集》，西蒙、水琴译，第63页。

飞翔与自由的联系，飞翔的雄鹰与英雄人物彼此互喻的修辞关联。史蒂文斯在诗作中开拓的是另外一种存在的时空，他让彼此陌生的事物相遇，然后拓展出一种莫名的、无端的初次观看视野。在冷静、清新、明晰和陌生的视野里，庸常的、既定的审美习惯被颠覆。

但史蒂文斯颠覆既定诗歌写作套路的方式，不像波德莱尔那样构建一种非此即彼的逆向反观——把传统诗学观念中认为“非诗”的、没有“诗性”的事物变成诗，以审丑来进行审美。史蒂文斯的诗无关乎美—丑二元结构。他的诗有一种纯粹的、自由的无端欢乐。在他的诗中，没有恐惧，没有愤怒，唯有智慧直观的欢乐与不可言说的深情。

伟大的诗人感情丰沛、智慧非凡，但从不故作抒情，从不达意，从不利用观念、概念、价值观系统；伟大的诗人从自在世界化生，与事物对观，物我两忘。

正如第四种观察方式的语言生成：

一个男人和一个女人
是一个整体。
一个男人和一个女人和一只黑鸟
也是一个整体。[1]





1 ［美］史蒂文斯:《史蒂文斯诗集》，西蒙、水琴译，第46页。

每个观察点的移动，都是整体的显现。在伟大的诗中，整体不是全称判断，而是事物不可分割的直观存在；具体事物也不是单称判断，它们自成独立、自盈的小小宇宙。

**第六种方式：**

冰柱为长窗
镶上野蛮的玻璃。
黑鸟的影子
来回穿梭。
情绪
在影子中辨认着
模糊的缘由。[1]

大地被冰天雪地覆盖着，时空中依稀可见的一切是那么宁静。只有黑鸟的影子在来回穿梭，还有人的情绪也随着这影子悄然蒸腾，给这个冰冷的世界带来一点生机。

"黑鸟的影子"，是第六种观察方式的中心。影子的能量爆发，展开了时空中的事物，镶嵌了冰柱的长窗，野蛮的玻璃。

黑鸟和人，在冰雪世界里，都进入一个叫心灵的时空被观看，因此无比明亮、清晰。

1 ［美］史蒂文斯：《史蒂文斯诗集》，西蒙、水琴译，第47页。

人处在隐身状态，黑鸟便开始起飞。黑鸟飞翔的那个纯净的世界，人永远也无法到达。人唯一能做的，要么沉默，要么虚构黑鸟飞翔。

想到黑鸟飞翔，人平静下来，可以反观自己。

黑鸟犹如上苍的使者，专门来帮助人观看。能够感觉到黑鸟在自己心中飞翔的读者，都接受上苍的给予。

黑鸟的飞翔犹如神的到来。神高高在上，目光穿透一切，也穿透人心。而影子，神显露的神性，在大地上穿梭不息。

当神性、诗性和事物合而为一，黑鸟无处不在。

**第七种方式：**

> 噢，哈达姆瘦弱的男人，
> 你们为什么梦见金鸟
> 你们没有看见黑鸟
> 在你们身边女人的脚下
> 走来走去？[1]

这里的神，当然是一种自然神性。发现自然神性时，诗开始来临。自然神性，是醒着的爱智者的梦幻感知。





1 ［美］史蒂文斯：《史蒂文斯诗集》，西蒙、水琴译，第47页。

男人梦中的金鸟和女人脚下的黑鸟并不是一种鸟。这两种鸟永远也不会飞入同一个时空，也不能飞入任何幻影之外的时空。

在这种观察方式里，男人、女人、金鸟、黑鸟，都在梦幻中。世间并没有这个梦，但史蒂文斯写下了这个梦。

**第十种方式：**

看见黑鸟
在绿光中飞翔，
买卖音符的老鸨
也会惊叫起来。[1]

史蒂文斯让老鸨出场观看黑鸟。

老鸨这样的角色，竟然能看见黑鸟在诗-蕴之光——“绿光”中飞翔，而且还惊叫起来。这是史蒂文斯设置的一个恶俗的形象惊人的视觉；这是一次恶俗的形象与纯诗形象之间的隔空碰撞。此可见史蒂文斯探访灵魂之深，蕴成诗意之妙。

史蒂文斯是一个清醒的诗人，永不会在语言的磁性中迷失方向；史蒂文斯是一个梦幻诗人，带着自己迷失在语言中。他控制语言，同时也让语言充分开显它游离在世俗审美经验之外的迷离神性。

1 ［美］史蒂文斯:《史蒂文斯诗集》，西蒙、水琴译，第48页。

**第八种方式：**

我知道铿锵的音韵
和透明的、无法逃避的节奏；
但我也知道
我所知道的一切
都与黑鸟有关。[1]

史蒂文斯知道的，当然不仅仅是“音韵”“节奏”和“黑鸟”，但在翻转着看黑鸟的各种观察方式中，音韵，节奏，物象，事态，人和人的观看，都与黑鸟有关。

灵魂在观看并生成黑鸟的时刻，黑鸟是漩涡的中心，是观看视点移动的中心。

黑鸟化为音韵和节奏，化为万物的视象。

但是，史蒂文斯认识到语言的局限，他只告诉人们他的观察能力感知到的。他告诉人们，他听到的音韵和节奏，看见的黑鸟。至于音韵和节奏是什么，他只说“铿锵”“透明”“无法逃避”，除此之外，他也不能告诉人们什么。还是那个理由：语言最大的局限，在于语言无法抵达事物。

不过，尽管语言有先天的局限，但所有诗人都必须从语言出发。区别是伟大的诗人有语言的自觉，普通诗人则被语言裹挟而走。

1 ［美］史蒂文斯：《史蒂文斯诗集》，西蒙、水琴译，第47页。

史蒂文斯之被称为“诗人之诗人”，最重要的理由是，他的诗有着处处洞明的语言自觉。以语言的自觉为诗，是为“元诗”。“元诗”诗人赤脚走在语言的荆棘丛中，尝试荆棘和卵石刺痛的味道。“元诗”诗人在语言运动的湍急水域滚荡前行。在现代西方诗歌史中，只有博尔赫斯、史蒂文斯、马拉美等不多的诗人，可以算作富有智力和才情创作“元诗”的诗人。

**第九种方式：**

黑鸟飞出视线，
它画出了
许多圆圈之一的边缘。[1]

史蒂文斯让黑鸟画着圆圈飞出视线。黑鸟飞着，无论它们在空无中画出多少圆圈，它们也只能以其黑点画在一个圆圈的边缘。

事物的直观即几何的直观。

事物之被看见，无论在地上还是在空中，都是广延。安然的广延，移动的广延。具体事物就是广延。具体事物的视觉形象，就是广延的形象。这是一种知性直觉的观看。

这样的诗句，人们称为玄学诗。

玄学诗与经验诗的不同之处，在于玄学诗从经验观看引申为

1 ［美］史蒂文斯：《史蒂文斯诗集》，西蒙、水琴译，第48页。

智性观看。但这里必须区别于逻辑观看，因为玄学诗的写作不是构建逻辑模块，而是贴着具体事物和事态的形象而化成的。

黑鸟在天地之间，在人的心灵中存在的这种引发为智性的神秘感，正是伟大的诗-蕴神性给予智者的馈赠。真正的智者，其写作，都受这种神秘性诱惑的牵引。

**第十一种方式：**

他乘一辆玻璃马车
驶过康涅狄格州。
恐惧刺穿了他，
因为他错把
马车的影子
看成了黑鸟。[1]

这里的他，是诗人，是读者，也是上帝的视觉。

世界上没有玻璃马车，史蒂文斯创造了玻璃马车。他让这辆马车驶过康涅狄格州，于是，这辆马车就永远在康涅狄格州驶过。此时此刻，驶过。

这辆马车是不朽的诗篇创造的事物，因此此事物也将不朽。

乘坐这个乘车的人也会不朽。



1 ［美］史蒂文斯:《史蒂文斯诗集》，西蒙、水琴译，第48页。

驶过而不朽，同时超越一辆具体的马车，是这辆马车的使命。

不仅如此，它还在地上投下一个影子，让乘者产生瞬间的恐惧，错把马车的影子看成了黑鸟。正是这种错觉，使事物的存在瞬间进入了诗-蕴生发的方便之门。

诗是观看的错觉。

史蒂文斯先生的黑鸟无处不在，无论在物象的世界或者在图式的世界中，它都给人带来美-蕴的欢喜或恐惧。

“恐惧刺穿了他”，这个观看影子的错觉正在呼唤黑鸟。

黑鸟无所不在，犹如人的灵魂飘浮不定，没有定数。

黑鸟生成黑鸟。没有人能够阻止黑鸟飞翔。

**第十二种方式：**

河在流，
黑鸟肯定在飞。[1]

黑鸟生成黑鸟。河在流，黑鸟肯定在飞，与具体的黑鸟无关。

黑鸟是生命存在和飞翔的整体象征。

无数事物都能引申为整体的象征，但此时，它是一只黑鸟。

在整首诗中，史蒂文斯观察的黑鸟完成了十三次飞翔，在诗-蕴时空中画出了一个又一个虚幻的圆圈，当他的灵魂突破了

1 ［美］史蒂文斯:《史蒂文斯诗集》，西蒙、水琴译，第48页。

庸常诗学和媚俗诗歌语言的种种障碍之后，他便带着他的黑鸟回到了宛如黄昏的那个下午。

那个下午。雪一直在下，雪还在下，他让黑鸟栖在雪松枝上。

从“周围，二十座雪山，唯一动弹的，是黑鸟的眼睛”，到“我有三种思想，像一棵树，栖着三只黑鸟”，再到雪松枝上的黑鸟，史蒂文斯不是驱动意义的轮回，而是他弹奏的旋律暂时终止。

**第十三种方式：**

整个下午宛如黄昏。
一直在下雪，
雪还会下个不停。
黑鸟栖在
雪松枝上。[1]

2022年2月12日　明光河边



1 ［美］史蒂文斯：《史蒂文斯诗集》，西蒙、水琴译，第48页。

# 诗是这首诗的主题

## ——史蒂文斯和《两只梨的研究》

1912年，美国女诗人哈丽叶・蒙罗（Harriet Mon-roe，1860—1936）在芝加哥创办了先锋诗歌杂志《诗刊》，这份杂志的出现是美国现代文学史上的一个重要事件。蒙罗女士及由她主编的这个刊物，是芝加哥文艺复兴运动（1912—1925）的重要组成部分。

蒙罗的《诗刊》专门发表"具有创新的和坦率的实验性倾向的诗作"，为那些对维多利亚时代多愁善感的浪漫主义诗风不满的年轻诗人开辟了一块阵地。埃兹拉・庞德（Ezra Pound，1885—1972）率领意象派诗人杜利特尔（Hilda Doolittle，1886—1961）、奥尔丁顿（Richard Aldington，1892—1962）、弗林特（F. S. Flint，1885—1960）等在《诗刊》发表作品，使发端于英国的意象派诗歌在美国产生了深远的影响。

我在这里提及蒙罗女士和她主编的诗刊，是因为蒙罗发现了华莱士・史蒂文斯的卓越诗才。史蒂文斯19岁开始写诗。蒙罗在1915年刊登了他的《星期天的早晨》时，他已经36岁。不过，尽管史蒂文斯被蒙罗发现，他也与诗人威廉・卡洛斯・威廉斯（William Carlos Williams，1883—1963）和玛丽安娜·莫尔（Marianne Moore，1887—1972）等建立了友谊，但在70岁以前，他并没有得到过来自诗坛的荣誉。

史蒂文斯的成名从年岁上说，比另一位伟大诗人罗伯特·弗罗斯特（Robert Frost，1874—1963）还要晚三十年。他的一生平淡无奇，用枯燥的几句话就能概括：1879年出生于宾夕法尼亚州的列丁城，曾在哈佛大学和纽约法律学校读书。1904年取得律师资格后，律所在纽约开业，1909年结婚。1916年加入了康涅狄格州哈特福德保险公司的律师团，1934年成为该公司的副董事长。余生一直在哈特福德度过，1955年逝世。

史蒂文斯工作上兢兢业业，业余写诗，但从不声张，连他的同事也不知道他是一位诗人。他的诗显露的理智优雅属于欧洲的文化传统，而诗中无端的神秘，隐含着东方文化的精神，但他到过的外国只有加拿大。

史蒂文斯的一生是一位普通公民的一生，毫无英雄主义气质和浪漫主义色彩。他的气质颇像他的诗作，犹如埋藏于大地深处的矿石，在大地深处与光泽同在。

要了解二十世纪五十年代以前的英美现代诗歌，就不得不提到T. S. 艾略特。作为芝加哥“诗歌复兴”运动的一员，艾略特也于1915年在庞德的推荐下，成了《诗刊》的作者。艾略特发表的作品是《普鲁弗洛克的情歌》。1922年，艾略特的长诗《荒原》经庞德修改后问世，轰动了西方文坛。此后的近三十年，英美诗

T. S.艾略特（1888—1965）

坛一直笼罩着艾略特的阴影。在美国诗坛上，至少有三位与艾略特不相伯仲的诗人的光辉受到不同程度的遮蔽，他们是弗罗斯特、史蒂文斯和威廉斯。

尽管艾略特和史蒂文斯的诗都来自欧洲的文化传统，尤其是十九世纪以马拉美（Stéphane Mallarmé，1842—1898）等人为代表的法国象征派的传统，但两位大师的写作方式不同。艾略特的诗隐含着传统诗学“揭示”性的路径。“揭示”什么？就“揭示”工业文明所导致的西方传统理性的没落，以及人类相互残杀给人的精神带来的创伤。艾略特诗歌的这一隐含主题，是二十世纪西方现代性文化的“主旋律”。就这一点而言，即便象征主义的诗歌技巧非常隐晦，也无法遮掩诗人的精神焦虑。

总而言之，艾略特的诗是与时代精神合拍的那种文化意识形态悲歌。任何与时代精神相契合的作品都具有明显的“文以载道”的特征。艾略特的《荒原》，既是“载道”之诗，也是迷茫、空虚之诗，或曰“毁道”之诗。无论“载道”或“毁道”，这“道”都需要感性化，即形象化，“道”才能以成为诗的观看而被揭示。

所以，在具体的创作实践中，艾略特要为思想或情感寻找“客观的对应物”。艾略特找的客观对应物，不是单纯的具体事物形象，而是穿越在文明和文化中的人、意象、文化符码、历史典故。指出这一点的重要性，在于说明艾略特的诗并非一种纯诗，而是一种文化诗。一方面，艾略特要用“非个人化”的创作方法，清理维多利亚时代多愁善感的浪漫主义诗风；另一方面，他要利用文化隐喻、知识、注释，象征性意象重构一种所谓客观对应物的诗学。尽管他的诗学矛盾重重，难以自洽，但他在创作上却取得了巨大的成功。

事实上，所谓“非个人化”的“客观对应物”其实是不存在的，因为它背后隐藏着一个更大的“个人”。显然，艾略特的诗学深受英国哲学家布拉德雷（F. H. Bradley，1846—1924）的影响。1913年，艾略特开始研究布拉德雷的《表象与实在》一书等著作，深受启发并开始着手写博士论文。1916年其博士论文《F. H. 布拉德雷的经验与知识的对象》写就。布拉德雷是一位新黑格尔主义者。从深层学理的支撑看，布拉德雷和艾略特的美学理想，符合老黑格尔"美是理念的感性显现"的著名论断。一切感性材料、旁征博引的知识，隐喻与象征的诗学技艺，都在为一个庞大的背后主使服务。这个主使是谁？在黑格尔那里是"绝对精神"，但在艾略特这里，或许只是一个掌握了象征主义文化修辞学的古典主义者。

史蒂文斯和艾略特都曾进入哈佛大学学习（史氏1897年，艾氏1906年）。史蒂文斯进哈佛后，认识了哈佛大学的著名哲学家乔治·桑塔耶那（George Santayana，1863—1952），受到了他的思想影响。就在史蒂文斯入学的前一年，即1896年，桑塔耶那已完成并出版了他的美学著作《美感》。艾略特作为桑塔耶那的门生，也受过其美学思想的影响。然而，也许由于个人气质的关系，真正得到桑塔耶那真传的是史蒂文斯。乔治·桑塔耶那在《美感》一书"美的定义"一节中，是这样给"美"下定义的："美是一种积极的、固有的、客观化的价值。或者，用不大专门的话来说，美是被当作事物之属性的快感。"[1]他给"美"简约的定义是"客观化了的快感"（objectified pleasure）。桑塔耶那有个

1 ［美］桑塔耶那:《美感》，缪灵珠译，中国社会科学出版社，1982年，第33页。

著名的诗句：“我与春天有个约会。”（I have a date with spring.）桑塔耶那的诗学，是一种“快感诗学”或称“快乐诗学”。或许，史蒂文斯在《弹蓝色吉他的人》一诗中说过的“诗是这首诗的主题”的思想，就部分地来源于这种具有明显的自然主义+快感主义倾向的美学。史蒂文斯的诗学正是这种快感主义，相应地，艾略特的诗学是文明的悲智。当然，“诗是这首诗的主题”这一思想，主要体现的是一种“诗性自在论”的诗学。“诗性自在论”的意思，即“诗是这首诗的主题”。

史蒂文斯这一命题的意思十分明了。在他看来，诗不是主题的附属物，诗就是诗本身。

在主题先行或主题过于强大的作品中，诗被主题的巨大阴影所遮蔽，只好孤零零地被晾到一边，成为被利用的语言形式。

按照史蒂文斯的诗歌理想来分析，艾略特的作品确有主题显得强大、引经据典过多的弱点。不过，我们今天来看，艾略特的这一弱点，正是为他带来显赫名声的优点。

我们要问，语言有没有能力使事物的属性充分显现，使“快感就像其他感觉一样变成了事物的一种属性”？以产生审美快感，或者说得更通俗一些，产生阅读快感？语言有没有能力使形而上和形而下在审美中达到充分和谐？从史蒂文斯的创作来看，这些正是他终其一生所考虑的命题。这种诗学思考充分地展示在他的作品中。因为真正有效的诗学就是创作，而非概念推动的逻辑套路。

但如果说，艾略特没有考虑过上述问题是不客观的，作为一位杰出的评论家的艾略特，甚至思考得更多。可是作为诗人，要了解他的诗学，最主要是看他的诗。

两位大师的诗歌创造方式的不同，充分体现在组织感性材料、语言和对待诗的态度上。

艾略特先生的诗，在处理“感性材料”“语言”和“诗”三者关系的总体倾向是：

感性材料 ——→ 语言 ——→ 诗

（客观对应物） （词、句） （文本）

箭头引导的方向可以用一个词来说明，那就是“转换”。第一次转换，通过提炼感性材料、选择适当的词句来完成；第二次转换佐之以象征、隐喻、用典等诗歌技巧，转换的过程是“主题”逐渐显现的过程。转换方式是单向式的。

史蒂文斯先生处理“感性材料”“语言”和“诗”三者的关系如下图：

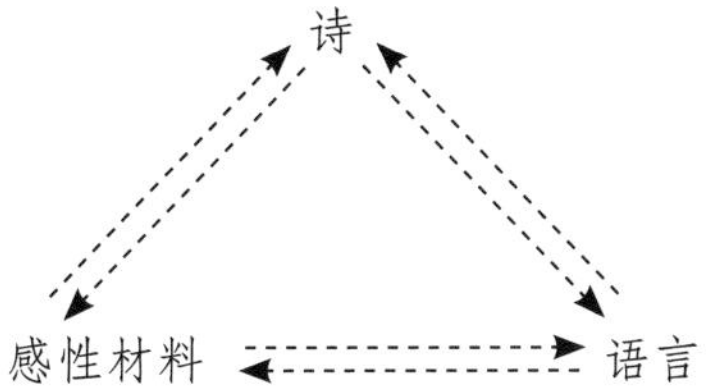


从“感性材料”到“语言”同样是一种提炼、选择的关系，

从“语言”到“诗”也佐之以各种现代诗的技巧。所不同的是。

1.“感性材料”在诗中充分地显露其音声形色，直陈其直观自在之美。

2.感性材料、语言、诗三者之间是一种旋转着的相互生发关系，这种旋转生发关系使诗歌的主题（如果有的话）被溶解为语言的漂移迁流。

3.感性材料化成语言，它就是诗本身。

4.诗本身之外，再没有内容或意义可言。

图中三者之间的箭头指向，包含着一个诗学意思，即“语言的漂移”。在语言漂移迁流的时刻，史蒂文斯的作品物的欢乐、语言的欢乐和诗的欢乐三者融为一体，以使他的诗成为最纯粹的诗歌语言文本的伟大典范。正因为如此，人们称史蒂文斯为“诗人之诗人”“神秘世界的祭司”。

不过，这位“祭司”的“神秘世界”，并没有脱离我们所能感知到的现实。它的诗恰恰是我们置身其中的这个美丽世界物与物之间的映照所闪耀着的神性光辉的再现。

史蒂文斯的人生是人类理性精神中谦卑、克制、朴实的写照，他的诗是人间欢乐之诗，是人与自然在语言中的亲密之诗。

他说过：“天堂与地狱的伟大诗篇都已写下而尘世的伟大诗篇仍有待写下。”[1] 他说过：“我是地球的必要的天使，/自此，以我

1 陈冬冬、张枣编：《最高虚构笔记：史蒂文斯诗文集》，陈东飚、张枣译，华东师范大学出版社，2009年，第377页。

的眼光，你再次看见地球。”[1]他还说过：“人丢弃了对神的信仰之后，诗歌就替补了空缺，作为对生命的补偿。”[2]在这里，我们在另外一个层次上，领悟到了“诗是这首诗的主题”的深远意义。它是一种诗学，是个人精神崇高的追求目标，一种信仰——一个心灵衡量万物的尺度。

史蒂文斯的好作品比比皆是，他是作品质量最稳定的诗人之一。在中国的读者眼中，或许最好的诗作，莫过于《观察黑鸟的十三种方式》和《坛子的轶事》。因为这两首诗一首具有东方的审美色彩，一首流动着表现主义绘画的韵律。而能够不留余地地欣赏《弹蓝色吉他的人》《星期天的早晨》《玻璃水杯》《俄国的一盘桃子》《两只梨的研究》等作品的人似乎不多，这也许是因为这类诗彻头彻尾地属于史蒂文斯的创作个性。

史蒂文斯是诗是对“诗”的超越。

我下面要介绍的《两只梨的研究》[3]一诗，按传统的诗学观念来理解和阅读，确实会显得枯燥无味，甚至有的读者会怀疑它是否是一首诗。若是维多利亚时代的诸多读者，肯定认为是“非诗”。我在大学讲授诗歌课程时，曾把这首诗作为一个例子，有的学生竟怀疑我是不是降低了一首诗作为好诗的标准。多数读

1　陈冬冬、张枣编：《最高虚构笔记：史蒂文斯诗文集》，陈东飚、张枣译，第272页。

2　同上，第250页。

3　［美］史蒂文斯：《史蒂文斯诗集》，西蒙、水琴译，第100页。

者，包括教科书培养出来的青年，之于诗歌，多数都是维多利亚时代的那种普通读者。

对《两只梨的研究》的讲授内容略引如下：

**第一节：**

教育学小品。
梨子不是六弦琴，
裸女或瓶子。
梨子不像任何别的事物。

我讲解：这首诗，这两个梨，只不过是一个“观看梨”的教育学小品，不是你们脑子里那种顽固的“诗”、整体的“诗”、浪漫的“诗”。梨与“诗”，与所谓本质之诗，是没有关系的。这是不欺人心的实写。或许实写了，反而让人看不懂。你们“看”，梨子究竟是不是六弦琴？学生答：不是。是不是裸女或瓶子？学生答：不是。梨子像不像任何别的事物？学生答：不像。我说，这就对了。

**第二节：**

黄色的形体
由曲线构成。
鼓向梨顶。

泛着红光。

我讲解：的确，这两只梨，作为梨现在并不在我们的眼前，这就需要发挥一下想象力。这两只梨是黄色的，它们的形体由曲线构成，从下往上“鼓”向梨顶，它们泛着红光。梨上的红光，犹如天光照耀。想象到了吗？学生答：想象到了。我说，太好了。再想。每一个人想到的两只梨都会一样吗？学生答：不可能一样。我说，太对了，你们都是天才，确实有无数个“两只梨”的存在。每次观看两只梨，不管是虚构的，还是真实的，都是新梨。

**第三节：**

它们不是平面，
而有着弯曲的轮廓。
它们是圆的，
渐渐细向梨柄。

我讲解：它们的形状是不是平面？学生答：不是。又解：它们有着弯曲的轮廓，是圆的，渐渐“细”向梨柄，表现出它们的形状，对吗？学生答：对！我说，同学们好厉害，课堂上并没有两只梨，但你们都看清了两只梨的形状、轮廓、色彩，看清了想象中梨存在的广延，呼唤梨从幽暗中出来。

**第四节：**

它们铸造出来
有蓝色的斑点。
一片干硬的叶子
悬在柄上。

我讲解：看清事物，首先要看清它们的直观形象，没有具体的直观形象的事物，只能是抽象的概念。世界上没有抽象的梨的存在，只有具体的、单个的梨。我们想象中的这两只梨，有蓝色的斑点，有柄，柄上悬着干硬的叶子。这里有一个观看的美丽错觉，那就是把梨的斑点颜色错看成了蓝色。这样具体的梨，你们想象到了吗？学生答：想象到了。我说，你们想象力的通道是畅通无阻的，这就是天赋才能。天才的想象力畅通无阻。

**第五节：**

黄色闪耀，
各种黄色闪耀着，
柠檬色，桔红色和绿色，
在梨皮上盛开。

我讲解："看"见了吗？学生答：看见了。我说，"看"很重要，对具体事物，要学会"看"。上一节的"看"，看出蓝色斑点，这一节的“看”，黄色闪耀，黄色是主色调，各种颜色在梨皮上盛开着，如此灿烂。两只梨越来越具体，越来越清晰。学生说，的确是这样。

**第六节：**

梨子的阴影
绿布上的湿痕。
观察者没有像他想象的那样
看见梨子。

我讲解：由于虚构的光，虚构的两只梨子在它们的附近投下了阴影，这阴影就像一块绿布上的湿痕。我们刚才与史蒂文斯一起，虚构了两只梨。但个人的具体、真实的观看中，任何人都无法看见这两只梨。在现实中，你们能看见刚才虚构的这两只梨吗？学生答：看不见。我说，这就对了。其实没有这两只梨。我又说，史蒂文斯的这首诗，至少要让我们思考如下这样的难题：物的自然神性，人的想象力推动物的漂移，语言中美丽的世界，语言通往事物之门，以及什么是诗。

2022年2月14日　明光河边

# 里尔克诗学的两条道路

我出自你，黑暗，
我爱你胜过火焰。[1]

——里尔克《祈祷集》

## 一、起源于倾诉

任何杰出的或伟大的诗人，都要面对自己的诗学难题。没有诗学难题就没有诗。诗是雨水，而诗学难题则是让雨水落下的云。只有云的推动和翻腾，才有雨的落下。当然，诗不是哲学，"云"通常被悬搁；诗是对"雨"的直观。奥地利诗人赖内·里尔克的诗大体可分为两种：一种是"倾诉"的，另一种是"表述"的。这两种诗，里尔克都写出了自己的杰作。"倾诉"和"表述"，事实上是自古就存在的两种诗歌的语言推动形式，但似

1 ［奥］里尔克等:《〈杜伊诺哀歌〉与现代基督教思想》，林克译，上海三联书店，1997年，第128页。

乎少有哪位诗人像里尔克，在两条路上同时探索，并力图打通两种表达形式的隔阂，让两条路在敞开处会合。“倾诉”来自心灵；“表述”来自自然万物及其存在着的状态。进一步说，“倾诉”来自激情或观念，而“表述”则来自事物的呈现，两者都到达语言之中而呈现诗。

先说“倾诉”和“倾诉的诗”。毫无疑问，十首《杜依诺哀歌》是倾诉诗的杰作。第八首哀歌一开头就写道：

生物睁大眼睛注视着
空旷。只有我们的眼睛
仿佛倒过来，将它团团围住
有如陷阱，围住它自由的出口。[1]

诗中的造物包括动物、植物和所有“在着”的事物。“睁大眼睛注视着”这一句在里尔克的心中，并非是一个指向“空旷”（das Offene）的句子，而是与“空旷”平行的、互相呈现和彼此照见的两个表达式。两者共同制造了一个里尔克的诗歌特有的语境。在这个语境中，人和人的视觉以及人的观念还没有参与进去。“睁大的眼睛”并非“看”，而是敞开的状态（Offenheit），是不受任何观察污染的“在”。“睁大的眼睛”与第二句中的“我

1 ［奥］里尔克:《里尔克诗选》，绿原译，人民文学出版社，1996年，第469页。

赖内·里尔克（1875—1926）

们的眼睛”完全不是一种类型的眼睛。“我们的眼睛”，是带着人的视觉、情感、文化、观念去观察的眼睛。我们观察的眼睛一旦观察，就使“空旷”从它“在着”的敞开状态中分离出来，于是“将它团团围住”，生物（造物）被遮蔽就从我们的这双眼睛开始——“有如陷阱，围住它自由的出口”。对自在的事物而言，“看”就是限制，就是产生主观和偏见。

绿原先生把“das Offene”译成“空旷”（又译为“敞开”）。他是这样注释的：“在这‘空旷’的世界，没有时间，没有过去和未来，没有目的，没有限制，没有隔离，也没有死亡作为生命的对立面。儿童有时能进入这种无时间的存在状态，但总是又被推了回来；爱者们接近了它，但又为爱侣的介入所分心；甚至动物也因记起子宫中更亲密的生活更忧伤，它们似乎正在凝视并移向那个空旷，我们却总是凝视着并从那儿移开。在那些瞬间，主客之分已被超越，自我的屏障全部被破坏，可这样的瞬间很少，很稀罕，而且如白驹过隙：它们向我们显示了我们真正的家，可我们却像即将离去的旅客一样，永远在告别中。”[1]

“我们的眼睛”的观察使主客第一次分离，人就此开始走上“告别”之途。接着就是“美”“诗”、美和诗的观念以及各种各样知识系统的产生，使人在告别的旅途中越走越远，一直来到了灵魂备受煎熬、无家可归的技术时代。绿原先生所理解的“空旷”（“敞开”“敞开者”），虽然主客之分尚未明显，但“界限”已经分明，也就是“空旷”的范畴已经确立，事物已经“敞开”而成为“敞开者”。马丁·海德格尔在《诗人何为?》一文中，进一步追问“敞开者”的来源——敞开者是从哪里分离出来的：“里尔克以‘敞开者’这个词所指说的东西，绝对不是由存在者之无蔽状态意义上的敞开状态（Offenheit）来规定的；这种敞开状态让存在者作为这样一个存在者而在场。假若我们想在无蔽状态和无蔽领域的意义上来解释里尔克所说的敞开者，那么，就可以说：里尔克所经验的敞开者，恰恰就是被锁闭者，是未被照亮的东西，它在无界限的东西中继续吸引，以至于它不能遇到什么异乎寻常的东西，根本上也不能遇到任何东西。某物照面之处，即产生界限。哪里有限制，被限制者就在哪里退回到自身那里，从而专注于自身。……在无界限的东西中限制，是在人的表象中被建立起来的。对置的对立，并没有让人直接处于敞开者之中。它以某种方式把人从世界中消除，并把人置于世界面前——在这

1 ［奥］里尔克:《里尔克诗选》，绿原译，第470页。

里，‘世界’意指存在者整体。相反地，世界性的东西乃是敞开者本身，是非对象性的东西的整体。”[1]第八首哀歌中又写道：

> 始终转向万物，我们仅仅
> 在万物身上看见自由者的反映，
> 被我们遮蔽。或一个哑寂的动物，
> 它仰视，平静地穿透我们。
> 这就叫做命运：相对而在，
> 别无其他，始终相对。[2]

不管海德格尔如何寻找处于无蔽状态的存在者，但在里尔克看来，人与“世界”的分离是不可逆转的，因为人无法抵达无蔽意义上的敞开状态。这是人的“命运”，人一旦醒悟，就只有常常与“敞开者”（对象）“相对而在”“别无其他，始终相对”。里尔克在1926年给一位俄国读者的一封信中写道：“对于我试图在哀歌中提出来的‘敞开者’这个概念，你必须作如是理解，即，动物的意识程度把动物投入世界，但动物没有每时每刻把自身置于世界的对立位置（我们人却是这样做的）。动物**在**世界**中**存在；我们人则站**在世界面前**，而这依靠的是我们的意识所作的特有的

1 ［德］海德格尔：《林中路》，孙周兴译，上海译文出版社，2004年，第298页。
2 ［奥］里尔克等：《〈杜伊诺哀歌〉与现代基督教思想》，林克译，第31页。

转折和强化。”“因此，我所说的‘敞开者’，并不是指天空、空气和空间；对观察者和判断者而言，**它们**也还是‘对象’，因此是‘不透明的’（opaque）和关闭的。动物、花朵，也许就**是**这一切，无须为自己辨解；它在自身之前和自身之上就具有那种不可描述的敞开的自由（offene Freiheit）——这在我们人这里也有等价的东西（极度短暂），但或许只是在爱情的最初瞬间，那时人在他人身上，在所爱的人身上，在向上帝的提升中，看到了他自己的广度。”[1]

相比之下，海德格尔要寻找的那种无蔽状态下的“敞开者”，事实上在语言中难以企及。这一点，海德格尔也是很清楚的。所以他说：“只有我们关于在本质上更原始的存在之澄明（Lichtung des Seins）意义上的敞开者的思想，才真正超出了里尔克的诗的范围；而里尔克的诗依然笼罩在尼采式的调和的形而上学的阴影中。”[2]在我看来，我们一旦使用语言，一旦走上某种言说之途，造物作为敞开者就已经被语言的指向、语言的命名或表达锁定。表达的范式来自表达的范畴，没有表达的范畴，则表达的范式就不能存在，就不能呈现美的、有意味的形式。所以，海德格尔探寻的那个无蔽的“敞开者”，那个“原始的存在之澄明”，犹如真理一样，事实上只能亲近，无限地亲近，而不能抵达，更不

1 ［德］海德格尔：《林中路》，孙周兴译，第299页。

2 同上，第300页。

能获得。人的“被抛性”，说明了人与“原始存在之澄明”的分离，这种分离的过程来源于存在者的深渊，但是，人一旦分离出来，又进入了观察和表达的另一个倾诉的深渊。也就是说，人之为人，还必须从倾诉的深渊中再次分离出来，诗和文化就起源于此。诗是什么？说到底，它就是伴随着人从海德格尔的“原始存在之澄明”中分离出来，又从倾诉的深渊中一次又一次地分离出来的表达形式。于是，当诗作为语言艺术存在的时候，诗在语言之中；当诗作为雕塑、建筑、绘画出现的时候，诗在造型、符号或材料之中；当诗作为音乐表现的时候，诗在虚静的音律之中。

然而，真正的诗，当它从倾诉的深渊中一次又一次地分离之后，它也从来没有忘记回归，亦即所谓瞻望“回乡之路”。尽管这只是一种妄想，一种不可为而为之的努力，但是诗人仍然在瞻望，在寻找通途。第八哀歌倾诉道：

外面所有的一切，我们只有从动物的
脸上才知道；因为我们把幼儿
翻来转去，迫使它向后凝视
形体，而不是在动物眼中显得
如此深邃的空旷。免于死亡。
只有我们看得见它；自由的动物
身后总是死亡而
身前则是上帝，当它行走时它走

进了永恒，犹如奔流的泉水。
我们前面从没有，一天也没有，
纯粹的空间，其中有花朵
无尽地开放着。[1]

倾诉的诗有各种各样的表现形式，追问、呼唤自然的神性，昭示观念的起源，为混沌的心灵寻找有意味的形式来分解心灵无意义之空虚，各种方式都能使倾诉变成诗。还是海德格尔说得好："人在自然不足以应付人的表象之处，就订造（bestellen）自然。人在缺乏新事物之处，就制造新事物。人在事物搅乱他之处，就改造（umstellen）事物。人在事物使他偏离他的意图之处，就调整（verstellen）事物。人在要夸东西可供购买或利用之际，就把东西摆出来（ausstellen）。在要把自己的本事摆出来并为自己的行业作宣传之际，人就摆出来。"[2]诗从人的天性和需要滋生，人创造诗。倾诉为创造提供了可能，只有创造，人才能尽可能远地踏上回乡之途。人创造了回乡之途，然后自己踏上回乡之途。尽管这回乡之途，是虚妄之途。在诗人倾诉的时候，自然万物包括人自己和人创造的一切，都为诗所统摄、分解而蕴成了诗。

当然，人的创造，人的文化和诗之传统积淀的形成也无处

1 ［奥］里尔克:《里尔克诗选》，绿原译，第469—470页。
2 ［德］海德格尔:《林中路》，孙周兴译，第301—302页。

不在地遮蔽了诗。诗让事物敞开和对事物的遮蔽几乎是同时进行的。诗的逻辑生发虽然不像逻辑演绎一样引申为抽象的形式，但诗一旦出现，也就不可避免地坚持了自己语言漂移的尺度。任何一首伟大的诗都是如此，在诗如江河一样流动和显现的尺度上漂移。这是语言表达的决定，语言的漂移迁流。所以，诗人既创造了诗，同时也创造了单纯的诗无法抵达的幽暗的盲区。这个盲区就是倾诉的深渊，是语言的灵魂翻转的滚滚红尘。由于诗人既创造了诗，又创造了诗的盲区，所以，一代代优秀诗人的存在才成其为可能，诗也才会永远存在。盲区并非诗性的“无”，恰恰相反，它是诗性的“有”。一首诗是一棵植物、一个石头、一头豹子或一条河，但隐在盲区中的诗性则是大地，是心灵和万物不朽的载体。第六哀歌写道：

> 无花果树，长久以来我就觉得事关重大，
> 你是怎样几乎完全错过花期
> 未经夸耀，就将你纯粹的秘密
> 催入了及时决定的果实。[1]

第七哀歌写道：



1 ［奥］里尔克：《里尔克诗选》，绿原译，第460页。

天使啊，即使我向你求爱！你也不会来。

因为我的呼喊永远充满离去。[1]

《图像集》中著名的《秋日》：

主啊，是时候了。夏日何其壮观。
把你的影子投向日规吧，
再把风吹向郊原。

命令最后的果实饱满圆熟；
再给它们偏南的日照两场，
催促它们向尽善尽美成长，
并把最后的甜蜜酿进浓酒。

谁现在没有房屋，再也建造不成。
谁现在单身一人，将长久孤苦伶仃，
将醒着，读着，写着长信
将在林荫小道上心神不定
徘徊不已，眼见落叶飘零。[2]

1 ［奥］里尔克：《里尔克诗选》，绿原译，第468页。

2 同上，第94页。

在里尔克这类倾诉衷肠的杰作中，无花果、天使、秋日都是他找到的倾诉的对象。这些“对象”作为文化积淀和观念的载体，作为传统审美观念中已经具有诗性之美的“事物”，它们在里尔克的感召下重新苏醒。说到底，艺术就是在语言漂移中使事物重新苏醒的技艺。这里所说的事物，包括一切文化积淀过程中呈现过，但已经死去的诗性。比如春夏秋冬、风花雪月、爱恨哀怨之类，在一代代诗人的倾诉或颂歌中，它们已经死去。我把这些“事物”叫作诗-蕴创造的死亡。里尔克被称为新浪漫派诗人，与众多现代派诗人的一个不同之处，就在于他不回避经过浪漫主义的狂风暴雨扫荡之后，已经垂死的事物。这一点十分重要。比如“夏日”“果实”“甜蜜的浓酒”“孤苦伶仃”“林荫小道”“叶落飘零”这类词如果用得不好，那就只能制造平庸的诗。但里尔克把这些词放在“主啊，是时候了”这个语境中，使这些语词得以复活。毫无疑问，里尔克的诗有着强大的基督教文化的背景，这一背景正是德国浪漫派的神学背景，是他的诗生命力量的巨大源泉。但同时，他也在诗中改造了基督教的传统诗学观念。他不但超越了基督教的生死观，而且也超越了现代诗中“语词的生死观”。他的诗中的“天使”“主”之类的语词未经技术层面的清洗，就获得了诗性的解放。这是里尔克了不起的地方。而现代诗是以各种各样的方式清洗附着在语词之上的“诗化垃圾”和文化垃圾开始的。里尔克从另外的通途抵达澄明之诗，可以说是与其他现代派大师殊途同归。里尔克是伟大的倾诉者，神性、人性和物性在他的观念中合而为一，像金属力量和时间能量在一个巨大的钟上合而为一。里尔克是铸造钟的人，也是敲响钟的人。他在1925年11月13日写给他的波兰译者维托尔德·于勒维的信中解释说：

> 肯定生与肯定死在《哀歌》中被证明为一件事。《哀歌》传布并宣扬了一种观点：生与死，认可一个而不认可另一个，是一种终将排除一切无限物的局限。死是生的另一面，它背向我们，我们不曾与它照面：我们的此在以两个没有界限的领域为家，受二者无穷的滋养，我们必须尝试对它获得最大的意识……真正的生命形象穿越两个区域，最伟大的循环之血涌过二者：既无此岸也无彼岸，惟有伟大的统一，其中栖居着超逾我们的实体——“天使”。[1]

就这样，在里尔克的眼里，“天使”成了万物诗性和神性统一的代名词。里尔克害怕将生与死、事物与事物分离的观念，因为生与死的对立和万物之间的陌生感，他陷入了深深的恐惧。在第八哀歌里，“子宫”就是“伟大的统一”的一个象征，“因为子宫就是一切”。诗性的虚无和诗性的诞生都让人恐慌，倾诉不但

1 ［奥］里尔克：《穆佐书简——里尔克晚期书信集》，林克、袁洪敏译，华夏出版社，2012年，第160页。

不能拯救人，反而让人更清醒、更孤单。

一个从子宫诞生却又必须飞翔的
生物是何等狼狈啊。它仿佛恐惧
本身，痉挛穿空而过，宛如一道裂痕
穿过茶杯。蝙蝠的行踪就这样
划破了黄昏的瓷器。[1]

## 二、起源于表述

里尔克在罗丹的影响下写的一类诗，其风格与《哀歌》和其他“倾诉”的诗不同。《豹——巴黎植物园》是这类诗的代表作。巴黎植物园（同时也是动物园）中的这头豹子，像威廉·布莱克（William Blake，1757—1827）创造的那只老虎，光焰灼灼，燃烧在黑夜之林；像博尔赫斯想着的那只老虎，跨越了蛮荒的距离，在竹子编的篱笆条纹之间，在恒河的泥地上留下脚迹。博尔赫斯的老虎来源于布莱克，然后滋生出三只老虎。三只老虎在读者的心中创造了另一个虎的世界、虎的意志。里尔克创造的这头著名的豹起源于罗丹，罗丹一个老虎的石膏模型曾给里尔克带来灵感，启发了一头兽在诗中跨越时空、创造时空之美。于是他创

1 ［奥］里尔克:《里尔克诗选》，绿原译，第473页。

造了一头自己的豹子：

他的视力因栅木晃来晃去
而困乏，什么再也看不见。
世界在他好似只有一千根栅木
一千根栅木后面便没有世界。

威武步伐之轻柔的移动
在转着最小的圆圈，
有如一场力之舞围绕着中心
其间僵立着一个宏伟的意愿。

只是有时眼帘会无声
掀起——。于是一个图像映进来，
穿过肢体之紧张的寂静——
到达心中即不复存在。[1]

里尔克在1903年8月8日致女友莎乐美的信中说过，罗丹的使命是将“物质”更亲密、更确实地嵌入宽广的空间，以使艺术成为永恒的东西。他在著名的《罗丹论》中，一再强调了这一观

1 ［奥］里尔克:《里尔克诗选》，绿原译，第300—301页。

点：坚固的空间的确立，是永恒的诗性起源的基础。如果说倾诉的艺术其诗性起源于心灵、情感或观念，那么，表述的艺术之诗性则起源于坚固的事物或事态。事物或事态的存在之美，以及这种自身开显的美的发现，正是客观主义美学的基本原则。换句话说，里尔克从罗丹那里学到了客观主义的叙述力量，学到了如何把现实及其表象转化成美的精湛技艺。这就好比一位雅典的石匠，从他的师父那里学到了对石头的理解，同时，也学会了如何征服一块块自在的石头，使石头改变存在的方式，以让人的情感和意志在物质上得以确立。在人类创造美或审美的历史上，客观对象之美发现最早，理论的总结也最为彻底。模仿的观念就是在发现对象的过程中确立起来的，这种发现，是人类真正从自然中分离出来的象征。也就是说，人发现了事物，发现了敞开者，人就走上了背离存在者的语言征途。

只有在人们逐渐发现语言的局限与“万法唯心”的过程中，客观主义美学才受到怀疑。然而，自古以来，理论家们的言说方式总是顾此失彼，深入一途需将另一途悬搁或放弃，于是，未涉猎的领域变成了盲区。就连里尔克本人也是如此，当他被罗丹的伟大艺术观念震撼的时候，他迷恋着具体事物，并将自己的感想上升为理论的总结：“诗并非如人所想只是感情，感情我们有得够多了；诗是经验。”[1] 1903年4月3日致艾伦·凯的信中也说过，他





1 ［奥］里尔克：《里尔克诗选》，绿原译，第274页。

小时候就已经发现了“物质”存在的那种均衡感中隐藏着的生命力量，这一发现让他从中获得了巨大的欢喜感，这种欢喜感一直持续地绵延不绝，他对此从来没有过一丝犹豫与怀疑。1903年，他刚刚出版了《罗丹论》，那是他关于“物质”的思想形成的年月。但到写《杜依诺哀歌》和《致俄耳甫斯十四行》的时候，即十几年以后，他的诗风为之一变。这种变化体现在对“物质”（事物）的理解上。当他确信诗性来源于“物质”的时候，“物质”是他的信仰；当他远离“物质”叩问心灵的时候，心灵中滋生的神性是他的信仰。

我之所以称里尔克的《豹》一类诗为“表述”而非“描述”“再现”或“反映”，是因为我的看法是，在艺术表达形式诸领域，不存在纯粹的客观，也不存在纯粹的主观。《巴尔扎克》《加莱义民》《青铜时代》《思想者》等杰作的伟大古拙之美起源于事物，但并没有终止于事物；事物被创造，但并没有脱离事物。事物或事态在艺术家的心中寻找时间和空间的表象，于是，时间和空间被打开并有了自己的形式——在此之前，时间和空间是关闭的。说到底，人在表述事物、呼唤事物的时候，事物也在寻找着它们的表述者。事物总是与它们的表述者同时到达，最终合而为一，然后随着诗性的诞生，又从“一”滋生“多”。“巴尔扎克的像亦如是。罗丹赐给他的伟大，也许超过作家的本来面目。他简直把他的元素抓住，并且超过这元素；在这元素的最远的可能性四周，他划下那雄浑的轮廓，仿佛久已列于最古的民族墓里的纪念碑中了。他整个儿为这座雕刻不知辛苦了多少年，他曾经游览过巴尔扎克的故乡……罗丹在千百副面孔中访寻那对于他们还没成为过去的人。和巴尔扎克一样，他相信这世界的真实，而且居然能够暂时厕身其间。他生活着，仿佛是巴尔扎克把他创造出来。”[1]

里尔克告诉我们，真正的评论是既创造了评论的对象，也创造了自己。只有平庸的当代学院派理论才羞于面对自己，自己抛弃自己，把自己置身事外。当里尔克发现罗丹心中的兽和巴黎植物园中的那头豹的时候，事实上，他也就是发现了自己。“他的视力因栅木晃来晃去 / 而困乏，什么再也看不见。/ 世界在他好似只一千根栅木 / 一千根栅木后面便没有世界。”诗中的“他”实际上就是里尔克，而不是巴黎植物园里那头真实的豹子。正是在那头真实的豹子、诗中的豹子与里尔克三者合而为一的时候，豹子才是“威武”的，才在牢笼里像思想者或英雄那样转着圆圈，才“有如一场力之舞围绕着中心 / 其间僵立着一个宏伟的意愿”。这个意愿是不可知的，它属于豹子的神性；人的神性，诗人没有必要解释，也无从解释。因为任何解释都将陷入单一性而破坏那个巨大的“意愿”。同样，在豹子的眼中，人的世界亦不可知。说到底，眼睛只能观察到事物在某个瞬间显露的表象，而不可能知道所谓本质。因为表象也并非随时显露，表象作为一种视觉语言，当它显露的瞬间，也就是诗如天光开显的瞬间。在这

1 ［奥］里尔克：《罗丹论》，梁宗岱译，中央编译出版社，2006年，第119页。

个语义上，豹子的眼睛和人的眼睛同时睁开了。在世俗之眼中最不可靠的、稍纵即逝的幻影成为诗：

只是有时眼帘会无声
掀起——。于是一个图像映进来，
穿过肢体之紧张的寂静——
到达心中即不复存在。

尽管里尔克认为他的《哀歌》《致俄耳甫斯十四行》比他的“物”诗进步了，甚至宣称颂歌和赞美是他的目标，宣称“中止对于现实的任何判断，是艺术家的最高职责”[1]这一信条。“赞美，只有赞美！一个受命赞美者，/ 他像矿砂一样诞生于 / 岩石的沉默。他的心，哦，隐藏的榨汁器，/ 酿造非人所能穷尽的葡萄酒。”[2]然而，我却不以为然。在我看来，“物诗”和“哀歌”的区别，只是诗起源不同而已。诗不可能有一个凝固不变的本体的起源。“物诗”起源于“形而下”的自然神性，“哀歌”则起源于“形而上”的灵魂神性。诗人在两条路上行走，却受着诗-蕴能量所驱使。这个能量来源于泛神论的上帝，来源于斯宾诺莎亲近过的自然神性。形而上的神性和形而下的神性在事物及其语言

1 ［奥］里尔克:《里尔克诗选》，绿原译，第274页。

2 ［奥］里尔克:《致俄耳甫斯十四行·七》，［奥］里尔克:《里尔克读本》，冯至、绿原等译，人民文学出版社，2011年，第137页。

的运动中合而为一，是自古以来一切伟大的诗歌创作路径的基本特征。一座伟大的教堂就是一首伟大的诗，当那些建筑材料被创造成拔地而起、直指苍穹的教堂的时候，物性和神性就在一个伟大的统一体中形成并毫无保留地显露出来了。伟大的诗是一种信仰。早在1900年10月4日的日记中，里尔克关于上帝的谈话，足以证明引领他的诗走上不同道路的上帝究竟是什么样的：

> 我却悄声谈论他。他的弱点，他的不合理，以及他的能力的一切不足之处，大概统统归因于他的演化。他尚未完成。他应当何时最终完成？人如此迫切地需要他，乃至从一开始，人就把他感觉为和视为在者。人需要完结的他，于是说：上帝在。现在他必须弥补他的形成。正是我们帮助他弥补。他随我们一道形成，随我们的欢乐而成长，我们的忧伤造成了他脸上的阴影。一旦我们找到了自己，凡是我们不在他身上做的，我们都不能做。您不能想象他在群体之上。他的旨意不在群体，他愿意被许多人承载。在群体之中，人人如此渺小，不能为建造上帝助一臂之力。迎向他的个人则直视他的脸，定然高耸至他的肩头，在他身旁无比强大，对于上帝十分重要。这就是我最好的生存勇气：我必须伟大，才有益于他的伟大，必须单纯，才不会扰乱他。我的真诚在某处邻接他的真诚。[1]





1 ［奥］里尔克等:《〈杜伊诺哀歌〉与现代基督教思想》，林克译，第141页。

上帝在个人的创造过程中形成，人人心中都有自己的上帝。（这里的上帝，当然指的是自然神性，是亚里士多德说的那种最高的存在。）人活着，就是要面对自己和面对自然万物探索上帝这一伟大的在者。上帝的存在与人的判断力的存在是连在一起的，人是上帝这部天书的解释者，人人都可能接受启迪并具备创造的能力。人因这种创造而变得完整。只有通过这种创造，物性、人性、神性和诗性才能统一起来。追根溯源，这至少也要记在斯宾诺莎讨论自然神性的功劳簿上。基督教的教义不承认上帝具有物质性，而把上帝当作万物的创造者，罪孽、赎罪、救世的各色悲喜剧都为上帝所导演，这个上帝的行动就是要达到他的目的，把人都纳入他目的的运动之中。但在斯宾诺萨的《伦理学》里，物质世界可以成为上帝的一部分，物质世界是完满的，这就体现了上帝的具体神性的存在。因为我们作为人，能构成有关一切事物的恰当观念，其中也包括上帝。我们走在亲近上帝、创造上帝的途中。踏上此途，人和物通向自由和自足的道路敞开着。"敞开"的过程，与人的知识和智慧的探索是同一的。实践这种同一性，是心灵的最高境界和最大的美德。斯宾诺莎早就告诉我们，存在的法则，就是事物打开它们完美的"样态"，这一努力也是每个生物最根本的性质。"样态"包括我们的"高兴"和"悲哀"，也包括事物完美的、自足的存在。我们可以肯定，里尔克不是先知先觉者，但他是先知先觉者梦见的人。反过来，同样可以想象，里尔克也梦见了斯宾诺莎，梦见了亚里士多德。他们在同一个梦境中的事物上相会，事物因此而湿润，而充满盎然生机。在物性、人性、神性和诗性的“统一性”中，哀歌亦即颂歌。他在1900年10月21日作的《悲叹》一诗写道：

屋子里一座钟
敲响了……
在哪一个屋子里？……
我想从我的心中走出去
走到广大天空下面去。
我想祈祷。
而所有星星中间
总还有一个在。
我相信，我知道
唯有哪一个
延续下来，
哪一个像一座白城
立于天光的尽头……[1]

这首诗就是“空旷”或“敞开”。从空洞的屋子里敲响响彻天宇的“钟”，走出自己的“我”以及唯一延续下来的、那颗立



1 ［奥］里尔克：《里尔克诗选》，绿原译，第92页。

于天光尽头的“星星”，三者构成了“统一的整体”，物和人通过象征表达了诗性和神性。

里尔克不只是一位杰出的诗人，也是一位杰出的理论家。他的一封书信或只言片语，往往出其不意就敞亮了诗学不朽的光辉。他的艺术要实现的是**可见之物与不可见之物的转化**，这种转化事实上就是一切伟大艺术的一个基本法则。对于里尔克，不论起源于“倾诉”的诗，还是起源于“表述”的诗，都只是**转化**的不同形式。1925年11月13日在致于勒维的信中，里尔克解释了《哀歌》，阐述了这个著名的诗学命题（此时离他去世仅有十三个半月）：

> 我们的使命就是把这个短暂而羸弱的大地深深地、痛苦地、深情地铭刻在心，好让它的本质在我们心中“不可见地”复合。**我们是不可见之物的蜜蜂**。《哀歌》指明了我们这项事业，就是这些持续不断的转换，把所爱的可见之物和可及之物化为我们的天性的不可见的震荡和感触，这种震荡将把新的震荡频率输入宇宙的震荡频道。……**在《哀歌》的意义上，我们正是这些大地的转化者，我们整个的此在，我们的爱的飞翔和坠落，这一切使我们能够胜任这项使命**（除此之外，根本没有别的使命）。[1]

1 ［奥］里尔克:《穆佐书简——里尔克晚期书信集》，林克、袁洪敏译，第215—216页。

实现可见之物与不可见之物的转化，不但超越了不同风格的诗歌表达形式，而且还超越了宗教领域中神的表达式。这是诗对人的拯救，是永恒的拯救方式之一。在1905年写的《佛》一诗中，《悲叹》中的“星星”又成为“佛”的象征：

仿佛他在谛听。寂静：一片远处……
我们且打住，它已远不可闻。
而他是星。另一些巨星，
我们看不见，却将他团团围簇。[1]

在1907年7月19日写的另一首《佛》中，里尔克“看见”：

异国畏缩的参拜者已从远方
感觉到，金光从他身上往下滴[2]

又读1908年夏天写的《光轮中的佛》：

一切中心之中心，核仁之核仁，
自成一统而又甘美绝伦的扁桃，——

1 ［奥］里尔克：《里尔克诗选》，绿原译，第292页。
2 同上，第327页。

宇宙万物直至大小星辰
都是你的果肉：这里向你问好。

哦你感到你一无牵挂；
你的果皮达到了无限，
其中有浓烈果浆凝聚而升华。
外面还有一个光体从旁支援，

因为高高在上是你的太阳
在圆满而炽烈地旋转。
而你身上却已开始生长
比太阳更高的内涵。[1]

2001年12月16日　喜鹊庐

2022年2月21日　燕庐修订

1 ［奥］里尔克:《里尔克诗选》，绿原译，第426页。

# 弗罗斯特，已经变成行动的言辞

长梯穿过树顶，竖起两个尖端，
刺向沉静的苍穹。

——弗罗斯特《摘罢苹果》[1]

## 一、生活之路的转喻

美国伟大诗人罗伯特·弗罗斯特（1874—1963）20岁发表第一首诗，40岁才成名。在此期间，他的生活颠沛流离、屡遭磨难，但矢志不一，向诗而生，从不向束缚自由的任何生存体制退让，哪怕是美国大学教育的体制。

弗罗斯特是一心一意自由地理解生活、创造自由生活的诗人。他不是向世人发布诗教的知识人，而是自己诗-蕴精神生活的主人；他就是他的诗和诗学的全部内涵，因创造诗而创造了生活。

1 本文所引诗作，除注明的出处外，均引自［美］弗罗斯特:《一条未走的路》，方平译，上海译文出版社，1988年。

罗伯特·弗罗斯特（1874—1963）

就是说，在弗罗斯特的生命过程中，所谓现实生活的世界与诗-蕴生活世界是合而为一的。他是生活自洽自在的在场者，是一个没有各种附加身份的人；他没有所谓的人生舞台，没有观众；他在世界中在着，自我显现为一个人。

自古以来的文学写作者，几乎人人歌颂土地，却只有少数写作者以耕作的方式亲近土地。草木以完美的生命形式歌颂土地，而人对土地的歌颂莫过于自己耕作。

弗罗斯特几次上大学，但每次都因对学院生活的厌恶而回到土地上去。他喜欢做一个农民，与泥巴直接交流，与草木对话。

粮食、水果、蔬菜、花朵、草叶、树木、石头……事物生生不息、坚不可摧，使他着迷。他要创作语言中的草木来与自然中的草木对观，使诗的生命与草木的生命一样生机勃勃。他与前辈诗人瓦尔特·惠特曼互为梦中人。

他害怕各种教条化的书本知识，害怕在文化中繁殖的空洞的诗歌。

在他初学写诗的时候，英语诗歌盛行的是维多利亚时代矫揉造作的诗风，那种衰老的浪漫主义陈词滥调，既埋葬了诗人，也埋葬了诗歌。

面对英语诗坛的造作和腐朽，他有两条路可走：一条是向现代主义学习各种先锋的诗歌技艺；另一条是回归自然，重新观看事物。前者是要将诗歌赋予现代性的文化特征，后者是要对自然万物、社会生活进行诗的重新命名。

走象征主义以来的“现代性诗歌”那条先锋之路，有传统—现代之间的张力支持，有“文学进步论”作为靠山，比较稳妥；走回归自然之路，则有被指责为传统、守旧的危险。

当然，弗罗斯特选择了后一条道路。他的名作《一条未走的路》，是生活之路选择的一个转喻：

深黄的林子里有两条岔开的路，
很遗憾，我，一个过路人，
没法同时踏上两条征途，

伫立好久，我向一条路远远望去，
直到它打弯，视线被灌木丛挡住。

于是我选择了另一条，不比那条差，
也许我还能说出更好的理由，
因为它绿草茸茸，等待人去践踏——
其实讲到留下了往来的足迹，
两条路，说不上差别有多大。

那天早晨，有两条路，相差无几，
都埋在还没被踩过的落叶底下。
啊，我把那第一条路留给另一天！
可我知道，一条路又接上了另一条，
将来能否重回旧地，这就难言。
隔了多少岁月，流逝了多少时光，
我将叹一口气，提起当年的旧事：
林子里有两条路，朝着两个方向，
而我——我走上了一条更少人迹的路，
于是带来了完全不同的一番景象。

在这首著名的诗中，弗罗斯特以“路”这个最传统的事物展开，让“路”的诗-蕴以一种最古老的转喻方式缓缓生发，低音吟咏，边走边看，从具体的路，转喻为人生之路。

“路”在弗罗斯特的诗里不是概念，而是事物。当读者跟随弗罗斯特走去，脚下具体的路，眼中的路，通过描述性的观看，把人带进来，带到岔路口，让两条路都同时敞开，而留下一条未走的路，通向不可知的苍茫之境。

未走的路是一个遗憾，永远悬在心中。这是一个古老的人生命题、哲学命题。人不能同时走在两条路上，因为一个人只能走在他此刻走着的位置，存在于他此刻在着的位置。或者说，人作为具体的人，不能抽象性地同时存在于不同的位置上。这是对自然人存在世界中的一个常识的重新发现。与此相对应的是，只有抽象的人，才能同时存在于不同的位置。因此，在诗中描述具体的人还是表现抽象的人，是个重大的诗学命题。

我们又来看《受到冷落》：

> 大家听任我们俩去闯自己的路——
> 真没想到这一对这么没出息！
> 在流浪的途中，我们歇一歇脚，
> 一副捣蛋的神情，还带几分清高，
> 想叫自己并没觉得给人抛弃。

这是弗罗斯特自传性的一首小诗。诗中的“我们”，就是他和妻子爱莉纳·怀特（Elinor White）。弗罗斯特和爱莉纳是中学同学，两人的成绩名列前茅，不分伯仲。中学毕业，爱莉纳上了波士顿学院，而弗罗斯特无意上大学，一心只想写诗，就到毛纺织厂当了临时工人。但爱莉纳大学毕业后，还是嫁给了他这个只想当乡巴佬的诗人。他们夫妇过着艰难的生活，经济拮据，无人理解，前途渺茫，却无怨无悔。弗罗斯特的这条人生之路，不仅要自己去走，还把妻子也带入他的路途。《受到冷落》是寂寞诗心的无奈和欢乐纠缠在一起的人生颂歌。弗罗斯特的"路"最让人感动的地方是——路即行动。路因生命的行动，而超越了一般的隐喻和象征。

路即行动。再来看《停马在雪夜的林边》：

林子真可爱，幽暗而深远。
可是我还得赶赴一个约会，
还得赶好多里路才能安睡，
还得赶好多里路才能安睡。

路如生命般古老。路和生命同时延伸。但这一条路，是弗罗斯特自己走过的。以生命过程展开路，走着或停下，都充满眷恋。

## 二、"向后看写作"

比较而言，同样是要超越维多利亚时代的流行写法，T. S. 艾略特的诗歌创作，则以知识和观念的现代性表现为出发点，去挖掘历史的深度，以展现一种现代人的精神危机。比如《荒原》的第一句“四月是最残忍的一个月”（April is the cruellest month），即一个观念性表达的判断句，主词和谓词之间有着巨大的“空洞”需要观念去填充——“四月”与“残忍”之间的鸿沟太深。

而弗罗斯特写诗，是自然而然地写，犹如老子说的“道法自然”。老子的“道法自然”不是“向前看”，而是“向后看”，以回归自然而然的存在。弗罗斯特的诗歌创作亦是“向后看”，与自然万物平行对观，看到自己的行动与脚下的路和合升华为诗歌的语词与音声。

因此，弗罗斯特的诗歌写作，是“向后看写作”。

“道法自然”即自然而然地走着。走着走着，就走过去了。生命之路不能回头再来。赫拉克利特说过，万物皆流，人不能两次踏进同一条河流。生命在流，人也不能两次踏进同一条人生之路。

弗罗斯特咏叹，《黄金的时光不能留》：

大自然的新绿是黄金，
算这天然姿色最薄命；
大自然的嫩叶是朵花，
这好景可只是一刹那；
于是叶子无非叶子一张，

伊甸园也就陷入了悲伤。
美好的清晨转眼成白昼，
黄金的时光不能留。

时光在流。“时光不能留”是人类最古老的经验之思，是生命经验中，时间的发现和觉悟。

上帝造了亚当和夏娃，让他们在伊甸乐园里无忧无虑地生活着，他们既不知道善恶、生死和羞耻，也不知道时间和空间。亚当和夏娃因受蛇的引诱偷吃了禁果，才产生了人和人的原罪，同时也产生了人和生物的生死，以及留不住的时光。这是圣经的古老命题，弗罗斯特淡然触及，“伊甸园也就陷入了悲伤”“美好的清晨转眼成白昼”，如风摇曳而过。

“向后看写作”需通过人生经验的体悟，回溯常识和具体事物。常识和具体事物存在于耳熟能详的普通的词汇中。

弗罗斯特诗中使用的词汇，几乎都是十九世纪及以前的主流诗歌中常用的词汇，也是普通民众常用的词汇。比如《修墙》《春潭》《繁花似锦》《踩叶人》《收割》《小鸟》《柴堆》《春天的祈祷》《白桦树》等几乎所有诗作，从标题到内文的词汇比比皆是。《黄金的时光不能留》中的“新绿”“黄金”“嫩叶”“花朵”等亦然。

“向后看写作”回到语词的自然。

弗罗斯特诗中的词汇尽管多是命名性和描述性的，却都承载着传统诗歌美学的既成观念。负载着传统诗意的词汇用得不当，就会陷入传统的诗歌语义内涵里不能自拔。应该说，大部分平庸诗歌的写作，都是利用传统的词汇复制传统诗意。平庸的诗歌阅读，也是阅读者对传统中庸常诗意的复制。庸常的诗意是诗意的知识，唯有知识可以复制和传播。一首诗的美是不能复制和传播的。

事实上，优秀诗人都要面对激活传统诗意的难题，因为写作不能绕开传统词汇而去生造大量词汇，以实现诗歌创新的目的。弗罗斯特也要面对这个难题，而且，他的“向后看写作”，面对的难题更大，因为他的诗就在难题之中。

如果《黄金的时光不能留》这首诗里没有“黄金的时光不能留”（Nothing gold can stay）和“于是叶子无非叶子一张，/ 伊甸园也就陷入了悲伤”（Then leaf subsides to leaf, / So Eden sank to grief）这样的诗句，让“黄金”“新绿”“叶子”“悲伤”类比转喻而崭新生发，那么这首诗也就无法确立它的弗罗斯特式新意。

弗罗斯特的“向后看写作”之所以有效，是因为他在新英格兰的大地上，创作了二十世纪英语世界的新牧歌和新农事诗。

## 三、诗到观看为止

弗罗斯特的《望不远，也看不深》，是一首伟大的诗歌。它悄无声息地就蕴成了一个诗意：个人眺望世界的局限与无助。

沿着沙滩的行人，
都转身向一边眺望。
他们把背朝着陆地，
整天眺望着海洋。

有一条船在海上驶过，
船身不断地往上升；
湿淋淋的“地”面像镜子，
映出一只海鸥的倒影。

也许陆地有更多的变化，
不过不管实情怎样，
海浪日夜在拍岸，
人们眺望着海洋。

他们往外望不到多远，
他们往里看不到多深，
但是有什么可以阻拦
他们那凝望的眼神？

人既在世界之内，也在世界之外。但无论在内还是在外，都看不清世界。每种生命和物质，都有它的定数。这是人存在的定数。

所谓的世界，是个整体，是混沌的自然域与生活域的整体。

在人观看的世界，人是个体的人，没有整体的人。

个体的人带着个人的视觉，面对世界，“望不远，也看不深”（Neither Out Far Nor In Deep）。这首诗中的“陆地”和“海洋”，即人背对或面对的“整体”。

“陆地”“海洋”“天空”以及各种各类事物的共相，它们作为整体，都只能想象，而不可知。何谓不可知？个人无法抵达“整体”，因为个人就在整体之中；个人看不见整体，因为个人没有上帝的视角。

人人都是自己小小的宇宙。自己的完整性、封闭性像个果实那样自在。

自己就是他人和事物的界限。因此，个人的孤独是天生的。

个人在世界上存在，不停地移动位置看世界，即便在梦中也是如此。因此，个人看见的永远是世界的局部，即便局部之间被想象力连接，也还是局部。

人看世界，将世界分解为局部；世界在个人的眼中是局部的翻转，而在语言中是梦幻泡影。

世界在人的观看中，也在语言的观看中。每个词都有眼睛。

从弗罗斯特的杰作中，我们又可以得出一个诗学命题：诗到观看为止。

弗罗斯特把人的观看拉回到原初、朴素的视觉观看上来，无意中也就消解了人们不断抽象出来的“人生意义”。

人是繁殖所谓人生意义的动物。

人将“人生意义”繁殖、泛化到几乎所有领域。

人因为无聊而总在文学中繁殖人生意义。

文学，是无聊之人繁殖人生意义的温床。

写作者繁殖人生意义的工作，通常在批评家的协助下完成。

在文学中繁殖人生意义已经形成了一条学术生产线。

文学自然与人生意义有关，所谓“文学是人学”，但最高级的文学绝不是为了书写人生意义而存在。人制造了太多的人生意义，人生意义使人变成它的奴仆。

自然人被“意义人”抛弃。

所谓人生意义，在诗教伦理中，通常是一种自上而下的权力意志。

对于弗罗斯特而言，如果有人去跟他谈人生意义和文学中的人生意义，他可能会听不懂。

只有蹩脚的批评家才整天去关心诗作中的人生意义，就像庸俗的社会学批评家那样总是要千方百计地去寻找作品的主题，以作品的社会功用作为评价艺术高下的尺度。这类批评家相信生活世界有一个本质，只要拼命去打捞就能在生活之海的深处找到。他们没有意料到“打捞”的工作，将永远无功而返。因为那个本质永远在打捞者的深处，那个深处只有想象中的神祇才能到达，而人根本就没有这个能力。

这就是说，生活世界本身根本就没有一个共同的、殊途同归的深度本质，只有虚妄的逻辑假象。

对于多数人来说，人生之所以充满着各种迷惑，其根源就在于有一种深处或远方的引力在吸引着，而人们终无所获。换句话说，只有愚蠢的作家或愚蠢的读者，才相信一个文本能“揭示”生活的规律或人生的真谛。

因此，把概念化、观念化的人生意义嫁接到诗歌中去的任何企图，都是牵强附会的。

有三种诗人：

一种是智性诗人，如马拉美、瓦雷里、艾略特、叶芝等，他们在建构诗意和诗学，他们的写作是智性写作，有语言深度构造、文化关怀和诗艺的翻新；

一种是反智诗人，如达达诗人、后现代主义诗人阿波利奈尔、艾伦·金斯堡等，他们对传统诗意和诗学进行解构，他们的写作是反智化的写作，消解语言负载的任何深度模式；

一种是经验诗人，如惠特曼、弗罗斯特、威廉斯等，他们靠人生经验写作，忠实于直观的生命感受，忠实于人的先天感觉。

什么是经验诗人？以行动写作的诗人。

经验诗人认为：诗就是行动，是行动中的自我观看。

第一、二种诗人都是小众化的精英写作，唯有第三种诗人拥有大量的普通读者。弗罗斯特是经验诗人，他的诗集在美国一直是畅销书便是证明。由于他的诗是个人的日常经验的写照，因此，他的优秀作品成为美国人寻找家园的最佳艺术途径之一。

弗罗斯特在诗中常常直接地看天空和大地。

《大犬星座》诗云：

我是只丧家之犬，
但今夜我要与那
穿越夜空的天狗
一块儿叫上两声。[1]

《立足在这个星球上》云：

我们要的是雨。它不闪光，不咆哮，
只下雨。

## 四、告别“蒙面词写作”

每一个语词都有自己的眼睛。当然，语词只有在使用中才有眼睛。如果要说诗歌写作有个最要紧的技艺，那就是擦亮语词的眼睛。这个比喻与擦亮灵魂之眼的比喻相仿。

1 ［美］弗罗斯特:《弗罗斯特诗全集》上，曹明伦译，辽宁教育出版社，2002年，第335页。

“语词只有在使用中才有眼睛”这个说法，也可以说成是：诗是语词的行动。

诗是语词的行动。这个命题也充满歧义。因为行动着的语词，并不一定是单纯的语词。

语词总是被大写的诗，以及各种观念隐喻利用、引诱，变成“蒙面词”。试想，如果一个诗人的心中都是鬼魂般游移的“蒙面词”，那么这个人的心灵空间会有多阴暗。

“蒙面词”不知道自己蒙面。被教条的诗意控制的灵魂，不知道自己养着麇集的“蒙面词”，并被它们控制着。

弗罗斯特在1923年也思考过这个问题。他在《几条定义》那篇文章中说：

> 有时候我对言辞全盘怀疑,我问自己什么是它们的适当位置。如果它们不起点作用，如果它们不像最后通牒或喊杀声那样接近于行动，那么还不如不用它们。它们必须痛快淋漓，就像玩扑克时摊牌那样，绝不容对手翻悔。我为诗下的定义（如果我非下定义不可的话），应该是：已经变成了行动的言辞。
>
> 诗是实际说话之语音语调的复制品。
>
> 世间有两种现实主义者：一种拿出的土豆总是沾满了泥，以说明他们的土豆是真的，可另一种则要把土豆弄干净才感到满意。我倾向于第二种现实主义者。在我看来，艺术

要为生活做的事就是净化生活，揭示生活。

诗始于喉头的一阵哽咽，始于一丝怀乡之念，始于一缕相思之情。它是朝向表达的一种延伸，是想得到满足的一种努力。一首完美的诗应该是一首激情在其中找到了思想、思想在其中找到了言辞的诗。[1]

要相信，任何语词（言辞）都来自大地、天空以及它们之中的人和事物，它们有天然的素朴与质感。每一个语词，都有自己原初的“在”和“在”的“位点”。比如“墙”这个语词与“墙”这种事物，当两者结合在一个具体的位点上，作为诗的“墙”就有了明亮的音声形色。由此，语词、事物和诗三种“墙”合一，处于自由开显的诗意直观状态。

弗罗斯特的《修墙》云：

墙就在我们并不需要墙的地方。
他那边，一片松树；我这里，苹果园。
我这些苹果树永远也不会踱过去，
吃掉他松树底下的球果。我跟他说了。
他却说是：“好乡邻全靠好篱笆。”

1 ［美］弗罗斯特：《弗罗斯特诗全集》下，曹明伦译，第905页。

《修墙》这样的诗不仅是“行动的言辞”，而且富有“实际说话之语音语调”。这样的诗明确地把写诗的人带了进来，说出了“人的话”而非“诗的话”。

不是人要讲“诗的话”，而是诗要讲“人的话”。

的确，过度使用隐喻、象征和既成诗意的那种写作，是给语词“蒙面”，以形成“蒙面词写作”。

去除语词“蒙面”，解构的方法很重要，但只是其一。最重要的方法是，直接让语词保持着来自日常语义的直观与单纯。不加遮蔽的语词一旦蕴成行动之诗，往往就能蕴成欢欣、安然、自在的生活智慧。

弗罗斯特在《诗运动的轨迹》一文中写道：“若让一首诗自己来说明这点，那应该是一件令人愉快的事情。一首诗自有其运动轨迹。它始于欢欣，终于智慧。这条轨迹对爱情也是一样。谁也不可能真正相信那种强烈的感情会在一个地方静止不动。它始于欢欣，它喜欢冲动，随着第一行写出它就开始设定方向，然后经历一连串的偶然和侥幸，最终到达生命中的一片净土——那片净土不必很大，不必像各教派学派立脚的地盘那么大，但应在与混乱相对的片刻清静之中。它有结局。它有一种虽说意外但却早已在原始情绪的第一意象中就注定了的结局——结局的确是来自情绪。若它的最佳部分早就被想到并刻意保留到最后，那它就是首伪诗，而不是真正的诗。它应在运动过程中发现自己的名字，并发现最精彩的部分正在最后的某个语句中等着它，那个语句同时包含了智慧和悲伤——酒歌式的悲喜交融。”[1]

“欢欣”和“智慧”，既是人和语词和合行动的的结果，也是“生活”在语词中“到场”的显现，显现为“酒歌式的悲喜交融”。

只有高蹈而低吟的写作者，只有行动的天才，方有此“悲喜交融”的诗-蕴生发。

语词在行动。语词在行动中的智慧，使它们的眼睛明亮。

从阅读的角度说，没有语词，我们什么都不知道。

生活状态为语词的行动提供了可能性，语词正是按照这种可能性重新创造了生活。

活着的语言就是生活。

弗罗斯特的生命和生活，就在那些活着的诗句中。

“我看到了那朵花，赶走了一只蜜蜂。”（《通电话》）“山，把小镇笼罩在它的阴影里了。”（《山》）“林子外，一片寂静，只听得一个声音：/ 在跟大地打嗜嗜，那是我的长镰刀。”（《收割》）“我经营的一片牧场，圆石累累，/ 就像满篮子鸡蛋，叫人动心。”（《咏家乡的乱石》）在弗罗斯特的诗中，这样的句子随处可见。正是这样的句子点燃了诗，使我们的生活得以被照亮。

我们引一首完整的诗《被踩了一脚，大有反感》来看：

在一行农作物的尽头，

1 ［美］弗罗斯特：《弗罗斯特诗全集》下，曹明伦译，第982页。

搁着一把没人用的锄头；
我一脚踩着它的脚趾，
气得它直竖起身子，
对准我那敏感的脑袋，
就那么一下子打下来。
这事说来并不能怪它，
可我还是要冲着它骂。
我得说，在我个人看来，
它使劲打我这一下，
很像是蓄意把人伤害。
也许你会说我真傻；
但本来可有这个规矩？——
凡是武器，都应该
把他们转变成工具；
但是我们且看眼前吧：——
我踩着的第一件东西，
就从工具变成了武器！

1930年11月15日，弗罗斯特在阿默斯特学院校友会上讲话说："每一首诗被写成，每一篇小说被写成，靠的都不是技巧，而是信念。一种美，一种莫可名状的东西，某一事物的一点魅力，往往都是被作者感觉而非被他确知。”[1]读弗罗斯特的诗，如同听他说话，听他与生活中感觉到的真人和具体事物窃窃私语。他说：“一首诗有生命的部分是声调。”[2]他还说过，诗就是翻译后损失掉的那一部分。他的声音不高亢也不自卑，不粉饰也不枯燥。他说出了自己的声音，大悲若喜，长歌短吟。每当他在诗中说给自己听的时候，我们能听到一种善意的、平静的呼唤，而听不到刀光剑影的语言暴力。他的内心孤寂，以素朴之诗来拯救。这就是他的信念。

让我们为穿梭的飞鸟欢乐吧——
忽然传来了鸟鸣，高出于蜜蜂的嗡嗡，
像带着利喙的流星突然俯冲，
像枝头的花朵忽然停留在半空。

——《春天的祈祷》

我去清一清牧场的泉水，
我只停下来把落叶全耙去
（还瞧着泉水变得明净——也许）；
我不会去得太久。——你也来吧。

1 ［美］弗罗斯特：《弗罗斯特诗全集》下，曹明伦译，第931页。
2 ［英］琼斯：《美国诗人50家》，汤潮译，四川文艺出版社，1989年，第124页。

我去把那幼小的牛犊抱来，
它站在母牛身边，小得可怜，
一摇一晃，当母牛给它舔舔；
我不会去得太久——你也来吧。

——《牧场》

2022年2月26日　燕庐

# 亚美利加的修辞幻影

## 一、从繁殖星星到繁殖蛆虫

喜欢繁殖垂死的语言，似乎是人的一种习性。来自传统的、现代的诗歌语言蜂拥而至，犹如马赛克瓷砖一样贴在我们居住的诗歌建筑上闪闪发光，以使我们害怕这种诗歌语言的繁殖。繁殖星光的诗歌语言，慢慢变成了繁殖蛆虫。从繁殖星光，到繁殖蛆虫，用既成诗意的诗歌语言写作，就像在一口油锅中用反复使用过的俗油，反复煎炸食物。要承认，许多诗人都在使用这么一口油锅反复煎炸诗歌语言。煎炸文化的，煎炸思想的，煎炸主题的，煎炸大鱼小虾的，煎炸猪头猪脚的，各种风味都有。如果从写作者和作品的数量统计，这种诗歌语言的繁殖是主流的、大众化的——一种为了建立庞大的诗歌牢笼的繁殖。诗歌天才必须破解这个语言繁殖系统，让语言回归原初的出发点重新出发，重新创造人心素朴的热温与洁净的光亮。

## 二、另一种诗歌语言的繁殖

让事物在诗中重新萌生，激活来自传统的、现代的所有词藻，让他们带着常识的温度和具体事物的生机在土地上复活，这样的诗人可有？我想到了巴勃罗·聂鲁达（Pablo Neruda，1904—1973），这位来自智利的伟大诗人。在他的怀里，似乎揣着无数把打开四方、通向具体事物之门的钥匙。他总是把人们引领到一座座滚动着风团的森林，一条条推着沙与雪的海岸，一片连一片分娩着禽兽的荒野，把雨瀑般的时间和雷鸣的空间打开，打开具体事物无言的、诗性的久远之光——事物那种在虚静的场景之中渐渐明晰的形状和面貌，那种高贵的、远古的自在自然。

聂鲁达《诗歌总集》[1]这部伟大诗集里的第一首长诗是《大地上的灯》。它的序曲《亚美利加洲的爱》开头说：

> 在礼服和假发来到这里之前，
> 只有大河，滔滔滚滚的大河；
> 只有山岭，其突兀的起伏之中，
> 飞鹰或积雪仿佛一动不动：
> 只有湿气和密林，尚未有名字的
> 雷鸣，以及星空下的邦巴斯草原。

1 ［智利］聂鲁达：《诗歌总集》，王央乐译，上海文艺出版社，1984年。

大地上的“灯”即亚美利加洲的植物、动物、河流、矿藏和人类。

聂鲁达的语言如季风一样吹拂着，吹出了一个崭新的诗歌大陆，吹出了完全不同的事物与人的存在。若论语言的粗壮、古莽、宽度和推动力，二十世纪没有一位诗人堪与聂鲁达相比。

大地上的“灯”即他的语言繁殖出来的锃亮的事物。

一根树枝抽伸，仿佛一座岛屿，
一片树叶，就是宝剑的形状，
一个花朵，就是闪电和水母，
一串果实，包容了它的全貌，
一枝树根，深入到幽冥之中。

——《植物》

细毛的羊驼好似氧气，
在宽阔的黑色山岩之巅，
穿着金靴徘徊

——《一些兽类》

兀鹰，杀伐之王，
空中孤独的僧侣，
雪中黑色的符咒

——《鸟儿来了》

那时候你赤裸裸地醒来，
被河流画满了身子

——《大河来参加》

穿上铁的蒸气的服装，
徐缓得犹如一条行星的道路。

——《亚马孙河》

黄金从昏暗的庙堂里出来，
慢慢地向武士们走去，
变成了红色的花蕊

——《矿藏》

宇宙又一次
从塔拉斯科人的粘土里诞生

——《人类》

在聂鲁达的诗中，从亚美利加那块土地繁殖出来的语言无处不在。所有的事物都像神祇一样眨眼；所有的事物都比赋其他事物，与其他事物互喻。

有一次，我被学院派诗学和文学成规陋见折磨得死去活来，他就告诉我："要储备通过观察事物的外表、本质、语言、声音、形状等等获得的印象，即观察像蜜蜂那样从你身旁掠过的那些东西。必须立刻捕捉住他们，并且藏到口袋里去。”[1] 那是一个深夜，是诗歌的光辉被头顶的星空浓缩在自己怀里的时候，他告诉我，在他的口袋里，他的心中，就藏着一颗玉米，这颗玉米就好比亚美利加。于是，他开始朗诵《玉米的颂歌》：

> 亚美利加，从一颗 / 玉米的种籽，你站起来 / 直至以辽阔的大地 / 充满了 / 多泡沫的 / 海洋。/ 你的地理就是一颗玉米的种籽。/ 种籽 / 伸出一支绿色的长矛 / 绿色的长矛披覆着黄金 / 以金黄的胡须 / 打扮着秘鲁的高原。/ 但是，诗人，让 / 历史留在它的墓穴，/ 用你的弦琴赞美 / 谷仓里的种籽：/ 歌唱厨房里的纯朴玉米吧。[2]

一粒玉米就是亚美利加，就是神秘、淳朴之诗的起源。这种诗意来源于人的梦幻、语言与具体事物之间的隐秘关联。自古以来，当文学变得乖戾、粗暴、庸俗和垂死，一些天才诗人就自然而然地站出来，肩负起让其回归原初诗意的使命。面对语言不断繁殖着的过时的诗意和纷纭复杂的现代派创新，聂鲁达是一位义

---

1 ［智利］聂鲁达：《回首话沧桑——聂鲁达回忆录》，林光译，知识出版社，1993年，第329页。

2 ［智利］聂鲁达：《诗与颂歌》，袁水拍、王央乐译，人民文学出版社，1987年，第142—143页。

无反顾地牵引着诗歌回归出发点的诗人。诸多天才诗人都要回溯他们的原初语言生发之地，聂鲁达要回归的诗意故乡是亚美利加。

## 三、修辞之网从空中撒下

回到具体事物熠熠生辉的诗意存在，是一个驱动“诗学还原”的方向，一个解决诗歌创作迷途的说法，恰如埃德蒙德·胡塞尔（Edmund Husserl，1859—1938）那个“现象学还原”的著名口号——“回到事物本身”。

“回到事物本身”这个说法，自然也可以用在惠特曼、弗罗斯特等大诗人那里。可是，所谓“回归”，永远只能在途中。语言是回归不到具体事物中去的，但可以踏上回归之途，而每个诗人在回归途中处理语言的方式是不一样的，因为诗意语言积淀着的“遮蔽”事物存在的方式，也大相径庭。

弗罗斯特回归日常生活中的语言和智慧，唱出了他的男低音的旋律和节奏。而聂鲁达，可以说是另外一个惠特曼。

惠特曼和聂鲁达，两个美洲气息最大、力量最饱满的诗人，都是“大词诗人”，但有所不同。惠特曼的诗，偏向浪漫主义的直接描述、直抒胸臆；聂鲁达的诗偏向一种基于现实主义的语言魔幻。

惠特曼用身体写作，一个粗壮的身体的行动，引申出一个强大的主体，边走边写边歌唱，歌唱他看见的、听到的事物，歌唱

瓦尔特·惠特曼（1819—1892）

新世界的整体、翻转的时空，以及具体的个人；而聂鲁达的诗，则在亚美利加的万物如山峰、草原、河流、人群之上，撒下一张张魔幻的语言修辞之网，网住了所有。惠特曼的诗歌，是一个人呼唤自己在大地上行走；聂鲁达的诗歌，是一个人展开语言在空中行走。

在《诗歌总集》里的第二首长诗《马克丘·毕克丘之巅》的开头，聂鲁达写道：

从空间到空间，好像在一张空洞的网里，

我在街道和环境中间行走，来了又离开。
秋天来临，树叶舒展似钱币，
在春天和麦穗之间，是那伟大的爱，
仿佛在落下的一只手套里面，
赐予我们，犹如一轮巨大的明月。

仍然以惠特曼的《草叶集》来比较。惠特曼的修辞“位点”铺平在大地上，他在位点上行走着歌唱，咏叹；聂鲁达则用手在空中撒网，将万物打捞，他在空中看着网点歌唱，咏叹。换种说法：两人都用大词写作驱动宏大主题，惠特曼在地上呼唤星星降落，聂鲁达在空中结网捕捞万物。

从两个人写花朵的诗，可以看出他们写作不同的角度。

惠特曼的《第一朵蒲公英》：

单纯，清新，美好，从寒冬的末日出现，
好象从没有过时髦、交易和政治的手腕，
从它那草丛中阳光充足的角落里冒出——天真
的，金黄的，宁静如黎明，
春天第一朵蒲公英露出它的深信的脸。[1]

1 ［美］惠特曼：《草叶集》下册，楚图南、李野光译，人民文学出版社，1987年，第956页。

聂鲁达的《黄花的颂歌》：

衬着蓝色活动着它的湛蓝的 / 是大海，衬着天空的 / 是一丛黄色的花朵。// 十月来到了 // 大海尽管 / 那么重要，铺展开 / 它的神话，它的使命，它的酵母，/ 在金黄的沙滩上 / 却爆出 / 惟一的 / 一丛黄色植物 / 吸引住 / 你的眼睛 / 放弃伟大的海及其波动 / 向着大地。// 我们是，我们总会是尘土。// 不是空气，不是火，不是水 / 而是 / 大地 / 仅仅是大地的尘土 / 我们总会 / 也许是 / 一丛黄色的花朵。[1]

惠特曼给大地上的“第一朵蒲公英”命名；聂鲁达旋转着视觉看见的是天空、大海、黄花和尘土之间的关联。

聂鲁达的视觉更开阔，但也更空洞。惠特曼是狮王，聂鲁达是粗壮的探照灯。

## 四、“大词诗歌”的经纬

诗中的“大词”，是负载着命名范畴、隐喻和象征内涵较大的词语。

一般而言，“大词诗歌”中的大词，是一种内涵较为稳定的

1 ［智利］聂鲁达：《诗与颂歌》，袁水拍、王央乐译，第135—136页。

通约性的概念。大者比如世界、祖国、土地、人民、战斗、革命、黑夜、光明、江山、民族、河流等，小者如路、根、明灯、眼睛、黄金、黎明、心灵、身躯、体魄、兀鹰、花朵、父亲、母亲等。

语词的大小是相对的，大小要看使用。语词是否形成了概念性的大词，也要看使用。大词可以在使用中被限定、消解为小词或普通词汇，也可以在使用中引申为大词。

每一个词的词性都可以在使用中随着内涵、外延、能指、所指、类比、隐喻、象征、转义等修辞或使用关系的移动而移动。

任何语词，不论大小，只有在使用中才会清晰呈现。这就是说，一个语词的清晰呈现，永远在语言运动漂移迁流的某个“位点”上，那个位点就是它被看见、被理解的“暂住”之处。比如《马克丘·毕克丘之巅》随处铺排着的修辞“位点”：

> 于是，向上攀登，在丛莽中，一朵花一朵花地，
> 塔着那条从高处盘旋而下的长蛇。
> ……
> 这只大钟的钟面上，兀鹰的血影
> 像艘黑船那样划过。
> ……
> 星座的鹰，浓雾的葡萄。
> 丢失的棱堡，盲目的弯刀。

……

月亮的马，石头的光。

平分昼夜的尺，石头的书。

阵阵风暴之中的鼓。

……

基本的群山，海洋的屋顶。

迷途的老鹰的建筑。

……

愤怒的老鹰，在飞行中，

仿佛红鞘翅甲虫的蹄铁，猛撞我的额头。

聂鲁达和惠特曼的“大词诗歌”中的大词，犹似云朵和植被，覆盖着亚美利加的土地，形成与自然事物和人类相对应的一个语言文化层，风云滚荡，气象万千。这种强大的类比和铺排，形成强劲的语言运动力量。在《诗歌总集》中随意找一首诗，都可以看到这种类比和铺排，那种轰隆的滚荡。比如第十一首长诗《布尼塔基的花朵》中的《人民》：

人民举起他们的红旗游行，

我就在他们中间，在他们

触摸的石头上，在喧嚷的路程里，

在斗争的高歌中。

我看见他们一步一步地胜利。
只有他们的反抗是道路，
他们孤立无援，好似一颗星星的
碎片，没有嘴巴，没有光亮。
他们在沉默里形成的团结中集合，
他们是火，是不可摧毁的歌，
是人们在大地上缓慢的脚步，
踩向深度，踩向斗争。
他们就是尊严：它战斗，为被践踏的人，
它觉醒，仿佛一种制度。
他们是敲着大门的生命的命令，
他们举着旗帜坐在大厅的中央。

从聂鲁达的《人民》中可以看到，每一个词都是大词，每一词都被他绑缚在“人民”这个更大的词上。他的“人民”这个词有着巨大的空洞，即便倒几箩筐大词进去，也无法填满。不停地倒大词进去，它宏大的肚量仍然饥肠辘辘。

相比之下，惠特曼的诗更具体一些，更有个人的温度。比如惠特曼为纪念亚伯拉罕·林肯而写的《啊，船长！我的船长！》（O Captain! My Captain!），林肯这“船长”是“我的”。惠特曼的大词，是“我的”大词；聂鲁达的大词，是负载了普遍性所指的大词。聂鲁达的视觉虽不能说是一种上帝视觉，却是一种多方位的视觉。当然，他20岁写的诗集《二十首情诗和一首绝望的歌》可另当别论。

聂鲁达喜欢用的大词铺天盖地之多，任何大词都可以拿来分析它抽象性的概念内涵。比如“根”这个词，既可以是指向具体事物“根”的小词，也可以是个抽象之“根”的大词。

聂鲁达在他的回忆录《根》那一节中写道：

> 爱伦堡读过也译过我的诗，他责怪我：你的诗里“根”太多，实在太多了。为什么写这么多根呢？
>
> 确实。边境的土地把它的根长入我的诗里，而且再也不能离开它。我的一生乃是漫长的漂泊，始终到处奔波，而且总要回到南方的树林，回到那已被遗忘的大森林。
>
> 在那里，参天大树有时在健壮地活了700年之后，竟倒下了，有时被洪流连根拔起，有时被大雪冻伤，有时被大火焚毁。我听到过巨人般的大树在森林深处倒下的声音——栎树沉重倒下时发出山崩地裂的响声，有如一只巨手在敲大地的门，要敲开一个墓穴。
>
> 但是，根露出来了，暴露给怀有敌意的时间、潮湿、苔藓、接连不断的摧残。[1]

聂鲁达的“根”当然不仅仅是深入大地，支撑着树干、枝

1 ［智利］聂鲁达：《回首话沧桑——聂鲁达回忆录》，林光译，第236页。

叶、花朵、果实、藤蔓、飞鸟、影子的事物，而是一种意识形态的隐喻、象征，那种总体性的类比。苏联作家伊利亚·爱伦堡（Илья́ Григо́рьевич Эренбу́рг，1891—1967）说聂鲁达“根”用得太多，是一种善意的批评。如果爱伦堡看不到这一点，他就不能成为苏联“解冻文学”的引领者。在具体的文本中，所谓文学解冻，首先就要解冻空洞的大词。

聂鲁达的“大词诗歌”中铺天盖地的大词，是观念诗歌中“诗意地图”经纬线的结点，每一个大词的结点，好比一个路标，指向聂鲁达的那种独断式的广阔。

## 五、爱智之诗与能量之诗

诗是被感知的诗－蕴。

博尔赫斯的诗是爱智之诗；惠特曼和聂鲁达的诗是能量之诗。

爱智之诗在感知事物、语言、灵魂的存在和存在关系中蕴成，在反思人和事物的存在时，反思诗自身的存在；爱智之诗冷峻、透亮、澄澈，是形象的玄学；爱智之诗通常是“疑主题”的，因为灵魂一旦被某种主题牵引，就会陷入“诗障”；“爱智”是个动词，爱智在爱智的途中，不在目的或结局；爱智之诗“疑诗”，因而它是小众的。

能量之诗往往以自己的一个视点为能量之源，发动、利用修辞的各种技艺，将自己的诗歌意志赋予万物，裹挟着万事万物奔突向前；能量之诗的背后或远方，总有一个巨大的概念、观念或意识形态的主题牵引着、呼唤着；能量之诗将大词分解成小词，将大概念、大观念分写成具体的形象，让形象漂移，目的还是要以诗的形式反顾大词和概念的内涵，表达一个巨大的隐含主题。阅读能量之诗，阅读者通常有某种主题可以挂靠，因而它是大众的。

比较博尔赫斯和聂鲁达写“大海”的诗，即可看出两种蕴成诗的方式。

先看博尔赫斯的两首《大海》同题诗：

大海。年轻的大海。尤利西斯的 / 和被伊斯兰教的人们 / 以海上辛伯达的名字播扬四方的 / 那另一位尤利西斯的大海。/ 傲然伫立船头的红发埃里克的 / 翻腾着灰色波涛的大海，/ 那位在果阿的沼泽里写诗 / 赞颂和哀悼祖国的绅士的大海。/ 特拉法尔加的大海。英格兰 / 在漫长历史进程中讴歌过的大海，/ 那在日常的实战演习中 / 染上了光荣鲜血的大海。/ 在宁静的早晨冲刷着 / 无边沙滩的汹涌不息的大海。[1]

1 ［阿根廷］博尔赫斯：《博尔赫斯全集·诗歌卷》下，王永年、林之木译，浙江文艺出版社，1999年，第51页。

在梦幻（或是恐怖）编织起 / 神话和宇宙起源的学说以前，/ 在时间铸入日子以前曾经 / 存在过大海，曾经有过永远的大海。/ 大海是谁？谁是那暴烈的 / 古老的生命？它啮咬大地的 / 柱石，它是一个也是众多的大海，/ 是深渊又是光辉，是机运又是风！/ 谁望着它 / 谁就是第一次见到它，/ 永远如此。怀着惊奇，这惊奇 / 来自大自然的事物，美丽的 / 夜晚，月亮，火堆的烈焰。/ 大海是谁，我又是谁？我将在那 / 随着痛苦而来的日子得到解答。[1]

又看聂鲁达的《海光的颂歌》：

又一次，/ 广阔的海光 / 从天空的 / 坛坛罐罐落下，/ 从沙滩的 / 泡沫上升，/ 无边无际的海洋上 / 闪闪的光 / 仿佛一场 / 白刃和雷电的 / 格斗 / 炽热的蓝的光 / 天空的光 / 耸立起 / 犹如海的塔在水上 / / 忧伤 / 到哪里去了？ / / 胸怀敞开 / 变成 / 树枝，/ 绚丽的花用它的 / 光拍动 / 我们的心，/ 海的白天里 / 闪亮着 / 纯洁的事物，……成熟于太空的 / 光的力量，/ 泼过我们 / 而不把我们沾湿的 / 波浪，宇宙的 / 圆臀，已经再生的 / 再生的玫瑰：/ 每天每天 / 请敞开你的花瓣，你的眼

1 ［阿根廷］博尔赫斯：《博尔赫斯诗选》，陈东飚译，河北教育出版社，2003年，第167页。

睑，/ 让你的纯洁的速度 / 扩展到我们的眼睛，/ 教会我们看见 / 海上一个接一个的波浪 / 地上一朵连一朵的花朵。[1]

博尔赫斯在问“大海是谁，我又是谁”，聂鲁达肯定“光拍动 / 我们的心”。博尔赫斯的“不可知”秘密，聂鲁达的“可知”颂歌，是两种对待“大海”这个概念和这种“自在之物”的诗歌态度。

换个说法，博尔赫斯的诗耗尽了生命的感知力气，而仍然对大海一无所知；聂鲁达的诗将大海作为一种生命能量融入了自己，表达了自以为存在的世界、自以为存在的心灵。一个是爱智+怀疑的诗神，一个是浪漫+现实的诗神；一个的语言审慎地内省，一个的语言自信地扩张。

爱智之诗和能量之诗，都是生命的意志之诗。不同的是，两种诗歌处于生命意志不同的“位点”。爱智位点也富有生命意志的能量；能量位点也富有爱智的信念。

这就是说，在生命意志里，包含着“爱智”和“能量”侧重点不同的表达形式。

叔本华有两个核心命题：

世界是我的表象。

1 ［智利］聂鲁达：《诗与颂歌》，袁水拍、王央乐译，第137—141页。

世界是我的意志。[1]

在此，将“世界”这个主词替换为“诗”，可以形成的两个核心命题：

诗是我的表象。

诗是我的意志。

同时，在这两个核心命题的基础上，还可以衍生出许多命题：

诗是诗的表象。

诗是诗的意志。

诗是表象。

诗是意志。

诗是人民的意志。

我是诗的表象。

我是诗的意志。

……

不同的诗学命题，都能通过诗学逻辑自圆其说，都可以从

1 ［德］叔本华:《作为意志和表象的世界》，石冲白译，商务印书馆，1982年。

“诗（艺术、美）”这样的主词中，反复分出各种谓述。因此，对于具体的诗歌来说，诗学命题的自圆其说庶几无效。玩诗学理论的人，谁当真，岂不是诗障（艺障）。

对于人这种生命个体，诗（艺术）和诗学如果有效，那就是要相信万物已经虚构到语言中，虚构到心灵空间中，而后，化成了梦幻泡影的真实，唯有在此真实之境中，诗-蕴才能自在地敞亮开来，绵延滚荡，漂移迁流。

巴勃罗·聂鲁达的《象颂》一诗云：

> 纯洁的巨兽，/ 圣象，/ 永恒森林的 / 动物之圣，/ 力的本体，/ 优美 / 而匀称，/ 一个 / 皮革的 / 宇宙。[1]

2022年3月5日　燕庐

1 ［智利］聂鲁达:《聂鲁达诗选》，陈实译，湖南文艺出版社，1992年，第216页。

# 西方现代诗艺术表现的三种途径

## 一、感知、观看与唤醒

从艺术表现的途径看，二十世纪诗歌的主流，要么是叶芝（William Butler Yeats，1865—1939）、T. S. 艾略特式的，以象征为核心的隐喻诗；要么是威廉·卡洛斯·威廉斯（William Carlos Williams，1883—1963）式的客观直白的事物诗。前者创造艺术表现中的隐喻世界结构，后者力求回到具体事物显现的状态；前者的诗-蕴生成途径是——感知，后者的诗-蕴生成途径是——观看。

这两种诗学的表现途径，反抗传统的浪漫主义和现实主义诗-蕴生成模式。二十世纪诗歌写法的这两种主要流向，构成了人们心目中的现代诗主流的两翼。

在两大主流之间，还有一种“戏剧化叙述体诗歌”，这就是布莱希特的诗歌，它的诗-蕴生成途径是——唤醒。

布莱希特的诗歌（包括戏剧）是超越现代派的，像卡夫卡一样，布莱希特也处于现代派和非现代派的诗学途径之上：不是比其他诗-蕴生成途径更高，而是在其他诗-蕴生成途径之上漂移。

威廉·卡洛斯·威廉斯（1883—1963）

当然，必须指出，感知、观看与唤醒三种艺术表现的途径是相对而言的。更多的时候，三种诗学表现途径会在个人的写作风格中相互融通，表现出某种表现途径的宽度和长度，引导出不同的视野和能量。比如，里尔克、史蒂文斯、博尔赫斯和弗罗斯特等，他们的个人风格都不同程度地融会着各种诗-蕴生成的途径，他们的能量表现，有自己展开的宽度和长度。

## 二、布莱希特的声音

贝托尔特·布莱希特（Bertolt Brecht，1898—1956）诞生

贝托尔特·布莱希特（1898—1956）

于巴伐利亚州奥格斯堡。1917年高中毕业，考入慕尼黑大学，先读哲学，后修医科。在读大学期间，就参加了德国工人运动。不久被征入伍，随野战医院上前线护理伤员。1932年，希特勒上台。布莱希特因反对希特勒纳粹政权被迫流亡国外。流亡生涯十六年，一直坚持反对希特勒政权和法西斯主义。先后避难巴黎、丹麦、瑞士、芬兰、美国。1948年10月，他返回当时的东德，创办柏林剧团。1956年8月去世。

以上一段文字，是漂浮在生命之上的墓志，离一个真实的人非常遥远。

作为一个戏剧家和诗人，要讨论他的作品并不难，可要讨论一个叫布莱希特的人就难了。

他有一首诗《可怜的布莱希特》，开始一段就写他的生命来自“黑色森林”：

我，布莱希特来自黑色森林，

当我还沉睡在母腹之中
妈妈就带我来到这奥格斯堡城。
森林的严寒留在我心底，直至临终。[1]

结尾一段回观第一段，仍然写“黑色森林”，形成复沓咏叹：

我，布莱希特早年是母腹
将我从黑森林带进这柏油城。

或许这“黑色森林”，是布莱希特生命中的一个原初意象，犹如一块潮湿的阴影一直跟随着他流亡。“黑色森林”或许真的是伴随着他生命历程的心理语言，如黑白木刻般成为他的诗歌语言和戏剧语言的心象色彩。事实上，布莱希特的诗歌语言的确如黑白木刻一样古朴、单纯而又深邃。

另一首诗写他流亡到丹麦，跟一间茅屋对话，希望这间茅屋说出刻在它墙上的那句话——“真理是具体的”。这首诗即《致丹麦避难所——流亡的头几年里》：

说吧，你，立于海峡与梨树之间的茅屋：

1　本文所引布莱希特的诗作，均引自［德］布莱希特：《布莱希特诗选》，阳天译，湖南人民出版社，1987年。

"真理是具体的"这句不朽的话，
是那流亡者把它刻在你的墙上，
它经受住了狂轰滥炸。

"真理是具体的"这句话是一个判断句。判断，目的是生成意义。或许布莱希特的全部作品，都是这句话的形象表达。这句话放在这首诗中，与诗中的形象海峡、梨树、茅屋、流亡者、墙、狂轰滥炸都没有具体的联系，可它却在诗中发出声音，像一枚导弹在一片风景中炸开，那个发声的发声者，就是布莱希特本人。

## 三、间离效果

"间离效果"（Verfremdungseffekt），又译为"陌生化效果"，是布莱希特受中国文化尤其是中国戏剧、戏曲影响总结出来的戏剧艺术理论概念。这一概念可以扩展到所有艺术领域。在国际学术界，"间离效果"理论的影响，超过了他的戏剧作品和诗歌，是二十世纪最重要的艺术理论之一。

在艺术表现方面，"间离效果"之所以重要，是因为它与"共鸣效果"形成相互对峙的的两种艺术形态。"间离"的前提，是必须承认艺术表现源于虚构；"共鸣"的前提，是必须承认艺术表现源于真实。

在艺术理论方面，"间离说"之所以重要，是因为它与亚里士多德的“模仿说”形成相互对峙的两大理论模块。“间离说”理论的前提，是必须承认艺术是一种人类的认知方式；“模仿说”理论的前提，是必须承认艺术模仿的是人类生活。

“间离”不仅仅对“表演”和“观看”而言，而是对语言形式、材料、内容、创作过程、修辞技艺、节奏、旋律、声音、色彩、审美、审丑、情感表达形式等所有领域都要“间离”，它是一种立体的、空间的诗学，一种爱智或爱智者的诗学。

我们来看《风的祭礼》这首诗：

（一）

一天走进来一位老太婆

（二）

她不再有面包撑肠拄肚

（三）

这面包已被那军人吞食

（四）

她一头栽进了冰冷的阴沟

（五）

从此她再也不饥肠辘辘。

（六）

小鸟在森林里哑然无声，
树梢之上一片寂静，
你在群山之巅，
也觉不出一丝风影。

《风的祭礼》这首诗，写一个老太婆从“空白处”走进了诗中，饥肠辘辘，栽进阴沟里死去。写在她死去之后，医生、独身男人、警长、三位壮士、许多男人、军人、红色巨熊按顺序逐渐在诗中出场，面对死者各有的态度和遭遇。故事让几个悲催的场面翻转推动，转出一个隐含的事实，即正义的人、管闲事的好人，都被军警打死打伤，而罪恶已经暂时得逞。

布莱希特将戏剧的形式引入诗中，使诗作表现出一种不同凡响的张力。

全诗共有七折四十一节，上引为第一折，即前六节。除最后一折只有五节外，其余都是六节为一折。每折的最后一节，重复出现同样的四个诗句（最后结尾一节语词略异），其余所有节，都只有一个诗句。

这个写法，在语言上，无比简约、精准，犹如春秋笔法；在形式上，富有强力的均衡感，犹如巴赫的无伴奏大提琴曲；在抒情上，清洗了浪漫主义抒情诗的张扬、滥情，犹如石头在冷水中亮堂；在视觉上，陌生感油然而生，犹如一堵墙面镶满了紧闭的窗户。

布莱希特的“间离效果”既非客观，也非主观；既非观念诗（文化诗），也非事物诗；既非抒情诗，也非叙事诗……任何标签，都难贴在布莱希特的诗上。

布莱希特的诗融汇了诗歌、小说、散文、戏剧等各种文体，多数语词和诗句都是陌生的，但又都存在于它们恰当的位置上，不远不近，不重也不轻。

词和句子存在于自在的位置，它们可以是人在的位置，却与人无关，也与事物无关。

## 四、一切都是多余

布莱希特有三首“圣诗”，命名为《圣诗之一》《圣诗之二》《圣诗之三》。这三首“圣诗”，是二十世纪最孤绝、静穆、单纯的诗歌之一。孤绝、静穆、单纯到极点，反而使所有语词如释重负，自在澄明，到达一种无抒情、无浪漫、无批判、无现实、无隐喻、无象征、无意识形态的空明自在。这样的诗，既非神性，亦非人性，而是诗的自在自由。《圣诗之一》：

长在岩板中的那株孤零零的树必定有这样的
感受：一切都是多余。它还从未见过一株树，
根本就没有树。

语词和句子是多余的，语词中的事物是多余的，书写是多余的，诗是多余的，一切都是多余的。诗自说多余。一棵树没有见过另一棵树，一个人没有见过另一个人，一切都是多余的，却又是自在的。

我们用最快的速度驶向银河中的星辰，
这是地球的那个凸堆里的一个伟大的安息。
只是我心动过速，否则万事清吉。

## 五、肉体的复活

《圣诗之二》：

夜晚，小屋内的灯光像是烧酒，人们在庆祝肉体的复活。

肉体在语言中复活，其实并没有复活，没有肉体。

但就诗而言，肉体的确可以在语言中复活，复活为语言中的肉体。肉体是什么？在诗中，语言就是肉体。事物陌生的碎片纷纭而现，组合成诗歌的肉体。

诗歌的肉体非常坚实自在，飘摇自显，但空空如也。

世界并没有发生什么，但语言的确在凝聚，诗歌的肉体的确可以在瞬间复活，复活为语言中陌生漂移的空幻事实。尽管语言中的肉体在复活之后不知所终，只剩下语言的纷纭碎片。

《圣诗之二》的面相空幻显露：

太阳在午夜之后，片刻之间，照亮了东方的苍宇。在肉红色的阳光下，泛起一团乌云，太阳好象被盖上了一块亚麻布；从菲森到巴骚的草原上宣传人生的乐趣。

装满牛奶和乘客的火车渐渐分割着这片麦海。惊雷之余，空气沉郁，两块巨大的化石般的天空之间闪着一道电光，这就是那块死气沉沉的田野上的中午。

何谓圣诗？就是肉体在语言中复活的诗歌。

这样冷静、空远而又暖和的诗，除了布莱希特，只有华莱士·史蒂文斯能写出来。他们以祈祷写诗，祈祷肉体在语言中复活。

## 六、弦是畜牲的肠子

《圣诗之三》：

我爱坐在那映着红色阳光的石头上弹吉他；
弦是畜牲的肠子，这吉他唱歌也如同牲畜，
它吞食着大曲。

以吉他比喻畜牲，以弦比喻畜牲的肠子，这是“反艺术”的比喻。

真正茕茕孑立的艺术，都是突如其来的、陌生的“反艺术”，而不是艺术。艺术是既成艺术的语言模式，而反艺术是破除语言模式的，是“初次观看”，是初显的有意味的形式。

布莱希特在弹奏“圣诗”，却在弹奏畜牲和畜牲的肠子。这是冷反讽，也是冷自嘲：

> 如果我折磨我的畜肠，模仿那田地的凄凉秋
> 色，模仿母牛交媾时的呻吟，它就变得苍白。

冷反讽和冷自嘲就是目的。比喻到比喻的移动为止。畜牲和畜肠或有隐喻，但这两个隐喻无须引申。畜牲就是畜牲，畜肠就是畜肠，吉他就是吉他。一个人坐在映着红色石头上弹奏吉他，弹奏吉他这个畜牲和畜肠，这就是语言漂移过程中它的肉身的显在。

## 七、余下的便是空虚

《冒险家的叙事诗》：

> 闲逛地狱，穿过天堂，
> 沉寂中全是狞笑而罪恶的面孔。

他偶然梦见一小块草场，
上接蓝天，余下便是空虚。

一切都在语言中生发，不在语言之外。这是诗的范畴，是语言划定的界限。诗自然在语言的界限之中。即便在地狱中闲逛，又穿过天堂，即便遇到狞笑和罪恶的面孔，即便能梦见一小块草场，它上接蓝天，余下的仍然是空虚。这种写法，实际上是个人灵魂观看、生命感知显现的实写，却是不动声色的悲歌。

《城市之歌》：

地下是污浊横流的阴沟，
内部空空荡荡，上面布满烟云。
我们活在其中，无一享受，
我们快快逝去，它也慢慢消泯。

很少发现有人像在一个混乱、悲催的时代，发现城市“内部空空荡荡”。这是大悲之心的发现。这是洗心之诗，以大悲之歌洗心。

## 八、“角色抒情诗”

布莱希特不是传统的浪漫主义、现实主义或自然主义者。在他的诗学中，那种有节制的、冷峻的对现实的批判，丝毫没有因为不采用“大叫大喊”“苦大仇深”的抒情形式，而减弱其批判的力量。他面对现实，保持着清醒的头脑。他警惕被时代所利用，又属于他见证过的那个悲催的时代。他以“角色”的身份介入历史，立于时代之中，形成“角色抒情诗”的个人风格。

《希特勒侵法战争中阵亡者的纪念碑》：

（一）

他癫狂了！这是我的最终意愿，
他是死敌！你们听着，这是真的！
这我可透露，因为只有卢瓦尔河
和一只蟋蟀知道我在这里。

（二）

你们，如果你们听说他在二十天内
摧毁一个伟大的国家，
要问，我在哪里！
在现场，我在此呆了整整七天。

《有特征的一代》：

很久以前，我们连同各自的特征被扔进坟堆。

我们孤立无援，通通被石灰侵蚀，
一切面目全非。

《布莱希特诗选》的译者阳天在后记中说：“他的诗都有人物，有形象性的结构和戏剧性的情节，有变换迅速的意境。意境迷离而怪诞，神奇而具体；语言粗犷尖刻、内涵深邃，富于幽默感，且简练准确、生动明快、富于表情。因此他的诗，特别是诗人所偏爱的别开生面的所谓‘角色抒情诗’对德国诗坛和国际诗坛有着广泛而深刻的影响。”

“角色抒情诗”，是角色在诗中；“非角色抒情”，是角色在诗外。

## 九、戏剧化叙述体诗歌

格雷厄姆·霍夫在《现代主义抒情诗》一文中认为，在浪漫主义作家以后的那一代，诗歌明显地放弃了它的社会功用。其主要迹象是：“戏剧大多退到了散文的领域；史诗的功能被小说所取代；结果，诗的原型不再见于戏剧和叙事诗，而只见于抒情诗。因此，诗歌最充分的表现不是在宏伟的，而是在优雅的、狭窄的形式之中；不是在公开的言谈，而是在内心的交流之中；或许还根本就不在交流之中。在给抒情诗下的许多定义里，T. S. 艾略特所下的定义是有名的：抒情诗是诗人同自己谈话或不同任何人谈话的声音。它是内心的沉思，或是出自空中的声音，并不考虑任何可能的说话者或听话者。近一百年来，我们对诗的感觉，其核心正是这种观念。”[1]就是在诗歌逐渐萎缩到抒情诗这一比较狭窄领域的大背景下，布莱希特创造了他的戏剧化叙述体诗歌，把戏剧性、叙事性融入诗歌当中。同时，布莱希特还吸取了民间歌谣一唱三叹的语调，在轻松的抒情与沉重的现实境遇之间创造了充分的和谐。

布莱希特无论在诗歌的戏剧性还是在叙事性方面的贡献，都可以认为是古老的文学传统的当代性回归。说到底，现代主义在主观性和虚构性的成就方面，完全可以看作浪漫主义的一种内敛的、技巧更为复杂的形式。然而，正是这种叙述途径的变化，使浪漫主义中的那种集体主义性质发生了质变。从对现实和人生的态度来看，浪漫主义是一种宏伟叙事的理想主义，而现代主义则是一种理想破灭的个人主义。布莱希特的戏剧和诗歌的伟大之处，就在于他既充分吸取现代主义艺术的表现手法，同时，又对那种软弱的、自闭的、学院化的个人主义的反抗。在以象征主义为基调的文学自闭症流行世界的时代，要像布莱希特那样孤注一掷地在回归传统的道路上创新是非常不易的。

布莱希特的诗歌至少在抒情与写实、戏剧性与叙事性、现代

1 ［英］布雷德伯里、［英］麦克法兰编：《现代主义》，胡家峦等译，上海外语教育出版社，1992年，第286页。

与传统、感性与理性、事物与幻想等诸多范畴之间达到了高度的和谐一致。在着意以现实的境遇为出发点和努力承担现实责任的所有现代诗人当中，布莱希特的诗艺达到了炉火纯青的地步，就这一点而言，巴勃罗·聂鲁达不能与之相比，因为聂鲁达的诗显得过于宏大和空洞。

以下是《顺世之道》一诗中的几节：

（一）

我不扶正义，也无胆识。
他们今天让我察看他们的世界，
我看到的只有那血淋淋的手指。
而我又连忙说，我喜欢这世界。

（二）

头上的警棍，眼前的人世沧桑，
我从早到晚肃立而视。
看到屠夫派上了用场，
于是问道：你高兴吗？我说：高兴！

（三）

从这个小时起我对一切都说：高兴。
与其当死囚，不如苟且偷生。

只图不陷魔爪而受控制，
人们不能顺从的，我顺从。

（六）
看吧，他们的军队在策划强盗战争！
人们由于胆怯而让战争践踏世界。
我离开人行道呐喊，这是灾难的象征：
脱帽！长官是技术的天才！

（九）
这事与警察毫不相干，
我将手帕递给警察和法官先生，
擦掉他们手上的鲜血，
让他们看到，我对他们也还忠心。

（十四）
从此以后我发誓决不狡诈，
我希望你们严密监视我。
如果现在要我表明拥护某人的话，
便是报上登的那个最坏的家伙。





像《顺世之道》一样，布莱希特几乎所有杰出的诗作，都体现了“戏剧性的东西”与“叙述性的东西”的结合。他说：“人们在亚里士多德之后，发现戏剧形式和叙述形式之间的区别在于不同的结构形式。这两种结构形式的规律过去是在不同的两个美学范畴内研讨的。它取决于不同的形式，即作品用什么方式呈献于公众，通过舞台还是通过书本。但是确实还有并不取决于这一点的，那就是‘戏剧性的东西’也用叙述性的作品形式；‘叙述性的东西’也用戏剧作品的形式。”[1]人们往往只知道他的戏剧融通了叙述性和戏剧性，而忽略了他的诗其实是这种理论最完美的体现。

一些受某种阅读习惯影响的读者也许会认为，布莱希特的作品有点平淡无奇。然而，我不得不指出，在一个浪漫主义传统杂糅了隐喻艺术占据上风的时代，一种开放的、朴素的艺术之重要。这就是说，在创作技巧上，一方面，他要抵制所谓自然主义和所谓现实主义制造的“舞台幻象”（在诗歌中是“文本幻象”）；另一方面，他又要抵制隐喻文学的语义幻象。两种诗学都强调自己的诗意和语义的真实性。然而，事实上，这两种诗学在创作中的具体表现都是在各自的隐喻路子上走着——一个是现实的隐喻，一个是心灵的隐喻；一个是强调“客观”的，一个是迷恋“主观”的。浪漫主义制造的是现实世界的乌托邦，隐喻文学制造的是概念世界的乌托邦。说白了，两种诗学都只不过开放不同

1 ［德］布莱希特：《论叙述体戏剧》，汪流等编：《艺术特征论》，文化艺术出版社，1984年，第478页。

语境的时空，而将语义或意义的表达巧妙地隐藏起来。只有布莱希特才在表达过程中撕开隐喻的面纱，直陈诗意和语义产生的过程，这在艺术上是非常冒险的。当然，也很霸气。

在寓言剧和诗作中，布莱希特找到了自己的风格。“最后他找到了在风格上更加统一、艺术上更加令人满意的寓言剧形式作为自己的解决办法。这种寓言剧不隐瞒它的说教目的，而且十分清楚地表明，全部剧情不过是演员对普遍真理的演示，他们甚至无须勉强想象自己就是他们所扮演的人物；布莱希特希望他的演员能够走出他们的角色，甚至向观众表明他们不赞成自己正在扮演的角色的作为。”[1]这种诗学就是“间离效果”（“间离说”）。按照布莱希特说法就是：“我对台上哭着的人笑，对台上笑着的人哭。”而不是“我跟台上哭着的人一起哭，我跟台上笑着的人一起笑”[2]。

《热恋中的猪》是一首寓言诗，写的是法西斯独裁者——猪猡的“爱情”：

任何一头猪都很狡猾。

他已经心领神会：

1 ［英］马丁·埃斯林《现代主义戏剧：从魏德金德到布莱希特》，［英］布雷德伯里、［英］麦克法兰编：《现代主义》，胡家峦等译，第526页。

2 ［德］布莱希特：《论叙述体戏剧》，汪流等编：《艺术特征论》，第481页。

蓝天中的太阳，不过是

当代最伟大的猪猡的宠妃。

## 十、沙滩上喘气的鱼

叶芝、艾略特式的诗歌是以象征修辞技艺为主要表现方式的诗歌。

象征诗歌通过“感知”建构象征审美的“深度模式”。

以象征手法为主要表现方法的写作，在西方诗歌史上，源于波德莱尔、兰波、马拉美开创的诗学。这种诗学推倒了传统的现实主义和浪漫主义两座高峰，颠覆了“模仿”和“抒情”两种神话，以建构象征主义的神话。

象征主义既不模仿，也不抒情，而是用象征的技艺感知。

叶芝的《三个运动》一诗，写了三种鱼的运动，其实就是三种文学的象征：

莎士比亚的鱼在海洋里游，远离陆地；

浪漫主义的鱼在快要到手的网里游；

这些躺在沙滩上喘气的又是什么鱼？[1]

1　叶芝的诗作均引自［爱尔兰］叶芝:《丽达与天鹅》，裘小龙译，漓江出版社，1987年。

还有《十九世纪以及之后》：

虽然伟大的歌再也不会回返，
在我们现有的东西中仍有欢乐所藏；
砾石在沙滩上嗒嗒地响，
响在那消逝的波浪下面。

叶芝的这两首短诗，是两篇文学评论。“鱼”和“砾石”，一种在“运动”，一种在“响”。核心词藻，都是象征性的。如果欣赏者不启动感知系统去理解象征性的“深度模式”，这两首诗就不知所云。好在象征的“深度模式”有具体的词汇在引领。比如“莎士比亚”“浪漫主义”“伟大的歌”即破解象征语言的引信。

艾略特《荒原》第五部分《雷霆说的话》第一段：

曾有火炬照红流汗的脸
曾有果园里严霜冻出的宁静
曾有巉岩峻嶒之处的痛苦
而现在，是呼喊的号叫的
监狱和殿堂，是春雷
在遥远的山那边回荡
那个曾经活着的人现在死了

我们曾经活着现在正在死去

稍有一点耐心[1]

如果在十九世纪找一首诗代表象征主义的“深度模式”，那就是马拉美的名作《骰子一掷就摆脱不了偶然》，而要在二十世纪找这么一首诗，那就是艾略特的《荒原》。《荒原》这首诗处处堆积着象征的语词，处处凿下文化隐喻的深坑。即便是受过现代诗写作和阅读训练的人，不看艾略特的注释，也很难阅读《荒原》。《荒原》的那种“隔”，并不是象征主义修辞技艺的“隔”，而是玩文化、玩深度的“隔”。艾略特自己对《荒原》题目的注释如下：

这首诗不仅标题、构局，而且许多零散的象征都受杰西·L. 魏斯登女士论圣杯传说的那本书《从仪式到传奇》的启发。此书使我得益匪浅，实际上它比我的注释更能解释这首诗中的难点。要是有人不嫌麻烦要弄明白这首诗，我奉劝他读一读魏斯登女士的书，何况这本书本身也很有趣。在更一般的意义上，我还得益于另一本人类学著作，一本深刻地影响了我们这一代的书；我指的是《金枝》，我采用的主要是关于阿童尼斯·阿梯斯和奥利西斯的两卷，知道这二卷著



1 赵毅衡编译:《美国现代诗选》上，外国文学出版社，1985年，第212页。

作的人立即会在诗中认出有关祈丰仪式的地方。[1]

从文化阐释的角度看,《荒原》无疑是成功的，它造就了无数文学史家、无数阐释者，但若从诗歌（无论什么风格、什么流派）诗-蕴生成的有效性来看,《荒原》是一个失败的诗歌文本。

为了“荒原”这个巨大的象征，为了构建这个巨型象征背后的文化隐喻，艾略特就像“沙滩上喘气的鱼”那样，气喘吁吁地寻找诗句。在《荒原》的结尾，这条“喘气的鱼”开始坐在岸上垂钓，仿佛在垂钓准备上钩的读者：

我坐在岸上
垂钓，背后是荒瘠的平原
我是否至少应把这土地收拾一下？

伦敦桥正在塌下来塌下来塌下来

然后他隐入烧炼他们的火里
我什么时候能像燕子——哦燕子燕子
阿基坦王子在荒废的塔楼里
我用这些片言只语支撑我的废墟



1 赵毅衡编译:《美国现代诗选》上，第217页。

好吧我就迎合你们！希罗尼莫又疯了。
舍予。同情。控制。

平安。平安。平安。[1]

## 十一、“想象的博物馆”

叶芝和艾略特为代表的诗人们相信，在我们置身其中的现实世界之外，还有另外一个与传统的语义世界、知识世界、理想世界区别开来的象征世界。

象征世界是一个“想象的博物馆”。它是一堆语言的幻觉、梦呓的影像。

当传统诗-蕴中的语义幻影退场之后，象征幻影漂移而来。

象征幻影的语言符号系统，同样建构了宏大的灵魂感知模式。

叶芝《象征》一诗：

风雨剥蚀的古老的瞭望塔上，
一个瞎眼的隐士把钟点敲响。

1 赵毅衡编译:《美国现代诗选》上，第216—217页。

那毁灭一切的利剑仍由
到处游走的傻瓜捧在手。

绣金的丝绸在剑上，
美和傻瓜一起卧躺。

在这首以“象征”命名的诗中，人们可以看到象征幻影对语词的“赋形”。“瞭望塔”“瞎眼的隐士”“钟点敲响”“利剑”“绣金的丝绸”“美和傻瓜”等词和词组，非常清晰地呈现在眼前，却没有具体的语义指向。有明确的语义、意义指向，是表述性、判断性的，没有明确的语义、意义指向，是象征性、符号性的。

叶芝《油和血》：

在黄金镶嵌的天青石坟墓里，
神圣的男女躯体透出一种
奇迹般的油和紫丁香的芳香。

但在践踏的泥土的重压下，
躺卧着吸饱了血的淫妇的身子，
她们的尸布血红，她们的嘴唇湿润。

在这首诗里坟墓和坟墓里的尸体组成一个边界清晰、形象完整的象征幻影，这个象征幻影是由“油”“血”“紫丁香”“淫妇的身子”“尸布血红”“嘴唇湿润”等较小的象征幻影构成的。

大大小小的象征幻影漂移进入“想象的博物馆”，这里“想象的博物馆”有两个相互影响、融会的幻影世界：一个是审美心灵结构空间中渐渐清晰、明确的幻影；另一个是语言和符号的幻影。

## 十二、诗学神话

《荒原》是创造象征幻影诗学神话的代表作。

这部作品在二十世纪上半叶的英语诗歌世界获得的巨大成功，几乎结束了纯净、明亮的自然诗的书写传统，以及诗人对朴素、单纯的现世生活的歌唱。

《荒原》何以构建了一个诗学神话？如果从诗艺看，它至少是“象征层”和“隐喻层”两种诗学能量漂移碰撞的结果。语言的象征幻影堆积如山自不必说，文化、知识、传说的隐喻幻影也堆积如山。

从阐释学的角度看，《荒原》这样的诗正是学院派解剖学喜欢解剖的标本。

学术是一种权力意志。在一定的历史语境中，纯真的学术总是被权力意志戕害、遮蔽的。

《荒原》的写作技艺自然高超，严格说，它是艾略特与埃兹拉·庞德合作的一个成果。如果没有庞德挥笔将八百行的诗删除几乎一半，这首诗堆积的“象征层”和“隐喻层”更厚，更复杂。

将诗歌写得复杂、深邃、有文化、有知性、翻卷着象征、隐喻的幻影并不难，难的是写得单纯、自由、明亮、无碍、纯粹。

《荒原》的象征、隐喻遮天蔽日。这是艾略特挖的诗歌陷阱，文学史家和批评家们都掉入他的陷阱中。

格雷厄姆·霍夫有一篇著名的论文叫《现代主义抒情诗》，他说：“诗人们多半都已拒绝接受我们这个时代众所周知的伟大神话，并发展了他们自己与之相对的神话，其中有些是雄伟的、广博的，有些是深奥的、隐秘的，但却没有一个在那依靠条理化的科学知识和历史知识来指导自己事务的世界中占有任何地位。（对希腊人来说，荷马是政治和军事指挥的向导；只要提及这一点，我们就可以看到诗歌现在是怎样地远离了行动的世界。）叶芝阐述了一个庞大的神话体系，这个体系要求包括历史、个人心理和死后灵魂的命运。但他把这个体系归因于游魂的作用，这些游魂通过昏睡状态中的自动写作来进行交流，他们一开头就宣布他们的行动范围说：‘我们是来给你们诗歌隐喻的。’在另一个极端，洛尔卡创造了他自己的安达卢西亚神话，其中吉普赛人代表本能生活的力量，文明保卫者代表压抑人的文明势力。里尔克也许是最伟大的神话编造者，他使用基督教的象征，古代希腊和罗马的传说，先存的艺术作品，许多文化传统中的小古董，甚至日常生活里的小摆设——把它们全部融入持续不断的梦境，而梦的目的则是改变转瞬即逝的事物从而超越死亡，并把死亡化入生命之中。”[1]

艾略特的“荒原”的神话，远超叶芝的“丽达与天鹅”。

二十世纪，人类的命运何其悲惨。科学技术进步，人类利用它制造灾难，其规模和对人类自身造成的伤害前所未有。两次世界大战和法西斯专政便是明证。人类的巨大灾难和痛苦并没有改变现代主义象征和隐喻诗学发展的方向。精神贵族死亡，灵魂梦想破灭，剩下的只有怀疑和挣扎。

艺术家们像壁虎一样在灰蒙蒙的天空上爬来爬去。

艺术家无法撕下那块灰蒙蒙的天空，这一点，他们心里最清楚。

艺术家从虚拟的位置看世界，世界中事物的存在不仅错位，而且失去了真相。

## 十三、“要事物，不要思想”

好的诗与思想文化有关，但诗不能成为思想文化的传声筒。评论家多以“传声筒”衡量诗，足见评论家评论的不是诗。

负载着思想文化的诗，写得再有阐释性，也是二流的，比如《荒原》。诗与思想文化只能相遇，然后走开。诗是语言的艺术，

1 ［英］布雷德伯里、［英］麦克法兰编:《现代主义》，胡家峦等译，第391页。

而非思想文化的载体；诗的语言也不是思想文化内容的传播工具。

耶鲁大评论家哈罗德·布鲁姆（Harold Bloom，1930—2019）在他著名的《西方正典》（*The Western Canon*）一书中，分章讨论了瓦尔特·惠特曼和艾米丽·狄金森，讨论了博尔赫斯、聂鲁达和葡萄牙诗人佩索阿（Fernando Pessoa，1888—1935），但没有看上艾略特，这说明在学识最为广博的学院派评论家中，对艾略特的看法仍然有分歧。

叶芝、艾略特式的诗歌是主流的现代派诗，即十九世纪法国象征主义诗歌的直接结果。但在强大的象征——隐喻诗的风潮外面，还有威廉斯式直白、纯朴的事物诗。

威廉斯的诗符合意象派直接处理事物的原则。他有一句名言——“要事物，不要思想”（No ideas but in things）。威廉斯的诗歌创作和他的诗歌信条是一致的。能做到这种“一致”性并不容易。庞德是意象派的主要发起者，他没有做到创作信条与创作的一致。艾略特兼具理论家和诗人于一身，也没有做到理论与创作的一致性。

艾略特说：“用艺术形式表现情感的唯一方法是寻找一个‘客观对应物’；换句话说，是用一系列实物、场景，一联串事件来表现某种特定的情感；要做到最终形式必然是感觉经验的外部事实一旦出现，便能立刻唤起那种情感……艺术上的‘不可避免性’在于外界事物和情感之间的完全对应；而《哈姆雷特》所缺乏的正是这种对应。”[1]

艾略特的这一理论如果用在威廉斯身上倒是非常恰当，可惜艾略特自己的诗歌表达途径却走上了钟情于文化隐喻而忽视具体事物的道路——具体事物的存在永远是无目的的。具体事物在艾略特的诗中深受文化隐喻的压迫，犹似忧郁症患者一样呆板、苍白，有负重感，不能自主、自在，自我敞亮。

威廉斯相信，诗就在具体事物及其存在状态直观显现之时，在此时此刻的直接“观看”，而非“感知”。从威廉斯《巨大的数字》一诗，可见诗在“观看”之后便没有什么：

在密雨中
在灯光里
我看到一个金色的
数字5
写在一辆红色的
救火车上
无人注意
疾驰

1 ［英］艾略特：《艾略特诗学文集》，王恩衷编译，国际文化出版公司，1989年，第13页。

驶向锣声紧敲

警报尖鸣之处

轮子隆隆

穿过黑暗的城市。[1]

“观看”来自人的第一感官眼睛，对眼睛看见的事物的相信自古而然。威廉斯的诗观隐含着这种“相信”，但同时也来源于意象派信条的启迪，尤其是庞德的影响。威廉斯发起的“客体主义”是意象主义的演绎。

早在1908年10月21日庞德给威廉斯的信中，表明了自己的创作信条：

1. 按照我所见的事物来描写。

2. 美。

3. 不带说教。

4. 如果你重复几个人的话，只是为了说得更好更简洁，那实在是件好的行为。彻底的创新，自然是办不到的。[2]

芝加哥女诗人哈丽叶·蒙罗主编的《诗刊》1913年3月号

1 本文所引威廉斯的诗作均引自赵毅衡编译:《美国现代诗选》上。

2 ［英］琼斯:《意象派诗选》，裘小龙译，漓江出版社，1986年，第7页。

发表了F. S. 弗林特的《意象主义》和庞德的《意象主义者的几“不”》。庞德给“意象”下的定义：“在一刹那的时间里表现出一个理智和情绪复合物的东西。”[1]

作为同窗，庞德对威廉斯的影响是显而易见的，而威廉斯自然也有同样的创作观点，否则“影响”便不可能有效。尽管威廉斯没有加入到伦敦的“休姆－弗林特团体”，但他与这个团体的诗观也非常契合。

庞德是1919年4月在伦敦加入“休姆－弗林特团体”的，那时此团体刚在一个月前成立。庞德、威廉斯的诗观与T. E. 休姆、F. S. 弗林特的诗观高度契合——“绝对精确地呈现，不要冗词赘语”（休姆），这是诗歌史的一个“耐人寻味”的佳话。

尽管威廉斯没有提到诗歌有没有一个本质的问题，但从他的主张和创作来看，他骨子里坚持的是一种非本质主义的诗学立场，这种立场比庞德走得更远。

威廉斯应该同意这样的说法：诗无处不在，但诗没有一个固定的本质支撑，诗甚至不是文化，更不是文化逻辑模型。

从当代思想的“语言学转型”的“语言发现”来看，威廉斯式的事物诗更具有当代性，因为语言与事物之间的那种原初的亲密，需要诗－蕴语言的生成，需要想象力的无意义牵引。

相比之下，艾略特则是相信知识体系的——相信知识的力量

1 ［英］琼斯：《意象派诗选》，裘小龙译，第10页。

能发掘“深度”，能拯救人心。在这一点上，艾略特式的隐喻诗学的神话，仍然是一种传统的语言乌托邦神话。

人的异化，首先是语言的异化。

系统化的语言犹如恶魔。

诗是语言的开始，而不是建构。

威廉斯著名的《红小车》：

> 这么多东西
> 要靠
>
> 红色的手推
> 小车
>
> 雨水淋漓，闪闪
> 发光
>
> 白色的鸡在旁边
> 走着

威廉斯对二十世纪五十年代以后的美国乃至世界诗坛影响深远，其实就是他教诗人们以自然而然的观看方式写作。

诗在语言开始的地方，而不在别处。比如，威廉斯以《海边的花》来看海：

繁华鲜丽的草地近旁，
神秘地，那咸味的大海

茫然升起——各种花朵
一松一紧，它们看来不仅是花

而且是色彩和运动，也可能
是变化的表现形式，

而大海却旋转着，安详地
在茎上摇曳，像花一样。

意象派与象征主义完全不同，它本来就是批判象征主义的。简单地说，意象派的理念就是“诗到事物为止”，或者说“诗到对事物的观看为止”。

意象派诗歌的理论和创作，融会了东方的诗学，这个功劳多半应归功于庞德。不过，庞德在两件事情上明显地违背了意象主义的信条：一是对《荒原》着力推崇的态度；二是其长诗《诗章》的写作风格向文化隐喻诗的转变。事实上，庞德在二十年代之后，随着《诗章》写作的展开，就重新回到了艾略特式的知识论文化隐喻的传统。

钟情于任何一种写作都无可非议。庞德不仅回到艾略特的《荒原》式写作，还终身钟情于向中国古典诗歌和文化经典学习。可是，庞德的诗学，不是回归的诗学，而是一种进步论的诗学，正如他的口号"Make it new!"（"日日新！"——典出《礼记·大学》）倡扬求变、求新那样，他的艺术趣味也是"Make it new!"的。

威廉斯的"要事物，不要思想"与新旧更迭和进步论无关，而与观看的直接与语言的单纯有关。威廉斯用身边的事物来检验语言是否纯洁，检验出了庞德在诗歌信念上的"变节"，认为《荒原》是"二十世纪美国诗的大灾祸"[1]。此后，两位同窗好友反目成仇。

讨论威廉斯，我们会想起玛丽安·摩尔（Marianne Moore，1887—1972）和伊丽莎白·毕肖普（Elizabeth Bishop，1911—1979）等诗人，这些诗人的语言精准地呈现出事物飘摇的形色。

2022年3月12日　燕庐





1　赵毅衡编译:《美国现代诗选》上，第93页。